FRANK KURELLA

Das Pergament des Todes

Frank Kurella, 1964 in Düsseldorf geboren, lebt seit 1995 in Neuss. Die Geschichte der über 2000 Jahre alten Stadt fasziniert ihn sehr, wobei sein besonderes Interesse dem mittelalterlichen Neuss gilt. 2004 erschien mit dem Comic »Neuss im Mittelalter« seine erste Veröffentlichung.

FRANK KURELLA

Das Pergament des Todes

Historischer Roman

KRIMI IM GMEINER-VERLAG

Wir machen's spannend

Bibliografische Information
der Deutschen Bibliothek
Die Deutsche Bibliothek verzeichnet diese Publikation in der Deutschen Nationalbibliografie; detaillierte bibliografische Daten sind im Internet über http://dnb.ddb.de abrufbar.

Besuchen Sie uns im Internet:
www.gmeiner-verlag.de

Im Ehnried 5, 88605 Meßkirch
Telefon 07575/2095-0
info@gmeiner-verlag.de

1. Auflage 2007

Lektorat: Claudia Senghaas, Kirchardt
Umschlaggestaltung: U.O.R.G. Lutz Eberle, Stuttgart
Unter Verwendung eines Bildes von Bernaerd van Orley
Gesetzt aus der 10/13 Punkt GV Garamond
Druck: Fuldaer Verlagsanstalt, Fulda
Printed in Germany
ISBN 978-3-89977-722-2

Gewidmet meiner Frau Ursula
und meinen Töchtern, Sonja und Meike,
die mir die Freiheit und Zeit gelassen haben,
die ich brauchte, um diesen Roman zu schreiben.

Ihre Begeisterung beim Lesen
der ersten Zeilen war der Ansporn,
mein Erstlingswerk zu Ende zu führen.

Mein Dank gilt aber auch Herrn Dr. Jens Metzdorf,
dem Leiter des Neusser Stadtarchivs,
und seiner Mitarbeiterin Frau Sandra Gesell,
die mich in einigen historischen Fragen unterstützt haben.

Dieses Buch ist ein Roman, und die darin geschilderten Ereignisse sind größtenteils frei erfunden. In besonderem Maße gilt das für Handlungen und Äußerungen der auftretenden oder erwähnten Personen, auch wenn einige von ihnen nicht der Fantasie des Autors entsprungen sind. Darüber hinaus sind Ähnlichkeiten mit lebenden oder toten Personen rein zufällig.

Im Glossar und im Epilog findet der historisch interessierte Leser, neben einer Liste der mittelalterlichen bzw. neuzeitlichen Straßennamen und den Personenverzeichnissen, die Antwort auf die Frage: ›Welches sind die historischen Fakten und wo beginnt die Dichtung?‹

PROLOG

Anno Domini 1284 – das Volk des Sacrum Imperium Romanum, des Heiligen Römischen Reichs (später mit dem Zusatz ›Deutscher Nation‹), litt unter der Regentschaft und den hohen Steuern des Königs Rudolf von Habsburg.

Wie gern erinnerte man sich an die Zeit des Kaisers Friedrich II., dem Enkel Barbarossas, der Werte wie Gerechtigkeit und Toleranz vertreten hatte und vor allem die Steuerlast niedrig gehalten hatte. Sowohl Fürsten als auch Bürger hatten damals mit Verblüffung und Befremden auf Friedrichs Individualitätsbewusstsein und seine unorthodoxe, beinahe nicht zu bremsende Wissbegierde reagiert. Charaktereigenschaften, die für die mittelalterliche Zeit sehr ungewöhnlich waren. Friedrich beschäftigte sich mit der Weiterentwicklung der Rechtsprechung auf den Grundlagen der spätantiken Römischen Gesetze. Unter anderem verbot er die zu dieser Zeit üblichen Gottesurteile, da er der Meinung war, in einem Zweikampf würde immer der Stärkere, nicht zwangsläufig der Unschuldige gewinnen. Die Ungewöhnlichkeit seiner Gedankenansätze drückte sich ebenso in strengen Gesetzen zur Erhaltung der Natur und zum Schutz von Frauen und Minderheiten aus. Ein Gedankenansatz, der bis dahin in der mittelalterlichen Welt unvorstellbar war. 1241 legte er die gesetzlich fixierte Trennung der Berufe Arzt und Apotheker fest, um Preistreiberei zu verhindern.

Am Hof umgab sich der Kaiser mit zahlreichen Dichtern, Wissenschaftlern und Künstlern, sodass von einem Musenhof gesprochen wurde. Friedrich II. schrieb schließlich bemerkenswerte wissenschaftliche Bücher; alleine sechs über die Falknerei.

Auch sein Kreuzzug, den er auf Drängen von Papst Gregor IX. von 1228 bis 1229 führte, war ein Beispiel für seine Ungewöhnlichkeit. Da er sich ein großes Wissen über den Islam und die arabische Mentalität angeeignet hatte, eroberte er Jerusalem durch langwierige Vertragsverhandlungen und verzichtete auf unsinniges Blutvergießen. So verwundert es nicht, dass dieser, der sechste Kreuzzug, der einzige friedliche und dennoch erfolgreiche in der traurigen Geschichte der Kreuzzüge wurde. Durch seine Vorgehensweise vermied er neben sinnlosen Todesopfern auch die üblichen hohen Kriegskosten und die damit verbundenen zusätzlichen Steuern und Abgaben für das Volk.

Im Jahre 1250 verstarb Kaiser Friedrich II. im fernen Italien. Schnell verbreitete sich im Reich die Legende, der Kaiser sei gar nicht tot, er verweile nur mit seinem Heer im Kyffhäuser-Gebirge, um zu gegebener Zeit zurückzukehren und das Reich zur Einigkeit und alter Größe zurückzuführen.

Nachdem Friedrichs Sohn, König Konrad IV. im Jahre 1254 verstarb, kam die Zeit des Interregnums, der ›regentenlosen Zeit‹, in der Wilhelm von Holland, Alfons X. von Kastilien und Richard Cornwall zwar das Königsamt in Deutschland bekleideten, aber keinerlei Herrschergewalt auszuüben vermochten. Während der Letztgenannte nur kurze Zeit nach seiner Krönung auf deutschem Boden verweilte, gelangte Alfons X. gar niemals in sein Königreich.

Eine schwere Zeit brach für das Volk an, das unter den unklaren Herrscherverhältnissen und dem dadurch entstandenen Machtvakuum litt. Erst mit der Thronbesteigung von König Rudolf I., endete die ›regentenlose‹ Epoche. Doch nun wurde das Volk durch hohe Abgaben und Steuern gepeinigt. Hiermit füllte König Rudolf seine Kassen, die er nicht nur für die Kriegsführung benötigte. Nein, auch die Streitigkeiten zwischen den Fürsten – weltlichen wie geistlichen – verschlangen Unsummen im Kampf um die Macht.

In jener Zeit erinnerte sich das Volk sehnsüchtig an die alte Legende, die man sich über eine Hoffnung bringende Rückkehr Kaiser Friedrichs erzählte. Auch in der Stadt Neuss, die sich im Besitz des Kölner Erzbischofs befand.

Die Lebensumstände in der Stadt Neuss waren alles andere als rosig und die Sehnsüchte nach Ruhe und Frieden schäumten buchstäblich über. Sehnsüchte, denen bei einer Rückkehr Kaiser Friedrichs der Funke Hoffnung gegenüberstand. So versprach es zumindest die Legende.

1

NEUSS, 4. NOVEMBER 1284 – »Halt! Bleib stehen, du Dieb!«, die Stimme des dicken Kaufmanns hallte durch die enge Gasse. Marcus schaute im Laufen nur kurz über die Schultern und erkannte hinter sich den massigen Mann, dessen Körper wie der eines gewaltigen Bullen wirkte. Mit der Rechten umklammerte der Junge den Lederbeutel, den er dem Dicken Sekunden zuvor aus dem Gürtel stibitzt hatte. Mit der Linken strich er sich immer wieder das lange, fast weißblonde Haar aus dem blassen Gesicht. Die *Gasthauß Gaß* war für diese mittägliche Stunde ungewöhnlich menschenleer. So konnte Marcus den Vorteil seiner jugendlichen Schnelligkeit ganz und gar ausspielen und entkam Meter um Meter der drohenden Gewalt. Heute schien sein Glückstag zu sein. Die grollende Stimme hinter ihm klang schon deutlich entfernter, als er nach links auf den *Marckt* bog. Doch in diesem Moment wendete sich das Blatt. Wenige Schritte vor ihm stand eine Wand aus Menschen, die neugierig die Hälse reckten und durch ihre Unüberwindbarkeit seinen Lauf abrupt stoppten. Schon wollte er zurück in Richtung *Aber Strais*, als er den schnaubenden Kaufmann um die Ecke hetzen sah. Zu spät – es half nur noch die Flucht nach vorn. Schnell stopfte er den Beutel zu dem anderen Diebesgut in den Ausschnitt seines zerschlissenen Hemdes und rannte auf die Menge zu. Es schien, als würde der Junge den Bruchteil einer Sekunde später mit ganzer Wucht auf die Leiber der Menschen prallen. Doch Zentimeter zuvor bremste er seinen Schwung ab und warf sich geschickt auf den Boden. Flink wie eine Katze wand sich der Junge durch die Beinpaare, die ihm den Weg verstellten. Einige zuckten nur erschreckt zusammen, andere traten nach ihm wie nach einem räudigen Hund. Der dicke Müller, an dessen behaartem Bein er sich jetzt vorbeischlängelte, schaute zu ihm herunter. War sein starrer Blick erst noch erschrocken, so verzogen sich seine harten Gesichtszüge nun zu einer verärgerten Grimasse. Mit einem leeren Leinensack, den er in der Hand hielt, schlug er nach Marcus, als wolle er ein lästiges Vieh vertreiben. Marcus wollte weiterkrabbeln, als sich ein schwerer Stiefel auf seine linke Hand stellte. Erst als sich die Sohle wieder leicht anhob, konnte er seine schmerzenden Finger darunter hervorziehen. Nun reichte es ihm! Am liebsten hätte sich der Junge augenblicklich aus dem Menschengewirr zurückgezogen. Doch es half nichts, er musste hier durch, wenn er nicht dem aufgebrachten Koloss in die Hände fallen wollte. Marcus malte sich aus, wie er am Abend seine Rippen einzeln würde spüren können, wenn er überhaupt noch etwas spüren würde, wenn der Dicke mit ihm fertig war.

Schier endlos kamen ihm die wenigen Meter vor, bis er wieder die Mittagssonne über sich erblickte. War er in Sicherheit?, fragte er sich gerade, als ihn vier starke Arme packten und in die Höhe rissen. Zwei grimmig dreinschauende Büttel hatten ihn ergriffen und schleiften ihn grob über das Kopfsteinpflaster des Platzes.

»Lasst den Knaben!«, ertönte eine sanfte, aber durchdringende Stimme. Marcus sah einen alten Mann vor sich, der in einem reich verzierten Stuhl mit hoher Lehne saß. Trotz seiner einfachen Kleidung strahlte der Alte etwas Herrschaftliches aus. Ja, es schien beinahe so, als würde er dort thronen. In seiner linken Hand hielt er einen Zinnpokal, aus dem er nun einen tiefen Schluck nahm. Als er den Pokal wieder absetzte, sprach er gelassen:

»Ich kann nichts Unrechtes daran erkennen, dass dieser Neusser Junge zu seinem Kaiser eilt, den er so lange Zeit schmerzlich hat vermissen müssen.« Kaiser? Hatte der Alte wirklich Kaiser gesagt? Die Büttel ließen Marcus, wenn auch widerwillig, los.

»Tritt näher«, sagte der Greis und lächelte ihn mit seinen kleinen, freundlichen Augen an. Unsicher ging Marcus ein paar Schritte vorwärts und bemerkte erst jetzt, welch große Menschenmassen sich hier versammelt hatten. Es war schlagartig still geworden, als habe man seinen Kopf in eine gefüllte Regentonne gesteckt und so seinem Gehör alle Geräusche entzogen. Nur hier und da tuschelten einige Weiber verstohlen. Der alte Mann hielt dem Jungen etwas entgegen und sprach: »Nimm! Die schlechten Zeiten sollen ein Ende haben. Für dich, für alle treuen Bürger von Neuss und das ganze Reich.« Bei diesen Worten stimmte die Menge ein begeistertes Johlen an. Im Sonnenlicht erkannte Marcus, dass es eine Münze war, die ihm der Alte reichte. Eilig griff er danach und verbeugte sich hastig. »So gehet nun und verkündet, dass Friedrich II., Kaiser von Gottes Gnaden, nach 30 Jahren der Pilgerschaft zurückgekehrt ist.« Als hätten sie nur auf das Stichwort gewartet, packten ihn die beiden Schergen erneut und stießen den Jungen unsanft in die immer noch johlende Menge. Er taumelte und stieß gegen den üppigen Busen einer korpulenten Marktfrau, die ihre Arme zum Jubeln hoch in die Luft gereckt hatte. Der alte Mann begann, nun wieder huldvoll in die Menge zu grüßen. Immer noch ungläubig starrte Marcus auf den thronenden Alten, den zurückgekehrten Kaiser.

Plötzlich legte sich von hinten eine kräftige Hand auf die noch zitternde Schulter des Jungen. Er fuhr herum, in der Angst, der dicke Kaufmann könnte in der Zwischenzeit die Menschenmassen umrundet haben. Doch statt in ein fleischiges Männergesicht schaute er direkt in die lächelnden Augen eines Jungen. Der Bursche hatte trotz seiner Jugend harte Züge und eine Nase, die aussah, als hätte sie den einen oder anderen Bruch bereits hinter sich. Diese Nase gehörte zu Jonas, seinem Freund und Weggefährten. »Komm, lass uns hier verschwinden«, meinte er lachend. »Der Pfeffersack von eben ist immer noch hinter dir her.« Die beiden zwängten sich durch die Marktleute und Händler, die den Platz umringten. Schnellen Schrittes eilten sie in Richtung *Neder Strais*, den immer noch heranströmenden Menschenmassen entgegen. Erst als sie links in die *Gebrante Gaß* abbogen, riss der Strom ab. Doch nun hörten sie hinter sich wieder das wütende Gezeter des Kaufmanns. Der Kerl hatte sie entdeckt und die Verfolgung wieder aufgenommen. Die beiden Jungen begannen zu laufen.

»Wer war der alte Mann?«, fragte Marcus nach Luft schnappend. »Hat dir der Dicke die Ohren abgerissen, sodass du gar nichts mehr hören kannst? Das war Kaiser Friedrich II.!«, antwortete sein Freund ebenso außer Atem. »Aber ich dachte, der sei schon lange tot?«

»War wohl nur ein Gerücht. Du kennst doch die Geschichte, die man sich erzählt«, schnaubte Jonas. Sie rannten immer noch. »Die fahrenden Händler sagen, man habe ihn schon vor ein paar Tagen in Köln gesehen.«

»Und?«

»Nix und! Die dumme Bürgerschaft, allen voran der reiche Overstolz, hat ihn aus der Stadt gejagt«, entgegnete Jonas. »Doch spar dir jetzt deinen Atem, sonst holt uns der dicke Kaufmann doch noch ein.« Sie hasteten weiter. Marcus verstand zwar nicht viel von der großen Politik, doch irgendwie fühlte er sich jetzt mittendrin – wo er doch nun den Kaiser kannte. Die Leute auf den Straßen hatten immer gesagt, dass die Zeiten wieder besser werden würden, wenn Kaiser Friedrich erst einmal zurückgekehrt sei.

Kurze Zeit später blieben die Jungen vor dem Wirtshaus ›Zum Schwarzen Krug‹ stehen. Über dem Eingang war eine gusseiserne Schildhalterung angebracht. Keine der kunstvoll verzierten, wie man sie vom Hauptstraßenzug her kannte. Nein, diese war einfach nur zweckmäßig und den ärmlichen Verhältnissen der Schenke entsprechend. An der Halterung baumelte ein windschiefer Bierkrug aus dünnem Blech, der mit etwas Pech schwarz gefärbt war.

Die Gasse schien wie ausgestorben. Dennoch schauten sie sich erst nach allen Seiten um, bevor sie durch das Tor des Hauses traten. Die beiden Jungen liefen durch einen kurzen Gang auf eine niedrige Holztür zu, die direkt vor ihnen lag. Fast stürzten sie, als sie die steile Stiege hinabsprangen, die in ein Kellergewölbe führte. Hier lagerten Fässer voller Wein und Grutbier, die Berthold Janssen, dem Wirt, gehörten. Der Wirt war ein stämmiger, breitschultriger Kerl, in dessen Inneren man niemals die Herzenswärme vermutet hätte, die dort schlummerte.

Berthold Janssen wusste sehr wohl, dass die Jungen von Zeit zu Zeit hier heimlich Unterschlupf suchten, wenn die Lage in der Stadt zu brenzlig wurde, weil sie bei ihren kleinen Räubereien wieder einmal zu waghalsig vorgegangen waren. Doch er unternahm nichts dagegen, da er die beiden mochte.

War der Winter besonders streng, dann stellte er ihnen sogar ab und an eine warme Suppe hin. Seine Frau Annehild, eine dicke, meist unfreundliche Person, sah das hingegen gar nicht gerne. »Eines Tages knüpfen sie diese Burschen noch auf«, schimpfte sie manchmal, »und wir hängen dann in der Sache drin. Dann war all die Plackerei in dieser Kaschemme umsonst.«

Jonas öffnete die Holzläden der kleinen Gewölbeluke, und der feuchte Raum füllte sich mit warmen Sonnenstrahlen. Ungeduldig hockten sich die Jungen auf den kühlen Boden. »Und? Wie war dein Morgen? Ich meine, bevor der Kerl dich fast erwischt hätte.« Jonas grinste Marcus breit an, sodass die große, schwarze Lücke zwischen seinen Eckzähnen zum Vorschein kam. Marcus wurde ein wenig rot und nestelte aufgeregt sein Diebesgut aus dem Hemdausschnitt. Neben dem Beutel, den er dem Kaufmann stibitzt hatte, kamen eine Schultertasche aus Leder und ein totes Huhn ohne Kopf zum Vorschein. »Was willst du denn mit dem Huhn?«, platzte Jonas los. Der Junge konnte vor Lachen kaum sprechen. »Sollen wir auf der Gasse vielleicht ein Feuerchen entfachen und es braten? Oder lieber die ›nette Frau Wirtin‹ fragen, ob sie uns daraus ein opulentes Mahl kocht?« Darüber hatte Marcus gar nicht nachgedacht. Die Röte in seinem Gesicht wurde noch intensiver. Wortlos stülpte er die Schultertasche um, und schüttete den Inhalt auf den staubigen Boden des Kellers: ein schwarzes Samtbarett, ein gefaltetes Pergament und zwei grüne Äpfel kamen zum Vorschein. Jonas setzte sich das Barett belustigt auf den fast kahl rasierten Schädel. »Na, immerhin ...«, schmatzte er, während er in einen der Äpfel biss. Er entfaltete das Pergament, drehte es hin und her und schaute mit ratlosem Gesicht auf die Buchstaben. »Pah! Nur Geschreibsel!«, grunzte er kauend. Was sollten sie, die Straßenjungen, damit anfangen? Beide hatten in ihrem armseligen Leben weder schreiben noch lesen gelernt. Jonas warf das Schriftstück achtlos zwischen die leeren Weinfässer und ließ die Schultertasche folgen. Wenn auch das Leder recht wertvoll zu sein schien, ein solches Stück mit sich in der Stadt herumzutragen, war für heruntergekommene Gestalten wie sie viel zu verräterisch. Der Saft des Apfels lief Jonas nun aus den Mundwinkeln und hinterließ ein feuchtes Rinnsal auf seinem pickeligen Kinn.

Bevor sein Freund auch noch nach dem anderen Apfel greifen konnte, steckte Marcus ihn schnell zurück in sein Hemd. »Lass mal sehen, was dem dicken Kaufmann so wichtig war, dass er sich zu einem Wettlauf hinreißen ließ«, Jonas blickte bei diesen Worten gespannt auf den kleinen Beutel. Doch auch dieser Inhalt war ernüchternd: lediglich ein Feuerstein mit etwas Zunder und drei schwarze Würfel, wie man sie in den Wirtshäusern zum Spielen benutzte. »Dieser Halunke«, murmelte Jonas immer noch kauend, während er die Würfel aufmerksam im Licht betrachtete. Er ließ sie auf den Boden kullern – eine Eins und zwei Sechsen. Er hob die Würfel auf und warf sie erneut in den Staub. Und wieder – dieselbe Eins und der Sechser-

Pasch. Jonas begriff sofort: Die feinen Kleider hatte sich der Dicke wohl nicht durch ehrlichen Handel erworben, aber dafür hatte er gute Chancen, wegen Falschspielerei ein paar Tage am Pranger zu verbringen.

Der Ältere nahm die Würfel an sich und schaute nun mit einem gewissen Stolz im Blick zu Marcus herüber: »Und jetzt zeige ich dir mal, dass sich Diebstahl auch richtig lohnen kann!« Er zog eine prallgefüllte Geldkatze aus dem Inneren seines schmutzigen Wamses. »Tatatataaa ...«, frohlockte er. Die Münzen klimperten nur so auf den Boden. Marcus kam beim Anblick der Heller, Möhrchen und Weißpfennige ein erschreckender Gedanke. Die Münze, die ihm der Kaiser geschenkt hatte? Er griff hastig in den Hemdausschnitt. Nichts! Nur der einsame Apfel befand sich dort. Er spürte einen kalt-feuchten Luftzug an seinen Fingerspitzen, als er sie durch ein offenes Stück der seitlichen Hemdnaht steckte. Die Münze war herausgefallen. Flink sprang er auf die Beine und rannte die Stiege hinauf. »Wo willst du denn hin?«, hörte er Jonas noch rufen, als er bereits hinaus auf die immer noch menschenleere Gasse rannte. Langsam und mit gesenktem Kopf ging er die Gasse hinauf und starrte konzentriert auf das schmutzige Pflaster.

2

Obwohl es ein ungewöhnlich sonniger Novembertag war, fiel nur wenig Licht durch die kleinen Fenster des ›Schwarzen Krugs‹ in das Innere der Schenke. In der Gaststätte standen ein paar einfache, blanke Holztische, um die sich einige noch einfachere Schemel gesellten. Direkt am Eingang befand sich der Ausschank, auf dem zwei hölzerne Fässer lagen – eines mit Bier und eines mit Wein. Auf den Regalen hinter dem Tresen standen fein säuberlich aufgereiht einfache Krüge. Nur auf dem obersten Brett fanden sich elegantere Zinnkrüge. Die eichenen Pfeiler und Verstrebungen, die den Raum unterteilten, ließen ihn noch düsterer erscheinen, als er ohnehin schon war.

Hinten, im finstersten Winkel des Schankraums, saßen die einzigen Gäste. Zwei in dunkle Umhänge gehüllte Hünen. Der Linke trug ein Samtbarett auf dem Kopf, das er tief in die Stirn drapiert hatte, sodass man sein Gesicht im fahlen Licht kaum erkennen konnte. Der Rechte hatte eine hohe Stirn und langes, fusseliges Haar. Mit seinen fettigen Strähnen und den Bartstoppeln, die von Weitem einen dunklen Schatten in sein Gesicht zeichneten, wirkte er äußerst schmierig. Beide hatten sich weit über die raue Tischplatte gelehnt und steckten die Köpfe eng zusammen. »Und du bist sicher, dass es dieses blonde, junge Kerlchen war, das dir die Tasche gestohlen hat?«, fragte der Linke. Der Mann nickte heftig. Janssen, der Wirt, stellte den Krug mit Wein auf dem Tisch ab. Im gleichen Augenblick schaute der Größere der beiden auf, sodass der Wirt im dürftigen Lichtschein der Stumpenkerzen das Gesicht des Mannes erkennen konnte. Im Gegensatz zu seinem Gefährten sah er sehr gepflegt aus, fast wie ein Edelmann. Nur eines störte diesen Eindruck – sein rechtes Auge fehlte. Die Haut des Augenlids verschloss die Höhlung und kräuselte sich wie verbranntes Fleisch darüber. Der Wirt zuckte zusammen, als der Fremde ihn nun ansprach: »Hey Wirt, kennst du hier in der Stadt einen jungen Burschen mit langen blonden Haaren und einem weichen Gesicht? Sieht aus wie ein Engel?« Der Wirt zuckte abermals zusammen und murmelte fast unverständlich: »Nein, ich glaube nicht.«

»Und was ist mit dem Bürschchen, das sich von Zeit zu Zeit in unserem Fasskeller herumtreibt?« Krächzend ertönte die Stimme der Wirtin. Die beiden Hünen drehten sich ruckartig zu der Frau am Tresen um. »Ach, der ist schon lange fort – strolcht irgendwo am Niederrhein rum«, warf ihr Mann mit einer betonten Belanglosigkeit in der dunklen Stimme ein. »Den habe ich schon Monate nicht mehr hier in Neuss gesehen.« Er wandte sich von den merkwürdigen Gästen ab und ging zurück zum Tresen. Die beiden schauten ihm argwöhnisch nach, sagten jedoch kein Wort mehr.

»Ich glaube, das Fass ist bald leer. Ich werde ein neues holen«, meinte der Wirt zu seiner Frau, die ihm verwundert nachschaute, als er durch die Tür der Schankstube verschwand. Hatte er nicht heute Morgen erst eines aus dem Keller geholt?

Rasch eilte Janssen zu der Stiege hinter der Holztür und verschwand im Dunkel. »Schnell, ihr müsst fort!«, fuhr er Jonas an, der an einem Fass lehnte und immer noch genüsslich an der Apfelkitsche nagte. »In der Gaststube treiben sich zwei Galgenvögel herum, die nach Marcus gefragt haben.«

»Marcus? Der ist nicht hier«, murmelte Jonas und ließ sich nicht in seiner Ruhe stören. »Hast du, neben deinem Verstand, nun auch noch dein Gehör verloren!« Der Wirt packte Jonas unsanft am linken Ohr und zog ihn auf die Beine. »Mach, dass du hier rauskommst!«, rief er. »Und sieh zu, dass du Marcus warnst!« Er ergriff mit seinen klobigen Händen ein kleines Weinfass, das er sich auf die Schulter schwang, und verschwand eilig.

Jonas rieb sich verärgert das Ohrläppchen und begann, die Münzen zusammenzuklauben, die immer noch verstreut am Boden lagen. Erschrocken fuhr er herum, als er das erneute Knarren der Holztür vernahm.

»Es lebe der Kaiser, es lebe der Kaiser!« Die Menge auf dem *Marckt* bewegte sich in einem ausgelassenen Freudentaumel in Richtung des Gasthauses, das am Ende des Platzes lag. »Lang lebe Kaiser Friedrich!« In der Mitte des Gewirrs aus Menschenleibern schritt der alte Mann herrschaftlich dahin und musste immer wieder stehen bleiben. Die einen drängten sich zu ihm hindurch, um sein schlichtes Gewand zu berühren, andere versuchten sogar seine faltige Hand zum Kuss zu erhaschen. Die Büttel hatten alle Hände voll zu tun, um zu verhindern, dass die Jubelnden den hohen Herrn bereits am Tag nach seiner Ankunft erdrückten.

Vorbei an den Brothallen und den Ständen, wo allerlei Händler ihre Waren feilboten, gelangte die Menge schließlich zum Gasthaus. Hans Rutzen, der Wirt des Gasthauses ›Zum Goldenen Horn‹, war rasch zu seiner ›bescheidenen Herberge‹ zurückgeeilt, als er realisiert hatte, dass der Kaiser höchstpersönlich und ausgerechnet zu ihm kommen würde.

Rutzen war ein stolzer, eitler Mann von etwa 50 Jahren, der sich durchaus für etwas Besseres hielt, auch wenn er weder dem Adel noch dem Rat der Stadt angehörte. Wenn es nach ihm gehen würde, so sollte sich Letzteres in der nächsten Zeit ändern. Erst vor einigen Jahren, im April 1259, hatte der damalige Erzbischof Konrad von Hochstaden durch eine neue Stadtverordnung bestätigt, dass sich der Rat von Neuss aus den beiden Gremien der Schöffen und der Amtmänner zusammensetzte, denen jeweils ein Bürgermeister vorstand.

In den Kreis der Schöffen würde er wohl nie gelangen, da der Nachfolger für ein verstorbenes Mitglied vom Gremium selbst gewählt wurde, und die hohen Herren auf diese Weise dafür sorgten, dass sie unter Ihresgleichen blieben. Doch auf den Kreis der Amtmänner hatte es der eitle Wirt abgesehen. Diese wurden von den Neusser Bürgern gewählt – und das auf Lebzeiten! Durch ein paar Großzügigkeiten könnte es ihm gelingen, schon bald in den Rat der Stadt einzuziehen, dachte Rutzen bei sich. Nicht zuletzt, da einige der Amtmänner schon mehr tot als lebendig zu sein schienen. Ob es wohl gar zum Bürgermeister der Amtmänner reichen würde?, sinnierte er und begann bei diesen Fantasien selig zu lächeln. Wenn es erst einmal so weit wäre, dann würde er dem Bürgermeister der Schöffen aber gehörig ...

Schnell verdrängte der Wirt seine Gedanken. Zu wichtig war der Augenblick. Vielleicht würde sich ja schon bald die Gelegenheit bieten, den Neussern zu zeigen, was für ein ›vorbildlicher Bürger‹ er war. In aller Hast rief Rutzen seinen Bediensteten einige Anweisungen zu und streifte sich seine beste Gewandung über, die er sonst nur am Tage des Heiligen Quirinus trug. So geschmückt baute er sich jetzt vor der prächtigen Eingangstür seines Gasthauses auf. Auch wenn er eher kleineren Wuchses war, so ließ ihn seine mit Brokat besetzte Tunika doch stattlich erscheinen. Der mit Fellstreifen applizierte grüne Umhang glänzte seidig in der Mittagssonne. Auch Edelgard, seine Frau, war hinausgekommen und stand nun hinter ihm, halb verdeckt durch seine schillernde Erscheinung, die sie jedoch um einen guten Kopf überragte.

Die Menge teilte sich, getrieben von den Bütteln, und formte sich zu einem Halbrund um den Kaiser, der dem Wirt nun direkt in die Augen sah. Trotz seiner sonstigen Eloquenz begann dieser nun angesichts des Kaisers zu stammeln. »Herr, ich meine, Kaiser Friedrich, Kaiser von Gottes Gnaden, seid gegrüßt und versichert der Freude der ganzen Neusser Bürgerschaft und meiner bescheidenen Person«, er schluckte heftig. »So tretet ein und seid Gast in meinem bescheidenen Hause.« Der Kaiser nickte ihm mit einem gnädigen Gesichtsausdruck zu und schritt an ihm vorbei ins Innere des Gasthauses. Der Wirt folgte ihm aufgeregt und schloss eilig die Tür hinter sich. Edelgard Rutzen stand verdutzt vor dem verschlossenen Haus, als sie plötzlich in der sich abwendenden Menge den Bürgermeister der Schöffen entdeckte. »Herr Bürgermeister von Hohenberg, so wartet doch«, rief sie ihm nach. »Auf ein Wort.« Quirin von Hohenberg blieb stehen und drehte sich zu ihr um, wohl ahnend, was jetzt folgen würde. Schließlich kannte er die gierige Frau des Gastwirts zur Genüge. »Was gibt es denn?«, entgegnete er missmutig. »Ists heute nicht genug der Ehre, dass der Kaiser in Person in eurem Hause weilt?«

»Ich wollte doch nur«, die Gastwirtin wirkte verlegen, »darf mein Gemahl davon ausgehen, dass der Rat der Stadt die Zeche zahlen wird? Den Kaiser können wir ja wohl schlecht darum bitten«, ihr Ton wurde nun wieder gewohnt schnippisch. Der Bürgermeister überlegte einen kurzen Moment, dann sagte er mit ärgerlicher Stimme: »Es wird gewiss nicht Euer Schaden sein. Noch heute Abend tritt der Rat der Stadt zusammen. Die Angelegenheit will wohl überlegt sein. Wer weiß, ob es überhaupt der echte Kaiser Friedrich ist? Im Übrigen muss ich ja wohl auch die Amtmänner in die Entscheidung miteinbeziehen. So leid es mir tut.« Mit diesen Worten drehte er auf dem Absatz um und ließ die Wirtin allein zurück. Ob es der echte Kaiser ist? Was er wohl damit gemeint haben könnte?, ging es der Frau noch durch den Kopf, als sie zurück ins Haus trat.

3

DIE ZWEI FREMDEN standen nun unvermittelt vor Jonas. »Wo ist der Blonde?«, fauchte der Hüne, der wie ein Edelmann aussah. Sein noch verbliebenes Auge funkelte satanisch im Sonnenlicht, das durch die Gewölbeluke fiel. »Ich kenne keinen Blonden«, stammelte der Junge und wich verängstigt einen Schritt zurück. »Ach, wirklich nicht?«, säuselte der andere und ging einen weiteren Schritt auf ihn zu. Jonas strauchelte rücklings über ein kleines Weinfass und fiel zu Boden. Die beiden Gestalten standen nun direkt neben ihm und beugten sich zu ihm herunter. »Und woher hast du das?«, hakte der Schmierige nach und schlug ihm mit dem Handrücken das schwarze Samtbarett vom Kopf. »Wir fragen dich ein letztes Mal!«, die kräftigen Hände des Schmierigen legten sich wie ein Schraubstock um die Wangenknochen des Jungen. Jonas wurde am Kopf in die Höhe gezogen, sodass er jetzt nur noch auf den Zehenspitzen stand. »Wo ist der Blonde? Ihr ward doch sicherlich zusammen auf Beutezug.« Was sollte er nur antworten? Einen Freund verraten? Niemals! Hätte Marcus das Gleiche für ihn getan? Ja! Da war er sich sicher. Zu viel hatten sie in den letzten Jahren zusammen durchgemacht, seit Marcus vom Burgbann her in die Stadt Neuss gekommen war. Der Vater des Jungen war an einer Lungenentzündung gestorben und seine Mutter hatte der Blonde nie gekannt. Jonas nahm ihn unter seine Fittiche und brachte ihm alles bei, was man zum Überleben in dieser Stadt brauchte. Marcus hatte sich seitdem schon oft revanchiert und ihn aus der einen oder anderen Klemme befreit. Wenn Marcus auch nicht sonderlich kräftig war, so war er doch stets geistesgegenwärtig. Eine kleine Ablenkung des Opfers, und Jonas kam wieder frei. Und jetzt? Die Ablenkung blieb aus.

Obwohl Jonas für sein Alter sehr muskulös gebaut war, konnte er gegen den schmerzhaften Griff nichts ausrichten und baumelte nun zwischen den Händen des Hünen. Dieser verstärkte jetzt den Druck. »Ich habe Euch nichts zu sagen!«, sagte Jonas so forsch er konnte und mit dem letzten Mut der Verzweiflung. »Wie du willst«, säuselte der Schmierige. Mit einem Ruck drehte er den Kopf des Jungen kräftig nach links. Das grässliche Knacken seiner Nackenwirbel war das Letzte, was Jonas hörte.

Marcus hatte die Suche nach der Münze schon fast aufgegeben und befand sich bereits auf dem Rückweg zum Wirtshaus, als er etwas Glänzendes in der Sonne liegen sah. Da ist sie!, frohlockte sein Herz. Er hatte den Heller tatsächlich hier auf dem zerklüfteten Kopfsteinpflaster, zwischen all dem Unrat, der auf der Straße lag, wiedergefunden. Glücklich über den Fund bückte er sich. Doch gerade, als er die Münze zwischen seine Finger nahm und sich aufrichten wollte, spürte er einen kräftigen Tritt gegen sein Hinterteil, als habe ihn ein ausschlagender Maulesel mit seinen eisenharten Hufen getroffen. Er fiel vornüber und stieß mit dem Kinn auf das Pflaster. Ein brennender Schmerz durchfuhr seinen Kiefer. Trotz des harten Aufpralls hielt er die Münze des Kaisers fest in der Hand. Er drehte sich rasch auf den Rücken und sah über sich das feiste Gesicht des dicken Kaufmanns. »Du Hundsfott, hab ich dich doch noch erwischt?!« Die schweren Stiefel des Mannes standen nun links und rechts vom schmalen Körper des Jungen. Seit einer Weile war der Kaufmann durch die Stadt geirrt und hatte nach Marcus gesucht. Jetzt lief ihm der Schweiß unter der Kappe hervor und tropfte Marcus direkt ins Gesicht. Im gleichen Moment, als sich der Dicke bückte und mit beiden Händen nach dem Schopf des Jungen greifen wollte, rollte sich der Blonde mit dem gesamten Gewicht seines schmalen Körpers nach rechts. Von diesem Schwung erfasst, rutschte dem Kaufmann das linke Bein weg und er verlor das Gleichgewicht. Der massige Körper knallte auf die Steine. Gerade auf die Stelle, wo Marcus vor Kurzem noch gelegen hatte. Der Junge war jedoch bereits wie eine Katze auf die Beine gesprungen und lief davon.

So schnell er konnte, rannte er in Richtung *Neder Pfort.* Hinter sich hörte er plötzlich johlende Stimmen. Waren ihm noch mehr auf den Fersen? Hatte der Dicke womöglich Verstärkung bekommen? Marcus rannte noch schneller und bog links in die *Stoben Gaß* ein. Dann hielt er sich am Ende der Gasse rechts und rannte die *Achter Hauen* hinauf, bis er auf Höhe des *Vinckenhoff* ankam. »Ein Hoch dem Kaiser!«, verstand er nun die Worte hinter sich. Erleichterung machte sich in ihm breit. Es waren doch keine weiteren Verfolger gewesen, die da johlten. Es waren Neusser Bürger, die in den Straßen immer noch die

Rückkehr des Kaisers feierten. Er blickte kurz über die Schulter und verlangsamte seinen Schritt. Der Kaufmann schien ihm nicht gefolgt zu sein. Dennoch schaute er vorsichtig um die nächste Häuserecke in die *Gebrante Gaß*. Auch hier war niemand zu sehen. Schnell, aber unauffällig, ging er die Gasse hinunter bis zum ›Schwarzen Krug‹. Noch ein paar kurze Blicke nach beiden Seiten und der Junge huschte durch das Tor.

Als er den Keller betrat, sah er Jonas auf einem großen Bierfass sitzen, an die feuchte Wand gelehnt, die Augen geschlossen.

»Wach auf, du Faulpelz!«, rief er. »Du glaubst nicht, was mir gerade widerfahren ist.« Ein kurzes, erleichtertes Lachen ging ihm dabei über die Lippen. Dabei rüttelte er den Kameraden übermütig an der Schulter. Jonas' Kopf kippte unnatürlich zur Seite. Dann rutschte der vermeintlich Schlafende an der Wand entlang, bis er, wie ein nasser Sack, vom Bierfass glitt. Mit einem Poltern fiel der leblose Körper auf den staubigen Boden. Eilig kniete Marcus nieder und schüttelte den Freund erneut mit beiden Händen. Entsetzen machte sich in ihm breit. Konnte es denn möglich sein? Jonas tot? Er, den er immer um seine Stärke und Verschlagenheit beneidet hatte? Der vor nichts und niemanden Angst zeigte? Was war geschehen?

Marcus' Gedanken kreisten in seinem Kopf wie wilde Wespen um ein faulendes Stück Obst. Eines wurde ihm schlagartig klar: Er konnte Jonas nicht mehr helfen! Der Junge sprang wieder auf die Beine und lief zur Stiege. Und wenn der dicke Kaufmann ihm gefolgt war und in der Gasse lauerte? Er blieb wie gelähmt stehen. Es wäre besser, wenn man ihn, einen Dieb, hier nicht mit dem Toten überraschen würde. Womöglich vermutete man, dass er seinen Kumpanen im Streit um die Beute getötet hatte.

Marcus lief zur Gewölbeluke rüber und stieg auf ein hohes Fass, das direkt unter der engen Öffnung stand. Mühsam zwängte er sich hindurch und gelangte direkt ins Freie. Er befand sich jetzt in dem kleinen Gemüsegärtchen, das die Frau des Wirts sorgsam angelegt hatte. Selbst jetzt, da alle Beete und Sträucher abgeerntet waren, wirkte der Garten sehr gepflegt und ordentlich. Bei diesem Anblick schmeckte Marcus die Erinnerung an den Geschmack frischen Gemüses förmlich auf der Zunge. Ab und zu hatten sich die Jungen hier mal mit frischem Kohlrabi oder mit etwas Obst versorgt. Zu der Erinnerung gehörte aber auch der Gedanke an den Schmerz, den die Schläge der Wirtsfrau auf den Allerwertesten hinterlassen hatten, wenn sie einen der Jungen beim Klauen erwischt hatte.

Marcus lief quer durch die matschigen Beete, in denen zu dieser Jahreszeit nur noch ein Paar schrumpelige Rüben wuchsen. Am Ende des Gärtchens war ein nicht allzu hoher Zaun, den er mühelos überkletterte. So gelangte er in den dahinterliegenden Hof des Nachbarhauses und lief hinüber zum Tor, das auf die Straße führte. Bevor er jedoch hinaustreten würde, musste er erst wieder einen klaren Gedanken fassen. Er atmete ein paar Male kurz, aber tief durch.

An jeder Ecke konnte der dicke Kaufmann lauern, der seine gezinkten Würfel wieder holen und Marcus ans Leder wollte. Wie oft würde es ihm noch gelingen, dem Dicken zu entkommen? Zuletzt war es schon knapp gewesen. Dann kamen ihm wieder die grauenhaften Bilder der letzten Minuten in den Sinn. Er sah Jonas mit den verdrehten Wirbeln vor sich auf dem Boden liegen. Wer hatte das nur getan? Und aus welchem Grund? Hatte man es auch auf ihn abgesehen? Fragen über Fragen. Wo sollte er nur hin? Zurück zu Janssen? Ins Wohnhaus würde ihn die Frau des Wirts niemals lassen. So viel stand fest. Und zurück in den Fasskeller? Auf keinen Fall! Sein Entschluss stand urplötzlich fest: Er musste die Stadt umgehend verlassen.

Zitternd trat er durch das Tor auf die Straße, die an der Stadtmauer entlangführte, und wandte sich nach links. Dicht gedrängt an das brüchige Gemäuer gelangte er im Schatten der Arkadengänge zur *Hantportz*.

Dort angekommen sah er erleichtert, dass die Bauern, die ihre Waren heute in der Stadt verkauft hatten, sich gerade an den Wachen vorbei stadtauswärts schoben. So sollte es ein Leichtes sein, unbemerkt aus der Stadt Neuss zu verschwinden. Doch es ging jetzt nur langsam voran. Ein altes Mütterchen plauderte dort vorne mit den Stadtwachen und versuchte, ihnen noch die letzten Reste ihrer getrockneten Kräuter aufzuschwatzen. Ein Bauer mit narbigem Gesicht, der trübsinnig aus seinen kleinen, faltigen Augen schaute, schien langsam ungeduldig zu werden und rückte mit seinem Karren weiter vor. Die Alte ließ sich jedoch nicht aus der Ruhe bringen und führte ihr Verkaufsgespräch weiter. Nun drängten auch die übrigen Wartenden vorwärts. Die Szenerie schien sich zu einem Tumult zu entwickeln. Nur kein Aufsehen! Dies war das Letzte, was Marcus jetzt gebrauchen konnte. Erst als der Wachposten seine Geldkatze zückte und dem Mütterchen ihre letzten Waren abkaufte, entspannte sich die Situation. Der Tross zog endlich weiter.

Marcus ging dem Strom ein wenig entgegen und scherte blitzschnell hinter einem Karren in die Reihe ein. Mit beiden Händen griff er an den hinteren Holm des Wagens, senkte den Kopf zwischen die Oberarme und tat, als schiebe er den alten Karren, der von einem müden, abgemagerten Ochsen gezogen wurde. Der Bauer, der das Tier führte, war nicht weniger müde als sein Zugtier, und so bemerkte er nicht, dass sich ein ›neuer Knecht‹ zu ihm gesellt hatte. Nur die Magd, die als Nächste in der Reihe folgte, schaute kurz verwundert auf. Sie wirkte sehr ärmlich in ihren Lumpen, die sie notdürftig vor der Kälte schützten. An den Füßen trug sie ebenfalls nur Stofffetzen, die sie mit einer grob geflochtenen Schnur oberhalb ihrer Knöchel festgebunden hatte. Ihr Gesicht wirkte grau und fahl. Die Alte tat Marcus fast ein wenig leid. Der Bauer schien sie nicht sonderlich gut zu behandeln. Nur mühsam schleppte sie sich in Richtung des Stadttors voran.

Marcus wurde nun doch unruhig, als der Tross direkt an den Wachen vorbeizog. Ein streunender Taschendieb wie er war in Neuss kein unbeschriebenes Blatt. Doch die Büttel ließen die Waisenkinder normalerweise in Ruhe. Waren sie ihnen doch zu flink und die Jagd nach ihnen zu beschwerlich. Dies schien auch für diesen dicken Wachposten hier zu gelten, der sich lieber gelangweilt auf seine Hellebarde stützte. Er nahm keine Notiz von dem vorbeiziehenden Jungen.

Nach einer Viertelstunde gelangten sie auf das freie Feld, außer Sichtweite der Stadtmauer. Trotz des Novembernebels, der seit dem Nachmittag langsam aufzog, hatte man einen weiten Blick über die Felder und Äcker. Das Land hier im Linksrheinischen war flach. Ganz anders als auf der gegenüberliegenden Seite des Rheins. Zumindest hatte ihm Jonas das erzählt. Marcus selber war noch nie drüben gewesen. Wie hätte er auch hinüberkommen sollen. Den Fährmann konnte er niemals bezahlen und eine Brücke gab es nicht. So redete er sich ein, dass er auch gar nicht hinüber wollte. Sie hatten in Neuss ihr Auskommen gehabt, wenn auch ein mageres. Die Taschen der zahlreichen Pilger, die nach Neuss kamen, um den heiligen Quirinus um ihre Hilfe anzuflehen, waren stets eine ausreichende Beute gewesen.

Marcus blieb noch eine Weile hinter dem Karren, bis sie an ein kleines Wäldchen kamen, das sich an einem Bach entlangzog. Er verließ den Tross und trat ruhig, ohne Aufsehen zu erregen, ins Unterholz. Erneut schaute die Magd verdutzt auf. Doch sie schien zu müde, um weitergehende Überlegungen anzustellen und folgte weiter gedankenlos dem Wagen.

Auch wenn der Nebel und die nasse Kälte des Abends bereits jetzt Ungemütlichkeit verströmten, die Nacht würde Marcus erst einmal hier verbringen. Er kauerte sich an den Stamm eines umgestürzten Baums und häufte etwas Laub über sich, das ihn vor der Kälte schützen sollte. Mit Moos gepolstert erschien ihm die Schlafstelle ganz passabel. Zumindest war sie halbwegs sicher. Sicherer als jede andere innerhalb der Stadtmauern. Morgen sieht alles bestimmt schon besser aus!, machte sich der Junge selbst Mut, auch wenn es ihm schwer fiel, daran zu glauben. Zuviel Schreckliches war heute geschehen. Es war wohl doch nicht sein Glückstag gewesen.

4

»Bist du nun ganz verrückt geworden?!«, fuhr der Edelmann den Schmierigen an. »Wegen eines solchen verlausten Stück Drecks unseren Auftrag zu gefährden?« Sie waren in die Schankstube zurückgekehrt und hatten sich wieder in der dunklen Ecke niedergelassen. Der Schmierige starrte verlegen und schuldbewusst in seinen Weinbecher. »Nicht nur, dass du dir deinen Kram von einem kleinen Jungen stehlen lässt, nun laufen wir auch noch Gefahr, dass der Schultheiß seine Büttel auf uns hetzt wie ein Jäger seine lechzenden Hunde auf eine Wildsau!«

»Wir werden den blonden Kerl schon finden, und wenn wir ihn erst einmal beseitigt haben, führt keine Spur mehr zu uns«, entgegnete der Schmierige trotzig. »Ich nehme mir den feisten Wirt vor! Der wird schon singen, wenn ich mit ihm fertig bin!«

»Nichts Dergleichen wirst du tun«, der Edelmann wurde lauter. »Du hast genug Unheil für einen Tag angerichtet.« Rasch zwang er sich wieder zur Ruhe. »Wir suchen nicht weiter nach dem Bürschchen und verhalten uns wie unauffällige, brave Bürger, ganz wie es unser Auftrag vorsieht. Wahrscheinlich kann der Kerl das Pergament gar nicht lesen und uns droht keine Gefahr.« So gelassen er dies auch aussprach, sicher war er sich nicht. Mit einem Schluck leerte der Einäugige den Becher und winkte den Wirt heran. Janssen eilte hastig zu ihrem Tisch. »Was wünschen die Herren?«, fragte er mit gespielter Freundlichkeit. »Wir bleiben wahrscheinlich eine Weile in Eurer schönen Stadt«, flötete der Edelmann. »Habt Ihr Zimmer hier in Eurem Haus, in denen wir nächtigen können?«

»Gewiss! Meine Frau wird die Herren hinaufgeleiten.« Ihm war nicht wohl bei dieser Antwort, doch die Geschäfte liefen in den letzten Monaten schlecht, und so war er auf jeden zahlenden Gast angewiesen. Er dachte an seine Steuerschulden und seufzte schwer. Janssen rief seine Frau zum Tisch, die langsam und müde hinter dem Tresen hervorkam. Ihr Missmut verschwand jedoch schlagartig, als sie hörte, dass die Herren die seit Langem leerstehenden Zimmer belegen wollten. Sichtlich ermuntert wieselte sie vor ihnen die Treppe hinauf. Der Wirt schaute den dreien nachdenklich nach.

Als sie auf der Treppe verschwunden waren, drehte er sich um und ging hinaus. Ob Jonas wohl seine warnenden Worte ernst genommen und sich aus dem Staub gemacht hatte? Hatte der Junge Marcus schon gefunden und ihn gewarnt, wie er es ihm aufgetragen hatte? Was die beiden Gestalten wohl von Marcus gewollt hatten? Wahrscheinlich ging es wieder nur um eine kleine Dieberei.

Er verdrängte seine Gedanken und ging nun auf die Holztüre zum Fasskeller zu. Der Wirt öffnete die knarrende Tür und schaute hinunter ins Dunkle. Gott sei Dank! Jonas war gegangen und hatte sogar die Gewölbeluke sorgfältig verschlossen, sodass kein Tageslicht mehr in den kühlen Keller fiel und die Sonne das Bier nicht unnötig erwärmen würde.

Neuss, 5. November 1284 – »Vivat, Kaiser Friedrich, vivat!« Kaum war die Morgensonne über dem rheinischen Neuss aufgegangen, da versammelten sich schon wieder die ersten Bürger vor dem ›Goldenen Horn‹, das am Ende des Marktplatzes lag. Noch am Abend hatte sich die Nachricht, Kaiser Friedrich II. sei zurückgekehrt, wie ein Lauffeuer in der Stadt verbreitet. Wer dies jedoch erst nach Sonnenuntergang erfahren hatte, kam jetzt im Morgengrauen zum *Marckt*, um sich mit eigenen Augen von dem ›Wunder‹ zu überzeugen.

Nachdem die Menge eine Weile geduldig gerufen hatte, öffnete sich das große Fenster, das im oberen Geschoss direkt über dem prächtigen Portal des Gasthauses lag. Etwas wackelig trat nun der alte Mann, den man am Tag zuvor als Kaiser begrüßt hatte, an das Fenster. Sein langes weißes Haar fiel über die Schultern, die in einen wallenden, roten Samtstoff gehüllt waren. Als er sich jetzt leicht vorbeugte, sah man, dass er unter dem improvisierten Umhang nur ein einfaches, aber sauberes Nachtgewand trug. Dennoch – die majestätische Haltung, die hochherrschaftliche Art des Grußes, die unerkennbare Anmut – es gab keinen Zweifel: Dies war der alte Kaiser Friedrich!

Etwas abseits des Geschehens stand ein Mann, der nicht in den maßlosen Jubel des Volkes einstimmte. Es war der Bürgermeister der Amtmänner, Johannes Schulten, der leicht übernächtigt wirkte. Noch bis tief in die Nacht hatten sie im Rathaus zusammengesessen. In der abendlichen Debatte sollte entschieden werden, wie man mit dem unerwarteten hohen Besuch umgehen würde. Die hitzige Diskussion ging schließlich über Stunden hin und her. Mal schienen einige der Schöffen den Alten aus der

Stadt jagen zu wollen, wie es jüngst die Kölner Bürgerschaft getan hatte, mal ergab man sich in völliger Demut gegenüber dem ›großen Kaiser‹. Einige der Amtmänner waren schon dabei gewesen, eine Armee von Neussern zusammenzustellen, um gegen seine Feinde und Widersacher ins Feld zu ziehen. Zu diesen Feinden würde sicherlich auch ihr ungeliebter Landesvater, der Erzbischof von Köln gehören, wenn dieser erst einmal von der Rückkehr des Kaisers erführe. Ihm eins auszuwischen, wäre schon allein die Sache wert, meinte einer der Amtmänner. Doch dann schlug das Zünglein an der Waage wieder in die andere Richtung.

Schließlich entschied man sich gemeinsam, trotz erheblicher Skepsis, den alten Mann als ›neuen alten‹ Kaiser Friedrich II. anzuerkennen. Sprachen doch nicht unerhebliche Gründe dafür. Nach altem, deutschem Recht war die Stadt, die den Kaiser auf eigene Kosten beherbergte, von jeglichen Steuerzahlungen befreit. Es handelte sich also letztlich um ein reines Rechenexempel. Man würde den Gastwirt, dem die meisten Kosten entständen, schon bei der Ehre packen und im Preis drücken können. Ein blasser Schöffe mit kleiner spitzer Nase gab darüber hinaus zu bedenken, dass das Unterfangen, das Volk aus dem bereits entflammten Freudentaumel zu reißen, weder ratsam noch einfach erschien.

Ein Argument überzeugte schließlich auch die letzten Zweifler: Sollte sich letztlich herausstellen, dass es tatsächlich der echte Kaiser war, so würden der Rat und die ganze Stadt Neuss fein dastehen – im Gegensatz zu ihren rheinischen Erzrivalen aus Köln. Wie sich herumgesprochen hatte, hatten diese den Greis am Schandpfahl auf dem *Alter Marckt* nicht nur mit Hohn und Spott überschüttet, bevor sie ihn aus der Stadt jagten.

Dieses Für und Wider ging Schulten nun nochmals durch den Kopf, als er das jubelnde Neusser Volk und den grüßenden weißhaarigen Greis in der morgendlichen Novembersonne beobachtete. »Die Entscheidung war richtig«, sagte er leise zu sich selber und schritt mit einem zufriedenen Lächeln auf den Lippen langsam in Richtung *Geim Gaß*.

Es war spät geworden am gestrigen Abend, dafür war aber das Geschäft seit Langem mal wieder lohnend gewesen, dachte Janssen. An normalen Abenden saß in seiner Schenke lediglich eine Handvoll Pilger, die in die Stadt Neuss kamen, um die Fürsprache des Heiligen Quirinus zu erbitten. Sie hatten meist nur wenige Münzen in ihren Geldkatzen und schienen auch noch fest darauf zu sitzen. Darüber hinaus waren selbst diese Reisenden in der kühlen Jahreszeit selten geworden.

Doch gestern war es anders. Die Schankstube füllte sich nach und nach mit Neusser Bürgern, die in bester Feierlaune so manche Münze springen ließen. Und wenn es eins gab, das die Neusser konnten, dann war es feiern. Sie schwatzten und lamentierten wild durcheinander, sodass Janssen einige Zeit brauchte, um zu verstehen, was der Grund für ihre Ausgelassenheit war.

Hatte er es nur geträumt oder sollte tatsächlich der alte Kaiser Friedrich zurückgekehrt sein? Ausgerechnet nach

Neuss? Schlaftrunken drehte sich Janssen nochmals um und zog die dünne Decke über seinen kalten Rücken, als ihn ein markerschütternder Schrei aufschrecken ließ. Er schien aus dem Keller gekommen zu sein. Schnell sprang der Wirt aus dem Bett und stürzte die Treppe hinab. In seiner Eile stolperte er über die Katze, die es sich an der unteren Stufe gemütlich gemacht hatte. Laut miauend sprang das graue Tier verängstigt davon. Janssen behielt im letzten Moment das Gleichgewicht und eilte zur Tür hinaus in den Flur. Die Holztür zum Fasskeller, aus dem ein heller Feuerschein schien, stand offen.

Als er die Stiege erreicht hatte und hinunterschaute, fuhr es ihm kalt durch die Glieder. Unten stand seine Frau, stocksteif und mit weit geöffnetem Mund. Sie hielt eine Fackel in der ausgestreckten Hand und starrte mit aufgerissenen Augen auf den staubigen Boden. Dort lag Jonas, dessen Kopf weit überdehnt auf seiner linken Schulter ruhte. Seine blutunterlaufenen Augen stierten an die Decke des Gewölbes. Der Wirt ging rasch hinunter und nahm seiner Frau die brennende Fackel aus der Hand, die er in den Ring an der Wand steckte. Dann trat er zu ihr zurück, drückte sie kurz an sich und schob sie in Richtung der Stiege. Sie sollte diesen schaurigen Anblick nicht länger ertragen müssen. Immer noch unter Schock stolperte die Wirtin unbeholfen hinauf ins Freie.

Mein Gott, der arme Kerl!, dachte Janssen und beugte sich zu dem Toten hinunter. Was war bloß geschehen? Der Junge fühlte sich kalt an und Janssen erschauderte erneut, als er die blass-bläuliche Haut der Wangen berührte. Er nahm Jonas' Hand. Sie ließ sich schon wieder bewegen. Also musste es schon eine Weile her sein, dass er umgekommen war, da die Leichenstarre bereits gewichen war. Was sollte er jetzt nur tun? Die Büttel des Schultheißen rufen? Wie sollte er ihnen nur erklären, warum dieser stadtbekannte Dieb ausgerechnet hier tot in seinem Keller lag? Man würde den Jungen anschließend irgendwo auf einem Feld ohne christliche Bestattung verscharren. Das hatte der arme Teufel, bei all dem Pech in seinem Leben, nicht verdient. Als Erstes muss der Leichnam hier verschwinden, durchfuhr es den Wirt, als sein Blick im gleichen Moment auf ein großes, leeres Fass fiel. Er nahm den Deckel herunter und schliff den Leichnam herüber. Mit aller Kraft wuchtete er den leblosen Körper über den Rand, ließ ihn hineingleiten und verschloss das Fass wieder. Der Wirt seufzte tief, als er sich den kalten Schweiß von der fleischigen Stirn wischte. Er nahm die Fackel von der Wand und wollte sich gerade schon umdrehen, als er etwas Bräunliches entdeckte, das dort in der Ecke lag. Janssen erkannte im Schein der Fackel, dass es wohl eine lederne Schultertasche sein musste. Vorsichtig hob er sie auf und schaute zögerlich hinein. Sie war leer. Hatte die Tasche vielleicht etwas mit dem Mord zu tun? Eilig stopfte er sie zu dem Toten in das Fass, um alle Spuren zu beseitigen. Bevor er jedoch in Ruhe nachdenken konnte, was zu tun sei, würde er erst einmal seine Frau beruhigen müssen. Erst jetzt, als er die schmale Treppe hinaufstieg, merkte er an seinen zitternden Knien, wie aufgeregt er selbst war.

5

Zu dieser Stunde erwachte auch Marcus auf seinem mit Raureif bedeckten Nachtlager. Kurz nachdem sich der Junge ins Unterholz gelegt hatte, war er vor Ermüdung eingeschlafen. Nun fror er erbärmlich und seine Glieder waren stocksteif von der eiskalten Nässe, die in seine Kleider gekrochen war. Nur langsam rappelte er sich auf und stakste aus dem Unterholz hinaus zum Feldrand. Hier wärmte ihn die Morgensonne zumindest ein wenig. Langsam kamen ihm die Ereignisse des Vortags wieder in den Sinn und er erschauderte von Neuem. Er spürte jedoch auch die Erleichterung, dass er den heutigen Morgen noch erleben konnte. Der Blonde strich sich über die kalten Arme und ging ein paar Schritte den holprigen Weg entlang. Egal wohin – Hauptsache weit weg von Neuss und den schrecklichen Ereignissen.

Die Mittagssonne stand bereits hoch am Himmel, als Marcus in der Ferne eine kleine Bauernkate erblickte. Vorsichtig näherte er sich dem etwas heruntergekommenen Haus. Aus dem zerfallenen Schornstein stieg dicker, gräulicher Rauch auf, der eine warme Stube vermuten ließ. Ob er hier willkommen war?

Als der Junge die Kate fast erreicht hatte, schoss aus der kleinen Scheune, die links vom Haus stand, ein zotteliger, schwarzer Hund hervor. Das Tier sprang mit großen Sätzen auf ihn zu. Rasch drehte sich der Blonde um und suchte nach einer Möglichkeit, seine armen Knochen in Sicherheit zu bringen, bevor der Hund sie sich als Mittagsspeise schnappen würde. Hinter sich erblickte er einen alten Apfelbaum. Das Tier näherte sich mit bedrohlich klingendem Bellen. Marcus rannte schnell die wenigen Schritte zu dem Baum hinüber und sprang hoch nach einem der dickeren Äste, den er nur knapp, aber mit beiden Händen erwischte. Geschickt schwang er sich in die Höhe, drehte flink seinen Körper im Flug. So landete er rittlings in der unteren Astgabel. Eine Übung, die er schon auf so mancher Flucht absolviert hatte.

Im selben Moment erreichte auch der Hund den Baum und bellte laut drohend in die blattlose Krone hinauf. »So holst du mich hier nicht herunter, mein zotteliger Freund«, lachte Marcus den Hund von oben herab an. Ruhig lehnte er sich an den Stamm des Baumes und blinzelte in die Sonne, die jetzt den Höhepunkt ihres Laufs erreicht hatte.

Janssen hatte seine Frau schon eine Weile im Haus gesucht, bevor er sie in der Schlafkammer fand. Sie lag ausgestreckt auf dem Bett, das Gesicht in den Kissen vergraben. Ein leises Schluchzen war zu hören. Der Wirt setzte sich zu ihr und legte seine starken Hände auf ihre zitternden Schultern. Lange Zeit sprach er kein Wort. Jetzt schien sie sich zu beruhigen und drehte sich zu ihm um. »Der arme Kerl«, brachte Annehild nur hervor und sah Berthold mit rot verweinten Augen an. »Das hat er nicht verdient.« Sie war doch kein so gefühlloser Mensch, dachte Janssen. Hatte sie den Jungen auch früher wie die Pest gemieden und ihm diese an den Hals gewünscht, wenn sie ihn im Keller oder im Garten antraf, so zeigte sie jetzt doch ein Mitleid, das der Wirt seiner Frau so nie zugetraut hätte. »Wer war das bloß?«, fragte sie. Dabei liefen ihr immer noch Tränen über die prallen Wangen. »Was hat der arme Teufel denn getan?«

»Ich weiß es nicht, Annehild«, antwortete der Wirt und seufzte tief. »Und« – sie versuchte, die Tränen herunterzuschlucken – »was sollen wir denn jetzt tun?«

»Ich werde ihn erst einmal unauffällig aus der Stadt bringen und dafür sorgen, dass er draußen beim Kloster zumindest ein ordentliches Begräbnis erhält.« Langsam schien die Frau ihre Fassung zurückzuerlangen. »Gut«, entgegnete sie nur kurz und wischte sich mit dem Ärmel ihrer Bluse das Gesicht trocken. Der Wirt stand auf und ging hinunter.

In dem kurzen Gang zwischen dem Tor zur Gasse und der Tür zum Fasskeller stand ein alter Wagen. Mit behäbigen Schritten, die erahnen ließen, wie schwer sie ihm fielen, trottete er die Stiege hinab zu den Fässern. Zuerst wuchtete er einige leere Fässer hinauf, die etwa so groß waren wie das, in dem der Tote lag. Dann schaffte er mit großer Mühe auch dieses zur Stiege hinüber. Nur mit all seiner Kraft gelang es dem stämmigen Mann, das Fass mit dem Leichnam hinauf in den Gang zu bugsieren. Dann lud er die Fässer, eins nach dem anderen, auf und ging zu dem kleinen Stall, in dem sein alter Klepper stand. Er spannte das magere Tier vor den Karren und führte es zum Tor hinaus auf die Gasse. Langsam ging er die *Neder Strais* hinab, über den *Marckt* und die *Aber Strais* in Richtung *Ober Pfortz*.

Als er das Stadttor erreichte hatte, kam ihm ein Ochsenfuhrwerk entgegen, sodass er am rechten Straßenrand anhalten musste. Der etwas tölpelhafte Bauer rangierte sein breites Gefährt ungeschickt hin und her, um die Pforte unbeschadet zu passieren. Der Kerl würde noch so lange dort herumhampeln, bis die Wachen sich die Zeit nehmen würden, seine Fässer zu kontrollieren, dachte der Wirt ungeduldig und schaute flehend zur Obertorkapelle hinüber, die auf der anderen Seite der Straße lag. »Hey Janssen«, fuhr ihn jetzt einer der Wachposten an. Der Kerl stand direkt neben ihm. In seine Gedanken versunken hatte der Wirt ihn gar nicht kommen sehen. Erschrocken fuhr er zusammen. »Warum so schreckhaft heute?«, fragte der Posten, der sein Zusammenzucken bemerkt hatte. »Lässt wohl deine Leichen verschwinden, die du im Keller hast?« Wusste der Kerl von Jonas?, durchfuhr es Janssen. Der Mann lachte nun, da er das verdutzte Gesicht des Wirts sah, und putzte sich mit der blanken Hand die dickliche rote Nase. »Ja, aber nur die ersten acht«, scherzte Janssen zurück. »Um sie alle vor der Stadt zu verscharren, muss ich noch ein paar Mal fahren.« Im gleichen Moment hatte es der Bauer endlich geschafft, seinen Wagen unbeschadet voranzuziehen und gab die Durchfahrt frei. Der dicke Wachposten lachte immer noch und winkte Janssen nun durch. Rasch griff der Wirt das ausgeleierte Halfter des Pferdes und zog das Tier forsch voran. »Halt! Warte noch mal, Janssen«, der Wachposten kam mit schnellen Schritten hinter dem Wagen her. Hatte er doch etwas bemerkt? Der

Wirt wischte sich den Schweiß ab, der ihm jetzt trotz der Novemberkälte auf der Stirn stand. »Du verlierst ja fast deine Pferdedecke vom Karren.« Janssen blickte sich um und sah den Dicken, wie er das herunterhängende Ende der gräulichen, verschlissenen Decke wieder sorgfältig auf den Wagen schob. »Ich danke dir«, beschied der Wirt knapp und fuhr eilig mit dem Wagen durch die *Ober Pfortz* zur Stadt hinaus.

Als er außer Sichtweite des Tores war, zog er das Pferd von der Straße herunter, hinter ein kleines Gehölz, das nur wenige Schritte vom Wegesrand entfernt lag. Hier war er von der Mauer aus nicht zu sehen. Er manövrierte die Ladung so, dass er das Fass mit dem leblosen Inhalt umstürzen konnte. Gerade als er den toten Körper herauszog, vernahm Janssen das Geräusch eines herannahenden Pferdes. Der Hufschlag wurde lauter und der Reiter schien das Tempo zu verlangsamen. Für den Bruchteil einer Sekunde fühlte sich der Wirt wie gelähmt. Ein Schock durchzuckte seine Glieder. Hatte man ihn doch vom Tor her beobachtet oder nahte nur ein Reisender aus Richtung Köln, der vorbeireiten würde? Hastig versuchte Janssen, den Toten zurück in sein Versteck zu schieben. Doch der linke Unterarm des Jungen hatte sich am Rand des Fasses verkanntet. In diesem Moment verstummten die Hufschläge und ein dumpfes Geräusch war zu hören. Der Reiter war offensichtlich direkt auf Höhe des Gehölzes von seinem Pferd gestiegen. Eilig riss sich Janssen die Jacke vom Körper. Den Schrittgeräuschen nach zu urteilen, kam der Mann nun näher. Mit zitternder Hand drapierte der Wirt den grauen Filzstoff so gut es ging über den verräterischen Oberkörper des Toten. »Da seid Ihr ja!«, ertönte eine harte Stimme hinter ihm. Janssen fuhr herum und presste seinen massigen Körper vor die Laderampe des Karrens, um den nur notdürftig bedeckten Leichnam zu verbergen. Ein dunkel gekleideter, groß gewachsener Mann stand vor ihm, der im gleichen Augenblick zum Knauf seines Langdolches griff. Er zog die glänzende Klinge ein Stück weit aus der Scheide und verharrte urplötzlich in seiner Bewegung. War dies womöglich der Mörder des Jungen?, durchfuhr es Janssen. Wollte er auch ihn, den möglichen Mitwisser beseitigen? Janssen wurde augenblicklich klar, dass nun wohl sein letztes Stündlein geschlagen hatte. Die Augen des Langen, der jetzt einen Schritt auf den zitternden Wirt zuging, verengten sich zu bösartigen Schlitzen.

»Simon Kerkendahl?« Was wollte der Kerl von ihm? Simon Kerkendahl? Stellte er sich womöglich noch vor, ehe er ihm den Dolch zwischen die Rippen stoßen würde? Die Muskulatur des Mannes entspannte sich und die Klinge rutschte mit einem schleifenden Geräusch zurück in die Scheide. Hastig zog der Lange seinen Umhang über die linke Hüfte, an der die eben noch so bedrohliche Waffe hing.

»Entschuldigt, verehrter Herr«, der Mann wirkte jetzt nahezu verlegen. »Ihr seid nicht der, den ich erwartete.« Grußlos drehte sich der Lange um und verschwand aus dem Unterholz. Die Luft aus Janssens Körper entwich wie aus einer zerstochenen Schweinsblase. Trotz der unbeschreiblichen Erleichterung fühlte der Wirt, dass seine Knie immer noch zitterten. Doch jetzt galt es, keine weitere Zeit zu verlieren. Auf eine zweite Störung konnte er weiß

Gott verzichten. Mühevoll zog er den Leichnam des Jungen ganz aus dem Fass heraus und schlug ihn sorgfältig in die Pferdedecke ein. Dann streifte er sich rasch seine Jacke wieder über, führte das Fuhrwerk zurück auf die Straße und setzte seinen Marsch in Richtung des Klosters fort. In der Ferne sah er schon die Umrisse der Klosteranlage. Erst jetzt traute er sich, zurück zur Stadtmauer zu blicken. Gerade rechtzeitig, um zu beobachten, wie zwei Männer mit ihren Pferden in der Baumgruppe verschwanden, in der er eben noch Todesangst verspürt hatte. Der Silhouette nach zu urteilen war der Lange einer der beiden. Den anderen, einen eher kleinwüchsigen Mann, wollte Janssen auf jeden Fall nicht auch noch kennenlernen und so beeilte er sich, zum Kloster zu gelangen.

Der Hund stand immer noch unter der Baumkrone und kläffte zu dem Jungen hinauf. »Du bist aber ganz schön ausdauernd,« rief Marcus dem Tier zu. »Wollen wir doch mal sehen, ob du länger bellen kannst, als ich auf einem Ast sitze.« In diesem Moment öffnete sich die Tür des Hauses. »Gibst du wohl endlich Ruhe, du verdammter Teufelsbraten!« Ein dürrer Kerl mit schütterem Haar trat aus dem Haus und kam jetzt auf den Apfelbaum zu. Sein Leinenhemd hing schlampig über der bräunlichen Hose, die weit über seinen blanken Holzschuhen endete. Die Kapuze seines grauen Filzgugels hing lang und schlaff an seinem leicht gekrümmten Rücken herunter. »He, was treibst du denn da oben?«, rief er Marcus zu, den er jetzt im blattlosen Astwerk entdeckt hatte. Der Hund hörte auf zu bellen und trottete zu seinem Herrchen hinüber, als wolle er sich seine Belohnung dafür abholen, dass er den ›Eindringling‹ gestellt hatte. Der Mann klopfte dem Tier beiläufig, aber anerkennend, auf die Seite. Er kam nun bis auf wenige Schritte an den Baum heran und schaute mit eindringlichem Blick zu Marcus empor. Der Blonde brachte kein Wort heraus. »Komm herunter!«, befahl der Dürre. »Oder willst du, dass ich mir noch den Nacken verrenke?«, er rieb sich mit einer übertriebenen Geste das Genick. Dabei lachte er kurz auf und sein Gesicht wurde mit einem Mal freundlich. Zögerlich drehte Marcus sich um und ließ sich geschickt am Stamm hinuntergleiten. Er stand jetzt dicht an den Baum gepresst, sodass er die Rinde durch das dünne Hemd an seinem immer noch kalten Rücken spürte. »Na komm schon. Rufus tut dir nichts, solange ich in der Nähe bin«, dabei deutete er auf den schwarzen, zotteligen Hund, der sich an seinem Bein rieb. »Ich weiß nicht, wie es mit dir steht«, fuhr der Mann fort, »aber mir ist es hier draußen eindeutig zu kalt. Wir sollten uns ans warme Feuer setzen.« Er drehte sich um und ging in Richtung des Hauses. Marcus fragte sich, ob er die Gelegenheit nutzen und weglaufen sollte. Aber wohin? Sich ein wenig aufzuwärmen schien nicht die schlechteste Aussicht zu sein. So folgte Marcus dem dürren Mann und ging mit ihm hinein ins Haus. Bereits in der Tür schlug ihm eine mollige Wärme entgegen und der Junge wusste, dass es die richtige Entscheidung gewesen war – zumindest für den Moment.

Die Kate wirkte auch im Inneren ärmlich. In der Mitte stand ein einfacher Holztisch mit zwei klapprigen Schemeln. Dahinter prasselte ein Feuer im rußgeschwärzten, offenen Kamin. Ein paar Holzscheite lagen achtlos auf dem Boden verteilt. Dort an der Wand stand ein schmales Regal, auf dem sich einige Vorräte befanden. Auf dem obersten Brett gab es Tongefäße, die fein säuberlich mit Leinen abgedeckt waren. Vermutlich handelte es sich um eingelegten Schafskäse, dachte der Junge und verspürte bei diesen Gedanken ein Magenknurren. An den Seitenbrettern des Regals hingen getrocknete Zwiebeln, die dem Raum ein würziges Aroma gaben. Lieber hätte Marcus den Duft einer frisch geräucherten Wurst oder eines guten Schinkens gerochen, doch Fleischvorräte schien es hier nicht zu geben – zumindest nicht in diesem Raum. Neben dem Regal stand ein hoher Holzbottich, aus dessen Deckel ein langer Holzstab ragte. Marcus erinnerte sich daran, dass er die alte Janssen einmal dabei beobachtet hatte, wie sie in einem solchen Bottich Butter gemacht hatte. Direkt gegenüber dem Regal lag die Schlafstelle des Dürren. Unter dem Laken, das durch die Vielzahl seiner Löcher auffiel, schaute etwas trockenes Stroh hervor. Nur das braunschwarze Ziegenfell, das vor dem notdürftigen Bett drapiert war, verbreitete etwas Wohnlichkeit.

»Du musst die Unordnung entschuldigen«, sagte der Mann ironisch, »aber ich bekomme hier auf meinem bescheidenen Ziegenhof nur selten hohen Besuch.« Dabei schob er einen der Schemel ein Stück in die Richtung des Jungen und ging hinüber zu dem Regal, aus dem er zwei Holzbecher nahm. Diese stellte er zusammen mit einem Krug auf den Tisch und setzte sich. »Ich bin Gernot Thelen, der Ziegenhirte«, stellte sich der Dürre vor und deutete dem Blonden mit einem ungeduldigen Blick, sich endlich zu setzen.

»Ich heiße Marcus«, brachte dieser nun hervor, als er sich neben dem Mann auf dem anderen Schemel niederließ.

»Woher kommst du?«, fragte Thelen ihn ruhig und goss Ziegenmilch in die Becher. »Aus der Stadt«, antwortete der Junge einsilbig und nippte an der Milch, die ungewöhnlich streng schmeckte. Sie schwiegen.

»Wenn du hier bei mir eine Weile bleiben willst, dann musst du aber gesprächiger werden. Schließlich will ich mehr über den wissen, mit dem ich mein löchriges Dach teile. Du willst doch bleiben, oder?«

Marcus wusste nicht, was er antworten sollte. Dennoch folgte er der Aufforderung des Dürren und erzählte dem Mann von seinem Vater, ihrem Hof und wie er nach Neuss gekommen war. Gernot hörte ihm geduldig zu.

Als er nun von Jonas sprach, wie dieser ihn unter seine Obhut genommen hatte, stockte er. Er musste an die Ereignisse des gestrigen Tages denken, und schon liefen ihm wieder dicke Tränen über die Wangen. Mit zitternder Stimme berichtete er von ihrer Zeit mit den anderen Straßenkindern. Es war ein hartes Leben gewesen. Doch nicht, dass sie die Härte des Schicksals zusammengeschweißt hätte. Viele gönnten sich gegenseitig nicht einmal das Schwarze unter den Fingernägeln. Nicht genug, dass sie immer wieder Prügel von den ›ordentlichen Bürgern‹ der Stadt bezogen hatten, nein, die Schwächeren unter ihnen waren auch immer wieder den Schikanen und Überfällen der anderen Straßenkinder ausgesetzt. Einige von ihnen waren auch Waisenkinder. Andere wiederum hatten das Leben daheim nicht mehr ausgehalten oder waren von ihren Eltern verstoßen worden. Teils aus Armut, teils, weil sie aufgrund gesundheitlicher Gebrechen nicht zur schweren körperlichen Arbeit taugten und somit nutzlos für ihre Alten waren. So hausten sie in den dunklen Ecken der Stadt und hielten sich mit kleinen Diebereien halbwegs über Wasser.

So erzählte Marcus von seinem armseligen Leben, das im Tod des Freundes seinen bisherigen grausamen Höhepunkt gefunden hatte. Ein Leben, in das er niemals zurückwollte. Von diesem Gedanken getrieben, erfasste ihn nun eine tiefe Verzweiflung, und Tränen liefen ihm über die Wangen.

»Beruhige dich erstmal«, meinte Gernot jetzt und legte ihm seine dünne Hand tröstend auf die Schulter. »Du kannst mir ja später den Rest erzählen. Hast du Hunger?«, fragte er und blickte Marcus freundlich an. Und ob er Hunger hatte. Erst jetzt fiel dem Jungen auf, dass er ja seit gestern Morgen nichts mehr gegessen hatte. Der Dürre holte etwas Brot und ein Stück Ziegenkäse. »Viel ist es nicht, was ich habe«, meinte er. »Aber ich will es mit dir teilen – wenn du willst? Setz dich derweil ruhig näher an den Kamin. Du scheinst etwas Wärme gebrauchen zu können.«

Janssen pochte mit seiner kalten Faust an das schwere Holztor des Klosters. Ungeduldig wartete er, bis sich endlich nach einigen Minuten das kleine Fenster im oberen Teil der Pforte öffnete. Das weiche Gesicht eines jungen Mönchs erschien nun in der kleinen Luke. »Gott, der Herr, sei mit dir«, grüßte er den Wirt knapp. Auch wenn sein Mund ausdruckslos wie ein schmaler Strich wirkte, so schaute aus seinen Augen eine gewisse Freundlichkeit. »Was führt Euch zu uns?« Janssen hatte diese Frage erwartet und sich die Antwort bereits auf dem Weg hierher genauestens zurechtgelegt. »Gott zum Gruße. Die Bitte um Hilfe ist es, die mich zu Euch führt. Doch nicht ich bin es, der Eurer Hilfe bedarf«, begann er verschnörkelt mit fester, aber freundlicher Stimme. »Vielmehr eine arme Seele, der ich eben auf meinem beschwerlichen Weg nach Köln begegnete.« Dabei setzte er die traurigste Miene auf, die er mit seinem bescheidenen Schauspieltalent zustande brachte. Der junge Mönch schaute nun sichtlich irritiert, da er durch das Fensterchen der Pforte nur diesen einen Mann mit seinem ärmlichen Pferdekarren entdecken konnte. Die arme Seele, von der dieser sprach, sah er beim besten Willen nicht. »Ich war gerade unterwegs zum Schrein der drei Magier aus dem Morgenland«, fuhr der Wirt mit heiligster Pilgermiene fort, »als ich den leblosen Körper eines Jungen fand und mich entschloss, das Letzte, was man auf Gottes Erden für ihn zu tun vermag, hier für ihn zu erbitten.« Bei diesen Worten schloss sich die hölzerne Luke. Hatte er zu dick aufgetragen?, fragte sich Janssen, dem das aufgesetzte Reden sehr schwer fiel. Hätte er besser erst einmal nichts von dem Toten erwähnen sollen? Doch im gleichen Augenblick hörte er das Quietschen der rostigen Schlösser und Riegel. Der Mönch, dessen Neugierde offensichtlich geweckt war, öffnete das Portal und stand nun mit fragendem Gesichtsausdruck vor ihm. Auch wenn er sich nicht sicher war, ob er die Worte richtig deutete, so konnte er einem so frommen Mann doch nicht den Zutritt zu ihrem Kloster verweigern. »So tretet ein mit Gott. Mein Name ist Pater Norbert«, stellte er sich vor und winkte den Wirt mit einer hektischen Handbewegung durch das Tor. »So sprecht, was ist geschehen?«, ungeduldig lief der

Pater um Janssen und den Karren herum. Janssen zog das Pferd voran und hielt am Rande des Klosterhofs an. Er trat nun ebenfalls an das hintere Ende des Wagens. Mit einer dramatischen Geste schlug der die fleckige Pferdedecke zur Seite und gab den Blick auf den toten Jonas frei. Pater Norbert wich erschrocken einen ruckartigen Schritt zurück und bekreuzigte sich mit einer raschen Handbewegung. »Oh Gott im Himmel. Ist er ...?«

»Ja«, antwortete Janssen auf diese Frage des Geistlichen. »Der tote Junge lag mit gebrochenem Genick am Straßenrand. Vermutlich waren es Wegelagerer, die mit ihrer Beute, die sie bei ihm fanden, unzufrieden waren.«

»Und nun wollt Ihr ihn sicherlich in die Stadt bringen, um ihm ein christliches Begräbnis bereiten zu lassen?«, fragte der Augustiner mit leicht drängendem Tonfall. Mit dieser Reaktion hatte der Wirt nicht gerechnet. Zurück? Unmöglich. Er musste sich schnellstens etwas einfallen lassen.

»Nun ja«, ergriff er wieder das Wort. Der junge Mönch schaute ihn erwartungsvoll aus großen Augen an. Janssen überlegte fieberhaft, bis ihm der rettende Einfall in den Sinn kam. »Ich treffe mich mit meiner jüngst verwitweten Schwester am Dom zu Köln und bin schon recht spät dran. So fürchte ich, dass sie sich bereits sorgt.« Langsam kam dem Mönch die Sache merkwürdig vor. »Ich dachte«, Janssen zögerte sein Ansinnen auszusprechen, »Ihr könntet ihn vielleicht hier am Kloster bestatten. Er hat doch niemanden in Neuss«, versuchte er das Mitleid des Mönchs zu wecken. Doch vor lauter Aufregung bemerkte Janssen gar nicht, wie verräterisch seine Worte gewesen waren. Pater Norbert zog die linke Augenbraue skeptisch hoch. »Und Ihr seid sicher, werter Herr«, fragte der Mönch mit ernster Stimme, »dass Ihr wirklich nichts mit dem Tod des Jungen zu tun habt?«

»Nein, ich schwör es bei Gott!«, konterte der Wirt die Anschuldigung mit verzweifelter Stimme. Der Gottesdiener beäugte den Stämmigen mit prüfendem Blick. Trotz seines jungen Alters war sich dieser sicher, über eine gute Menschenkenntnis zu verfügen. Schon häufig hatte man ihn des Samstags zum Beichtdienst eingeteilt und ihm so eine gute Schule zukommen lassen. Schon nach kurzer Zeit war es zu einem Wettkampf mit sich selbst geworden, bei den ersten Worten des Beichtenden erkennen zu wollen, ob es wohl eine lange oder kurze Beichte werden würde. Schließlich meinte er, an der Stimmlage hören zu können, ob es sich um einen über und über mit Schuld beladenen Halunken oder um eine ehrliche Haut handelte.

Aus der Art und Weise, wie der fragwürdige Ankömmling seinem Vorwurf begegnet war, schloss er, dass er die Wahrheit sagte. Zumindest galt dies für seine letzte Aussage. »Nun gut, ich will Euch Glauben schenken«, fuhr der Mönch deshalb fort. »Doch haben wir kein frisches Grab in unseren Mauern und der Boden scheint mir zu dieser Jahreszeit bereits gefroren.«

»Ich helfe Euch«, bei diesen Worten streifte Janssen sich schon eilig den wärmenden Mantel vom Körper und warf ihn auf den Karren, ohne die weitere Reaktion des Mönchs abzuwarten. »Natürlich nur aus reiner Christenpflicht!«, fügte er rasch hinzu, um keinen weiteren Verdacht zu erwecken. »Nun gut«, lenkte der junge Pater ein. »So kommt mit mir. Ich will sehen, was ich für den Toten tun kann.«

Der Schweiß rann Janssen immer noch von der Stirn, als Pater Norbert ein letztes, kurzes Gebet sprach. Der frische Erdhügel vor ihnen wirkte friedlich. Janssen verstand zwar nicht die lateinischen Worte des Geistlichen, doch er war in diesem Moment glücklich, dass Jonas zumindest jetzt und hier Ruhe finden würde. Er hatte nicht hören können, was der junge Mönch dem Abt des Klosters erzählt hatte, bevor sie sich ans Werk gemacht hatten, doch letztlich hatte dieser dem Begräbnis am Rande des Klosterfriedhofs offensichtlich zugestimmt.

Mit erdigen Händen wischte sich Janssen die Tränen aus den Augen. Der Pater beendete sein Gebet und schaute ihn nun mit einem tröstenden Blick an. Die beiden Männer gingen wortlos zurück zur Pforte des Klosters, wo der Pferdekarren des Wirtes stand. »Ich danke Euch«, sagte der Wirt mit brüchiger Stimme. Der Augustiner reagierte nur mit einem stummen, verständnisvollen Nicken.

Noch lange schaute der junge Mönch dem Fremden nach, als dieser mit seinem Wagen die Straße hinunter nach Neuss zog. Was immer die Vorgeschichte gewesen sein mochte, seine innere Stimme sagte dem Geistlichen, dass er das Richtige getan hatte. »Hm, auf dem Weg nach Köln. So, so«, murmelte er unhörbar in sich hinein und ging zurück in den Innenhof.

6

2. Dezember 1284 – der Vorabend zum ersten Advent. Johlend tobten Kinder über den großen Platz vor dem Neusser Rathaus. Es war nicht nur der Advent, der das bevorstehende Weihnachtsfest ankündigte, nein, auch der erste Schnee, der nun gefallen war, ließ ihre kleinen Herzen höher schlagen. Durch das Fenster drang warmes Kerzenlicht nach draußen, und zwei alte, aber leuchtende Augen schauten hinaus. Der Kaiser hatte sich für einen Augenblick von seiner Arbeit gelöst und blickte nun auf den frisch verschneiten Marktplatz hinaus. Er wohnte nun schon seit fast einem Monat hier im ›Goldenen Horn‹. Auch wenn die erste Freude über sein Erscheinen ein wenig abgeebbt war, so blieben immer wieder Menschen vor seinem Fenster stehen und jubelten ihm zu. Das wärmte sein altes Herz. Insbesondere der sonntägliche Gang zum Gottesdienst im Münster wurde ein ums andere Mal zum Triumphzug für ihn. Doch wie lange würden dieser Jubel, diese Gastfreundschaft noch anhalten, wenn er seinerseits keine kaiserlichen Taten entgegenzusetzen hatte? Er musste etwas unternehmen.

Nachdem er eine Weile dem fröhlichen Kindertreiben zugeschaut hatte, setzte er sich wieder an den schweren Eichentisch in seiner Kammer, der ihm als Schreibtisch diente. Auf der rechten Seite stapelten sich einige gefaltete und versiegelte Pergamente. Es handelte sich um Depeschen, die er in den letzten Tagen an die wichtigsten Fürsten und hohen Herren des Rheinlands und der angrenzenden Ländereien geschrieben hatte. Seine runzelige Hand griff nun wieder entschlossen zum Federkiel.

Werte Fürstäbtissin.

Uns, Friedrich, Kaiser von Gottes Gnaden, erfüllt es mit Freude, dass Ihr die Kunde unserer Rückkehr mit solcher Glückseligkeit aufgenommen habt …

War die Kunde wirklich bereits bis ins ferne Essen vorgedrungen? Wie es auch sei, durch diese Schreiben voller kaiserlicher Anerkennung würden sich die hohen Herrschaften wohl geschmeichelt fühlen und spätestens jetzt von seiner ›tatsächlichen‹ Rückkehr erfahren. Wie würde wohl die Reaktion auf seine Botschaften ausfallen? Er schrieb noch einige Zeilen, faltete das Pergament sorgfältig und presste dann vorsichtig den Siegelring, den er sich in der letzten Woche beschafft hatte, in das heiße Wachs. Nachdenklich legte der Alte den Brief auf den Stapel zur Rechten.

Ob man ihm Zeichen der untertänigen Gefolgschaft oder der offenen Feindschaft senden würde? Er wusste es nicht. Dieses Wagnis musste er eingehen. Es war nur eine Frage der Zeit, bis die Neusser ungeduldig würden und Zeichen seiner kaiserlichen Macht sehen wollten – ganz abgesehen von monetären ›Bitten‹. Doch derzeit besaß er nichts mehr als das ärmliche Gewand, das er bei seiner Ankunft im November getragen hatte und die Dinge, die ihm der Gastwirt in seiner gutgläubigen Naivität zur Verfügung gestellt hatte. Schon heute nach der Abendmesse im Münster würde er die Bürgermeister darum bitten, nein, ihnen befehlen, reitende Boten auszusenden, die seine Depeschen im Lande verteilen sollten.

Auch auf dem Ziegenhof war an diesem Abend der Winter eingekehrt. Gernot Thelen hatte gerade ein ordentliches Feuer im Kamin entfacht und zündete sich zur Feier des Tages seine lange Tonpfeife an. Er saß am Tisch und blies genüsslich ein paar Rauchwölkchen in die Luft. Marcus hockte, das Kinn in die Hände gestützt, an dem kleinen Fenster und schaute traurig den tanzenden Schneeflocken zu. Vielleicht würde ihn die frische, klare Luft auf andere Gedanken bringen. So legte er sich die graue Filzdecke um die Schultern und ging hinaus.

Doch auch hier draußen wollten ihm die Sorgenfalten nicht von der Stirn weichen, als er so durch den Schnee stapfte. Zu Hause in Neuss hatte er sich stets über den ersten Schnee gefreut, wie alle anderen Jungen auch, doch nun war alles anders. Eigentlich hatte er sich ja in den letzten Wochen auf dem Ziegenhof so wohl gefühlt, wie lange nicht mehr.

Gernot hatte ihm vieles über Ziegen beigebracht, und so war er mit seinen geschickten Händen schnell zu einer brauchbaren Hilfe geworden. Der dürre Mann war stets gut zu ihm gewesen und teilte seine Habe mit ihm, auch wenn sie kaum für einen reichte. Ja, oft lachten sie sogar zusammen und Marcus fühlte sich glücklich. Sie scherzten, wie er es zuvor nur mit Jonas getan hatte. Jonas! –

Marcus kamen bei den Gedanken an seinen toten Freund die Tränen.

Durch den Schleier seiner Tränen sah er mit einem Mal zwei Reiter auf den Hof zu traben. Langsam kamen sie über die kleine Anhöhe geritten, in dessen Schutz der Ziegenhof lag. Die beiden wirkten schon aus der Ferne unterschiedlicher als sie nur sein konnten. Während der kleinere, leicht untersetzte Mann auf einem kurzbeinigen, dickbäuchigen Pferd daherkam, saß der schlaksig wirkende Hagere auf einem mächtigen, schwarzen Schlachtross.

Was wollten die Kerle hier? Waren sie auf der Suche nach ihm? Die Reiter hatten beinahe die alte Kate erreicht, als Marcus angesichts der dunklen Gestalten Panik ergriff. Zum Haus zurück würde er es nicht mehr schaffen, ohne von ihnen entdeckt zu werden, zu nah waren sie bereits gekommen. Marcus ärgerte sich, dass er ob seiner Gedankenversunkenheit die Hufschläge nicht eher gehört hatte. Doch es half nun alles nichts. Halb geduckt und im dürftigen Schutz der einsetzenden Dämmerung lief er die wenigen Schritte hinüber zu dem alten Brunnen, der etwas abseits auf dem Hof stand. Seine Knie verursachten ein leises Schürfen auf dem verharschten Schnee, als er sich hastig hinter der bruchsteinernen Umrandung fallen ließ. Mist! Hatten ihn die beiden jetzt womöglich gehört? Die Hufschläge waren verstummt. Nachdem einige Sekunden verstrichen waren, fasste sich der Blonde ein Herz und schaute, dicht an den kantigen Stein gedrückt, vorsichtig am Brunnen vorbei zum Haus.

Die Reiter standen nun vor der Kate und machten keinerlei Anstalten, von den Pferden zu steigen. Sie saßen nur ruhig auf ihren Gäulen und schauten etwas unentschlossen hinüber zur Eingangstür. Doch weniger unentschlossen als die Männer wirkte ihre Bewaffnung. An der linken Seite des Hageren prangte ein Langdolch; der andere trug einen gewaltigen Streitkolben in seinem Gürtel, und aus ihrem Sattelzeug schauten bedrohlich Schwertspitzen heraus.

Der Rechte zog nun kurz am Zaumzeug seines Pferdes und das Tier drehte den Kopf, als habe es das Zeichen zum Umkehren erhalten. Noch mal gut gegangen, dachte Marcus gerade, als der Kleinere herumfuhr und direkt in seine Richtung blickte.

Dem Blonden gefror das Blut in den Adern. Quer über das narbige Gesicht des Mannes zog sich ein handgroßer, blutroter Fleck, der sein brutales Erscheinungsbild noch furchteinflößender machte. Ruckartig zog Marcus den Kopf zurück und schürfte sich dabei den Wangenknochen am scharfkantigen Bruchstein des Brunnens auf. Im gleichen Moment spürte der Junge, wie ihm warmes Blut über die Haut seines eiskalten Gesichts lief. Er wagte kaum zu atmen und hörte nun, wie beide Reiter aus dem Sattel stiegen. Augenblicklich sah Marcus vor sich wieder das Bild des toten Jonas' auf dem Boden des Fasskellers. In diesem Moment ertönte ein lauter Knall.

Marcus zuckte unweigerlich zusammen. Die hölzerne Tür der Kate war aufgestoßen worden und Rufus' wütendes Gebell durchschnitt die Stille des frostigen Dezemberabends. »Was wollt ihr hier?«, erklang nun auch Thelens Stimme. »Das Beste wird sein, ihr steigt sofort wieder auf eure Gäule, bevor mein Hund Euch die Waden in Stücke reißt.« Die Warnung hatte gesessen, denn als Marcus nun erneut aus seinem Versteck hervorschaute, sah er, wie die Männer sich hastig zurück auf ihre Sättel schwangen. »Schon gut, schon gut«, versuchte der Hagere den Ziegenhirten, und vor allem seinen noch immer zähnefletschenden Hund, zu beruhigen. »Wir wollten doch nur eine freundliche Auskunft«, ergriff nun der Kleinere das Wort. »Seid doch so gut und sagt uns, wie wir zur Straße nach Schloss Hülchrath gelangen.« Gernot gefielen solche Galgenstricke offensichtlich genauso wenig wie Marcus, und so antwortete der Ziegenhirte zur Erleichterung des Jungen nur kurz und mit unverändert barschem Ton: »Reitet bis zu dem kleinen Wäldchen dort drüben und haltet Euch dann in Richtung Westen. Dann gelangt ihr schon dorthin, wohin es Euch zieht. Und nun verschwindet.« Missmutig blickte der Linke hinüber zu dem Hund und leitete nun tatsächlich das Wendemanöver ein. Auch der andere trieb sein Pferd an, und so preschten die beiden Reiter wieder davon.

Als sie beinahe schon außer Sichtweite waren, ließ Marcus sich vor Erleichterung wie ein nasser Sack in den Schnee fallen. Es war nicht die Kälte, die ihn immer noch am ganzen Leibe zittern ließ. Erst durch den dumpfen Aufprall seines Körpers bemerkte der Ziegenhirte nun den Jungen hinter dem Brunnen und kam hinübergelaufen.

»Was ist mit dir?«, sprach Gernot und legte seinen Arm unter den Nacken des Jungen. »Die Burschen waren doch halb so schlimm, wie sie aussahen. Mit denen sind wir doch prima klargekommen.« Bei diesen Worten klopfte er mit der freien Hand auf die Seite des Hundes, der schon wieder an seiner Seite stand. »Bisher hat sich noch niemand getraut, uns ein Haar zu krümmen, nicht wahr, Rufus.«

»Es ist nur, ich dachte wegen ...« Der Blonde brachte

nur stammelnd ein paar Worte heraus, als er sich jetzt aufrichtete und an den Brunnenrand lehnte. »Komm erst einmal wieder herein«, sagte Gernot und führte ihn zurück zur Kate. Er hatte bemerkte, dass mit dem Jungen etwas nicht stimmte und dass es nicht nur der Schreck über den unerwarteten Besuch war, der den Jungen erzittern ließ.

Thelen hatte den Blonden nah ans Feuer gesetzt und wiederholte nun bohrend die Frage, die er ihm bereits am Brunnen gestellt hatte: »Was ist mit dir?« Erst, als sich der Ziegenhirte zu ihm setzte und seine Hand auf die Schulter legte, reagierte Marcus. Er drehte sich um und vergrub sein Gesicht in der kratzigen Weste aus Ziegenfell, die Gernot an diesen kalten Winterabenden trug. Der Dürre strich ihm sanft mit seinen rissigen Händen über das blonde Haar. Er hatte den Jungen nie gedrängt, ihm die ganze Geschichte zu erzählen. Doch jetzt schien es ihm an der Zeit, mehr zu erfahren, um seine Traurigkeit besser verstehen zu können. »Komm, erzähle mir deine Geschichte«, sagte er mit sanfter Stimme. »Das Sprechen wird dir helfen.«

Er goss Marcus einen Becher Ziegenmilch ein, die der Junge mittlerweile beinahe gern mochte.

Marcus begann mit dünner Stimme zu berichten, was er an seinem letzten Tag in Neuss erlebt hatte. Gernot hörte ihm aufmerksam zu und zog dabei immer wieder an seiner langen Tonpfeife. Gernot konnte das Geschehene natürlich auch nicht rückgängig machen, dachte Marcus, doch in einem hatte er wohl recht: Es half tatsächlich, die Erlebnisse nach der Zeit des Schweigens mit jemanden teilen zu können. Es tat gut, einen Menschen zu haben, der einem zuhörte. Dem Blonden fiel jetzt bei seinen Worten auf, dass er mit Gernot eigentlich zum ersten Mal in seinem

Leben einen solchen Menschen an seiner Seite hatte. Einen Menschen, dem er von seinen Sorgen erzählen konnte. Der Respekt sowohl vor dem Vater als auch vor dem väterlichen Freund, Jonas, war immer zu groß gewesen, als dass er ihnen von seinen Gefühlen berichtet hätte. Mit diesen Gedanken kehrte nun auch wieder die Wärme in ihm ein. Diese Wärme, die er in den letzten Wochen hier auf dem Ziegenhof so sehr genossen hatte.

7

Die Glocken des Münsters schienen an diesem vorweihnachtlichen Abend durchdringender denn je zu läuten, als wollten sie das Neusser Volk förmlich zur inneren Vorbereitung auf das anstehende Fest zwingen. Auch der Bürgermeister der Amtmänner stapfte jetzt durch die *Kremer Strais* in Richtung des prunkvollen Gotteshauses, als er zusammenzuckte und rasch versuchte, sich in einen der dunklen Hauseingänge zu zwängen. Doch es war zu spät.

Edelgard Rutzen, die resolute Gattin des Wirts des ›Goldenen Horns‹, hatte Konrad Schulten erspäht und kam nun geradewegs durch das Schneetreiben auf ihn zu. Offensichtlich hatte sie ihm am Ende der Gasse aufgelauert. »Wie gut, dass ich Euch hier antreffe, verehrter Herr Bürgermeister«, platzte sie sofort los. »Es ist nur wegen des anstehenden Weihnachtsfestes.« Ungläubig schaute Johannes Schulten sie an. Sollte sich ihr Ansinnen gar nicht um die offene Zeche des Kaisers drehen? »Nicht, dass wir nicht über ausreichende Mittel verfügen würden«, fuhr sie ohne Luft zu holen fort, »doch die Beköstigung des Hochwohlgeborenen verschlingt nicht unbeträchtliche Summen, und so werden mein Mann und ich wohl am Wiegenfeste unseres Herrn mit einfachen Speisen auskommen müssen.« Also doch! »Es sei denn«, endlich unterbrach sie ihren Redeschwall zugunsten einer kunstvollen Pause. Der Bürgermeister schaute sie fragend an, auch wenn ihm klar war, wie die Unterhaltung weitergehen würde. »Es sei denn, der Rat der Stadt kommt endlich seinen finanziellen Pflichten nach und entlohnt uns für die Mühe und die Kosten.« Bei diesen Worten stemmte sie die Hände in ihre üppigen Hüften und baute sich bedrohlich vor dem Stadtvater auf. »Nun ja, Euer Mann hat doch wohl Interesse an einem Posten als Amtmann«, der Bürgermeister überlegte krampfhaft, wie er der penetranten Frau einerseits Hoffnung machen konnte, ohne jedoch gleichzeitig ein allzu großes Versprechen einzugehen, als die Wirtin in diesem Moment ein Schneeball in das vor Kälte gerötete Gesicht traf. Ein Junge lief lachend an ihnen vorbei in Richtung Münster. Edelgard Rutzen wischte sich prustend das eisige Nass aus dem fleischigen Gesicht. Als sie nun die Augen wieder öffnete, war ihr Gesprächspartner wie vom Erdboden verschluckt. Der Bürgermeister hatte die Gunst des Augenblicks erkannt. Schnellen Schrittes war er davon geeilt und rief ihr nur noch über die Schulter zu: »Ich werde die Angelegenheit schon in den nächsten Tagen vor den Rat bringen. Seid versichert, dass alles zu Eurer Zufriedenheit geregelt werden wird. Ich werde Bürgermeister von Hohenberg gewiss mit in die Pflicht nehmen können. Doch nun muss ich zur Messe. Lebt wohl, Gott sei mit Euch!« Mit diesen Worten verschwand er am Ende der Gasse und huschte durch das Portal des Münsters.

Auch im Wirtshaus bereitete man sich auf das anstehende Fest vor. Doch anders als für die gut betuchten Bürger der Stadt bestanden die Vorbereitungen nicht aus einem festlichen Kirchgang, sondern, wie so oft, aus körperlicher Arbeit. Wenn Janssens Gaststätte auch nur ärmlich war, so wollte er sie doch gerade in dieser vorweihnachtlichen Zeit im bestmöglichen Glanz erscheinen lassen. Nachdem er den ganzen Tag in der Schenke und hinter dem Tresen für Ordnung und ein machbares Maß an Sauberkeit gesorgt hatte, wollte er sich nun um die Vorräte für die letzten Wochen des Jahres kümmern. So stieg er hinab in den Fasskeller.

Unweigerlich dachte er in diesem Augenblick an den toten Jonas und an Marcus. Es war eigentlich wie immer in den letzten Monaten, wenn er hier hinunterkam. Was mochte wohl aus Marcus geworden sein? Er hoffte inständig, dass der Junge am Leben sei und murmelte bei diesen Gedanken ein kurzes Stoßgebet.

Wie an jenem Morgen, an dem seine Frau den Leichnam gefunden hatte, steckte er nun die Fackel in den Ring an der Wand. Das Feuer hüllte den Raum in ein warmes Licht, das so gar nicht zu seinen Erinnerungen passen wollte. Er begann die Fässer zu sortieren, die er sonst oftmals nur achtlos hier abstellte. Als er nun das letzte der leeren Fässer hinüber zur Gewölbeluke schaffen wollte, fiel sein Blick auf etwas, das dort am Boden lag. Müde von der Arbeit des Tages bückte er sich danach und hob es auf. Der Wirt hielt ein gefaltetes Pergament in der Hand, dessen Siegel bereits aufgebrochen war. Janssen ging hinüber zum Licht der Fackel, um es näher zu betrachten. Vorsichtig faltete er es auf und strich es glatt. Wie kam ein solches Schriftstück hier in seinen Keller?, fragte er sich und gab sich im gleichen Moment die Antwort. Sicherlich ein Überbleibsel aus einem der Beutezüge der Jungen. Schade, dass er es nicht lesen konnte, dachte Berthold jetzt. Vielleicht war es ein Gebet oder einige warmherzige Zeilen, die ihn abgelenkt hätten, da er nun wieder unweigerlich an die Jungen denken musste.

Er wollte das Pergament schon in die Flamme der Fackel halten, um auch die letzten Spuren zu beseitigen, als ihm der fahrende Händler einfiel, der auf dem Markt von Zeit zu Zeit Pergamentfetzen zum Kauf anbot. Oft hatte Janssen ihm mit staunenden Augen und offenem Mund zugeschaut, wenn er mit einem scharfen Messerchen geschickt die Schrift von den beschriebenen Bögen kratzte. Offensichtlich waren diese Bögen so wertvoll, dass es sich lohnte, die Schrift mühsam zu entfernen und das so gewonnene Schreibmaterial an Mönche oder andere gelehrte Herren zu verkaufen. Sorgfältig legte er das Schriftstück wieder zusammen und ließ es in die Tasche seiner Schürze gleiten.

Der Kirchenraum füllte sich scheinbar unaufhaltsam mit dem edlen Geruch des üppigen Weihrauchs, und die Rauchwolken verbargen mehr und mehr den Blick auf den Altarraum. Kaiser Friedrich blickte zufrieden und mit frommer Miene hinüber zum Mittelschiff, wo die Menschenmassen zusammengedrängt saßen und wie so oft zu ihm herüberstarrten. Einige tuschelten von Zeit zu Zeit, auch wenn die Messe bereits begonnen hatte. Die Worte des Priesters schienen fast ungehört zu verhallen.

Der Kaiser blickte nun himmelwärts. Doch nicht aus Andacht. Er wollte den Augenblick nutzen, um die großartige Architektur des einzigartigen Gotteshauses mit seinen trutzigen Pfeilern zu genießen. Friedrich schaute hinauf zu der prächtigen Südempore und erblickte das Doppelkapitel mit der figürlichen Darstellung gebrechlicher Pilger. Eine Darstellung, die er in den wenigen Wochen, in denen er nun in Neuss weilte, lieb gewonnen hatte und die ihm ans Herz gewachsen war. Doch war da ein Schatten? Hielt sich jemand dort oben an der Säule auf? Unmöglich, die Empore war während der Gottesdienste für niemanden zugänglich.

Doch Friedrich hatte sich nicht getäuscht. Auch von der Nordseite des Münsters schaute ein Auge hinab in die Tiefe und ließ seinen aufmerksamen Blick über die Gläubigen hinweg hinüber zum Kaiser streifen. In einen schwarzen Umhang gehüllt, das Barett tief ins Gesicht gezogen, presste sich der Edelmann eng an die wuchtige Säule der Empore. Wie lange würde es noch dauern, bis sie ihren Auftrag endlich abschließen konnten? Normalerweise taten sie ihr Werk direkt nach der Ankunft, und verschwanden genauso plötzlich, wie sie gekommen waren. Doch dieser Auftrag war anders. Zermürbend. Diese Stadt mit ihrer Enge, und der Umstand, dass sie zum Warten verurteilt waren, reizten ihn bis aufs Blut. Allein bei dem Gedanken daran spürte er eine übermächtige innerliche Unruhe, die in ihm aufstieg. Er zwang sich zur Gelassenheit und führte seine Beobachtungen fort. Wie einem aufmerksamen Bussard keine Bewegung einer noch so kleinen Feldmaus entging, so entging dem Mann dort oben keine Bewegung der Betenden dort unten im Kirchenschiff. Doch keiner der Gläubigen bemerkte diese Blicke.

Nach einer guten Stunde war die Messe beendet und die Gläubigen verließen leichten Herzens das Kirchenschiff. Als Erstes war der Kaiser hinaus auf den Platz vor dem Münster getreten, dicht gefolgt von einigen Herren des Stadtrates. Der eine oder andere würde sicherlich versuchen, die ausgeglichene Stimmung des Regenten nach diesem reinigenden Besuch im ehrwürdigsten Gotteshaus der Stadt für sich zu nutzen. Doch die Stadtwachen wollten die hohen Herren auf dem Weg zum Gasthaus gar nicht recht an den Kaiser heranlassen, als ahnten sie, dass diese Männer nur die Ruhe ihrer Exzellenz eigennützig stören würden. Kurz nachdem auch das einfache Volk durch das Portal gedrängt war, leerte die Dezemberkälte den Platz im Handumdrehen.

Es war schon einige Zeit vergangen, als ein einzelner Mann hinaus auf das Pflaster schwankte. Er balancierte einen hohen Stapel aus Decken und schweren Stoffen, die er fein säuberlich gefaltet auf seinen Unterarmen trug und die ihm bis zur Kinnspitze ragten. Es waren jene Decken, die in der letzten Stunde dafür gesorgt hatten, dass der Kaiser, trotz der winterlichen Kälte, die im Kircheninneren zu dieser Jahreszeit herrschte, nicht gefroren hatte. Kein Zweifel, es musste sich um einen Diener Friedrichs handeln.

Tapsig stolperte dieser über das Pflaster, als er plötzlich ins Straucheln geriet. Erst im Fallen merkte der Mann, dass es ein Bein gewesen sein musste, das ihn nun stürzen ließ. Hart schlug er zwischen den Stoffen auf dem eisigen Boden auf. Er wollte schon aufspringen und dem Übeltäter an die Gurgel gehen, als er die Aussichtslosigkeit seines Unterfangens erkannte. Vor ihm stand ein breitschultriger, schmieriger Mann, der ihn von oben herab angrinste. »Kann ich Euch behilflich sein, kaiserlicher Diener?« Der am Boden Liegende fuhr herum und erkannte, dass der Schmierige nicht alleine war. Der Edelmann zog ihn im gleichen Augenblick auf die Beine und klopfte dem Gestrauchelten mit gespielter Freundlichkeit die Schneereste vom Umhang. »Verzeiht das Missgeschick meines Freundes«, säuselte er. »Er ist mit unter etwas ungeschickt. Aber nun antwortet, wie können wir Euch, verehrter Herr, in Eurem edlen Dienste unterstützen?« Angestachelt von diesen ehrerbietigen Worten wurde der Diener nun keck. »Es wäre mir schon damit gedient, wenn diese fette Unke die Stoffe wieder aufsammeln würde!« Angesichts dieser Worte trat der Schmierige einen energischen Schritt auf ihn zu, doch der Edelmann hielt seinen Kumpanen mit ausgestrecktem Arm zurück. »Oh, oh, wie mutig Ihr doch seid.« Der Edelmann pfiff anerkennend. »Wie kommt es, dass ein solch tapferer Recke vom Kaiser für solch simple Aufgaben wie die eines Packeselchens missbraucht wird? Habt Ihr es bei Eurem Schneid nicht verdient, als stolzer Ritter frei durch die Lande zu ziehen und so dem Kaiser ehrenvollere Dienste zu erweisen?«

»Frei? Pah!«, der Diener zog eine verächtliche Miene. »Erst war ich Leibeigener dieses fetten Dinkelsacks, und nun muss ich diesem sabbernden Greis von Kaiser den Allerwertesten nachtragen.« Der Edelmann schaute neugierig. »Was Ihr nicht sagt?«, heuchelte er interessiert, und so erzählte ihm der Mann, dass er Jakob heiße und von Kindesbeinen an im Hause des reichen Kornhändlers Michel Weidenfeld Dienst tun musste. Sein Vater hatte ihn im Alter von nur fünf Jahren für ein paar lausige Weißpfennige an den Händler verscherbelt. Nachdem Jakobs sehnlichster Wunsch, der Tod des Alten, endlich eingetreten war, kam er vom Regen in die Traufe. Sein Peiniger war kurz vor dem Fest der heiligen Barbara ohne jegliche Erben gestorben, und so hatten sich die Bürgermeister, natürlich im Interesse der Stadt, des gesamten Vermögens angenommen. Aus Sicht der hohen Herren zählte seine Person selbstverständlich dazu, und so hatte man ihn ohne zu zögern in den Dienst des Kaisers gestellt. Auch wenn man möglichst wenig Goldstücke für das Wohlergehen des Kaisers ausgeben wollte, so sollte es dem hohen Herrn doch nicht an den finanziell machbaren Annehmlichkeiten mangeln. Auch wenn das Erscheinungsbild des kränklich wirkenden Schlacks nicht gerade zu einem Herrscher höchsten Ranges passte, so war man doch froh gewesen, jemanden für die Aufgabe gefunden zu haben, ohne tief in die Goldtruhen der Stadt greifen zu müssen. Schließlich sollte der Aufenthalt Friedrichs ein finanzieller Gewinn für die Stadt werden und sich nicht ins Gegenteil wenden.

»Habt Ihr denn nach dem Tod des Kornhändlers nicht daran gedacht, einfach davonzugehen?«, unterbrach der Edelmann Jakobs Redeschwall. Mit einer Mischung aus Süffisanz und Resignation schaute ihn der Diener mit geröteten Augen an. »Weggehen? Wovon sollte ich leben, verehrter Herr?« Seine Augen wurden nun noch röter. »Ich besitze doch nicht einen Heller.«

»Wenns weiter nichts ist.« Der Edelmann grinste breit. »Ich fragte Euch doch bereits, wie wir Euch helfen könnten.« Kameradschaftlich legte er den Arm um Jakobs Schulter. »Kommt, ich werde Euch einen Weg zeigen. Mein Freund wird sich derweil um die kaiserlichen Decken kümmern.« Das unmutige Knurren des Schmierigen begleitete sie, als sie durch eine der dunklen Gassen den Münsterplatz verließen.

~

NEUJAHR 1285 – der Tag war lange angebrochen und die verschneite Stadt Neuss lag da wie in einem Wintermärchen. Die Sonne tummelte sich am strahlend blauen Himmel hoch über dem Gasthof zum ›Goldenen Horn‹. Auch wenn sich die Bediensteten noch so anstrengten, keinen Lärm im Hause zu verursachen, so ließ es sich nicht vermeiden, dass das Knarren der alten Holztreppe den hohen Gast zur zwölften Stunde weckte.

Friedrich rieb sich die Augen und griff nach dem goldenen Glöckchen, das auf dem kleinen Tischchen neben seinem Bett stand. Sekunden, nachdem er geläutet hatte, öffnete sich die Tür zu seinem Schlafgemach und Jakob trat herein.

Wie an jedem Morgen half Jakob nun dem Kaiser beim Ankleiden. Auch ein paar geeignete Kleidungsstücke hatten sich im Nachlass des Verstorbenen gefunden. Die Gattin des Bürgermeisters Schulten rief rasch ein paar fleißige Frauenhände zusammen, die die erforderlichen Änderungen durchführten, und schon war die neue Garderobe des Kaisers fertig gestellt.

Eigentlich gab es für Jakob, der etwa 28 Lenze zählte, keinen Grund zur Klage, denn seine Arbeit, die aus Ankleiden, Vorkosten und kleineren Botengängen bestand, war wahrlich nicht schwer. Doch irgendwie hatte er sich seine Zukunft nach dem Tod des alten Händlers anders vorgestellt. So trug er auch an diesem herrlichen Tag seine Mundwinkel nach unten gezogen, als habe er gerade unerwartet von seiner bevorstehenden Hinrichtung auf dem Schafott erfahren. Friedrich ließ sich jedoch hiervon in keiner Weise anstecken und fragte nun seinen Diener nach etwaigen Nachrichten, die für ihn angekommen sein mochten. Diese Frage stellte er an jedem Morgen, den der liebe Gott erschaffen hatte – doch bisher stets ergebnislos. Wortlos und ohne auch nur eine Miene zu verziehen, griff der Diener nun zur Überraschung des Kaisers in das Innere seines Rockes und zog ein versiegeltes Pergament hervor. Friedrich ahnte, dass es die erste Antwort sein würde, die er auf seine Depeschen erhielt. Eilig scheuchte er Jakob aus dem Zimmer und setzte sich mit kindlicher Vorfreude an den Tisch, um das Schreiben zu öffnen.

Er warf nur einen flüchtigen Blick auf das Siegel, das ihm unbekannt war, und er brach es voller Ungeduld. Hastig entfaltete er das Pergament und begann zu lesen:

Friedrich, Kaiser von Gottes Gnaden,

wir, Berta von Arnsberg, Fürstäbtissin des Stifts zu Essen, haben in der Tat mit großer Freude von Eurer glückseligen Rückkehr gehört …

Es war tatsächlich eine Antwort der Fürstäbtissin. Voller Zufriedenheit lehnte sich der Greis einen Moment entspannt zurück und schaute zufrieden hinaus in die Mittagssonne. Dann fuhr er mit dem Lesen fort. Die folgenden Zeilen der Huldigung überflog er nur mit Oberflächlichkeit, als sich seine Miene nochmals deutlich erhellte.

… und so bitten wir Euer Majestät untertänigst, zu Euch nach Neuss kommen zu dürfen, um ein dringendes Gespräch von höchster Wichtigkeit von Angesicht zu Angesicht führen zu können.

Die Fürstäbtissin wollte ihn tatsächlich aufsuchen. Voller Neugierde las er den Rest des Schreibens, der sich wieder in höflichen Floskeln verlor. Er würde ihr noch heute antworten und ihrer Bitte nach einer Audienz entsprechen. Das Kribbeln in seinem Bauch sagte ihm, dass die ganze Angelegenheit nun in seinem Sinne ins Rollen käme.

Doch sein Bauchgefühl teilte ihm noch etwas mit: unsäglichen Hunger! Jetzt musste er erst einmal etwas zu sich nehmen, bevor er sich wieder seinen ›schwierigen Staatsgeschäften‹ zuwenden konnte. Er legte das Pergament beiseite und ging hinunter in den Speisesaal.

Die Zeilen des Schreibens, das Friedrich gerade erhalten hatte, fanden jedoch noch einen weiteren Interessenten.

Gerade hatte der Kaiser zu speisen begonnen, als sich sein Diener mit den Worten entschuldigte, er würde nur rasch Ordnung in der Kammer schaffen. Keiner beachtete ihn, als er jetzt über die Treppe verschwand, die hinauf zu der Etage führte, die Friedrich seit seinem Erscheinen in Neuss bewohnte. Auch den Kaiser störte dies wenig, zu groß war sein Appetit. Die Freude über die gute Nachricht verlieh ihm zusätzlich die nötige Gelassenheit. Endlich würden sich die Fürsten und reichen Kaufleute bei ihm hier in Neuss einfinden, um ihm ihre Aufwartung zu machen, wie er es erhofft hatte.

Jakob fand das Schreiben schneller als erwartet. Es lag achtlos auf dem Tisch am Fenster. Mit der einen Hand hielt er nun den Brief, den er las, mit der anderen sorgte er tatsächlich, und eifriger denn je, für Ordnung in der kaiserlichen Kammer. Der Alte sollte bloß keinen Verdacht schöpfen.

Jetzt war Jakob zum ersten Mal in seinem Leben froh darüber, dass der gestrenge Kornhändler ihn stets mit dem Erlernen des Schreibens und des Lesens gequält hatte. Seine Fähigkeiten sollten einmal so weit reichen, dass er dem Händler die Bücher hätte führen können. Auch wenn es, trotz aller Peinigung, nie dazu gelangt hatte, so besaß er doch genug Fertigkeit, die Zeilen zu verstehen, die er sich jetzt dicht unter die Nase hielt.

Süffisant lächelnd legte er das Schreiben zurück auf den Tisch und räumte die letzten Kleidungsstücke sorgfältig in die Truhe. Als er nun, innerlich zufrieden, die Treppe hinunterschritt, gelang es ihm nur mit Mühe, seine gewohnte Trauermiene wieder aufzusetzen.

Der Kaiser stopfte sich gerade ein Hühnerbein in seine faltigen Wangen und schien unverändert bester Dinge zu sein. Er hatte den Diener zwischenzeitlich wohl nicht sonderlich vermisst. Mit dem üblichen, belanglosen Gesichtsausdruck stand dieser nun wieder etwas abseits der Tafel, die Hände sorgsam auf dem Rücken verschränkt.

Nur zwei Hühnerbeine später regte sich etwas an der Tür und Hans Rutzen, der Gastwirt, betrat sichtlich aufgeregt den Raum. Nach einer kratzfußähnlichen Verrenkung sprach er den Kaiser mit gesenktem Haupte an. »Euer treuer Diener bittet vielmals um Vergebung, Eure Majestät«, er verschluckte sich dabei fast vor übertriebener Ehrerbietung. »Es sind einige Männer eingetroffen, die Euer Hochwohlgeboren zu sprechen wünschen.«

»Männer? Wer stört den Kaiser bei seinem morgendlichen Mahl?«, fuhr Jakob dazwischen. »Ja, sicher, ich hatte selbst schon daran gedacht, die Störenfriede aus dem Haus zu werfen«, der Gastwirt verneigte sich noch tiefer und bewegte sich bei diesen Worten rückwärts zur Tür, wobei er den linken Fuß, den er vorgestreckt hatte, geräuschvoll über den Boden schliff. »Oh, nein!« Die Neugierde Friedrichs war geweckt. Liefen die Dinge doch an diesem Morgen nur zu gut. Rasch legte er den Hühnerschenkel aus der Hand und wischte sich den Mund mit einem bestickten Tuch. »Wer sind die Männer, die zu ihrem Kaiser wollen?«

»Es ist ein Tross jüdischer Kaufleute. Ich dachte mir bereits, dass Eure Majestät sie in seiner unendlichen Güte empfangen würde.« Rutzen bewegte sich nun wieder vorwärts in Richtung der Tafel. »Jüdische Kaufleute? Falls sie nur meine Gulden wollen, so schickt sie fort, wie Jakob es sagte.« Schon wollte der Greis erneut nach Herzenslust zulangen, als der Gastwirt fortfuhr: »Nein, nein, die Kaufleute führen Truhen mit sich, die eher vom Gegenteil zeugen.«

»Worauf wartet Ihr noch? Habt Ihr nicht eben selbst noch davon gesprochen, dass wir diese Kaufleute in unserer Güte empfangen werden?« Friedrich schaute ihn jetzt mit einem vorwurfsvollen Gesichtsausdruck an und erhob sich majestätisch. »So lasst die Speisen in die Küche tragen und die Männer zu mir kommen.« Auf ein Klatschen des Wirtes hin kamen zwei Burschen herein, die zugleich die Tafel ergriffen und eilig hinaustrugen. Der Wirt eilte hinterdrein, und Friedrich setzte sich hinüber in den geschnitzten hohen Sessel, auf dem er seit seiner Ankunft in Neuss zu thronen pflegte.

Einen Moment später kamen drei in schwarz gekleidete Herren herein, denen man ihren Reichtum schon auf tausend Schritt von Weitem ansah. Hinter ihnen folgten vier Burschen, die zwei Truhen trugen, deren Inhalt offensichtlich erhebliches Gewicht aufwies.

8

Marcus rannte einen langen, dunklen Gang hinunter. Die Mauern, die von links und rechts immer näher zu kommen schienen, erinnerten ihn an die des Fasskellers im ›Schwarzen Krug‹. Er spürte, dass er stark schwitzte, während er unaufhaltsam weiterlief. Er wusste instinktiv, dass er verfolgt wurde, und drehte sich im Laufen um, ohne jedoch dabei seine Schritte zu verlangsamen. Hinter ihm war nichts und niemand zu sehen, nur ein schwarzes unendliches Loch. Als er nun den Blick erneut nach vorne richtete, erkannte er ein Stück weit vor ihm eine Mauernische, die nur schwach erleuchtet war. Konnte er sich hier hinein retten? Plötzlich schoss aus der Nische der unverkennbare Körper der Gastwirtin hervor. Sie reckte ihm ihren ausgestreckten Zeigefinger entgegen und schien etwas zu schreien. Als er jetzt fast auf ihrer Höhe angekommen war, verstand er die Worte. »Da ist der Kerl, da ist der Kerl!«, hörte er sie immer wieder rufen. Von Panik erfüllt rannte er an ihr vorbei, als er plötzlich ins Straucheln kam. Was war das, über das er gestolpert war? Jetzt hielt er an und blickte auf den Boden zu seinen Füßen, die ihm ungewöhnlich groß und verzerrt vorkamen. Im schwachen Schein des Lichtes erkannte er Jonas. Der Junge starrte ihn mit weit aufgerissenen Augen an und seine blauen Lippen hatten flehende Züge. Als Marcus die Hand nach Jonas ausstreckte, schien der Freund mit blasser, knochiger

Hand nach ihm zu greifen. Doch dies konnte er sich nur einbilden. Die Gesichtshaut des Jungen verriet, dass er schon seit Monaten tot sein musste. Marcus wandte sich von seinem Freund ab und lief erneut los. Am Ende des Gangs erblickte er nun Berthold, der an der *Ober Pfortz*, einem der Neusser Stadttore, zu stehen schien und ihm wild gestikulierend zuwinkte. Jetzt hörte er auch die Stimme des Wirts:

»Komm schnell, Marcus!«, rief ihm dieser zu. Doch zwei Reiter verstellten ihm nun den Weg. Im Halbdunkel erkannte er den Mann mit dem Teufelsmal und auch das gewaltige Schlachtross des anderen ließ keinen Zweifel daran, wer die beiden waren. Im gleichen Moment spürte Marcus zwei Hände an seinen Schultern, die ihn heftig rüttelten.

»Marcus, komm zu dir!« Der Junge öffnete langsam die Augen und sah Gernot über sich. Er war es, der ihn gerüttelt hatte.

»Was, ... was ist geschehen?«, fragte Marcus vorsichtig. Seine dünne Decke, die ihn des Nachts vor der zugigen Kälte schützte, war schweißnass. »Du hast wohl einen fürchterlichen Traum gehabt«, antwortete der Ziegenhirte, der ihn nun in die Arme schloss. Marcus war heilfroh, dass es nur ein Traum gewesen war. Und doch, die Worte des Wirts klangen immer noch in seinen Ohren. ›Komm schnell, Marcus!‹

Auch wenn sein Leben mit der Ankunft auf dem Ziegenhof eine glückliche Wendung genommen hatte, so sehnte er sich jetzt danach, eines Tages nach Neuss zurückzukehren, um sich nach dem Schicksal seines toten Freundes erkundigen zu können. Auch der Gedanke an ein mögliches Wiedersehen mit Janssen ließ sein Herz schneller schlagen. Nur auf Annehild, die gestrenge Frau des Wirts, freute sich der Blonde wie auf eine Woche Aufenthalt im Blutturm. Gernot, der erahnte, worum es in diesem Traum gegangen war, sagte jetzt zu ihm: »Du musst dich in Geduld üben, Marcus. Ich weiß zwar auch nicht, wann es soweit sein wird, aber der Tag kommt, an dem du nach Neuss zurückkehrst. Ich hoffe nur, es wird nicht der gleiche Tag sein, an dem du mich für immer verlässt. Ich würde dich vermissen.« Bei diesen Worten drehte sich der Ziegenhirte um und entfernte sich ein wenig von dem Jungen. Marcus sollte nicht sehen, wie traurig ihn dieser Gedanke machte. Das Herz des Jungen war schwer genug.

Gernots Worte hatten dem Jungen ein wenig Trost gegeben. Er stand auf, zog sich ein frisches Hemd an, das Gernot ihm gegeben hatte, und ging hinaus in den Ziegenstall. Er setzte sich auf einen Schemel und begann gedankenverloren die braunschwarze Ziege zu melken, die ihn mit ihren runden Augen meckernd anschaute. Vielleicht würde er ja wirklich eines Tages nach Neuss zurückkehren.

Ungeduldig trat Jakob von einem Bein auf das andere. Auch wenn die Sonne schien, so zog ihm die nasse Kälte die Beinkleider hinauf. Hier an den Arkadengängen der Stadtmauer pfiff ein unangenehmer Wind, der sein Übriges tat. Wo blieben die beiden nur? Es war gewiss eine halbe Stunde vergangen, seitdem er nach ihnen schicken ließ. Hatte der Tölpel von Küchenjunge sie vielleicht nicht gefunden? Der Diener blies seinen warmen Atem in die eiskalten Fäuste, die er mit Filzstreifen umwickelt hatte, als ihn unvermittelt eine starke Hand von hinten an der rechten Schulter packte. Sein Herz schlug ihm bis zum Hals und er zuckte unwillkürlich zusammen. »Warum so schreckhaft?«, fragte ihn jetzt von links eine durchdringende Stimme. Jakobs Kopf fuhr instinktiv herum. Immer noch den Schreck in den Gliedern schaute er nun in ein einzelnes Auge. Der Edelmann stand dicht vor ihm und grinste ihn mit einem linkischen Lächeln an. Die Hand, die er auf seiner Schulter spürte, gehörte dem Schmierigen, der sich hinter ihm postiert hatte. »Ach, ich habe Euch nur nicht kommen hören«, stammelte der Diener. »Das bringt unser Beruf mit sich«, ergriff der Edelmann wieder das Wort. »Ihr habt uns kommen lassen. Was gibt es zu berichten vom hohen Hofe?« Dabei zog er eine süß-ironische Grimasse, die das Fehlen seines Auges noch satanischer erscheinen ließ. »Die Saat der Depeschen an die Fürsten scheint erste Früchte zu tragen,« begann der verängstigte Mann nun seinen Bericht. »Die Fürstäbtissin, Berta zu Essen, hat um eine Audienz gebeten. Der Kaiser erhielt heute Morgen ihr Schreiben.« Der Edelmann blickte ihn bei diesen Worten nachdenklich an und rieb sich das frisch rasierte Kinn. Der Schmierige hingegen schien das Gewicht der Worte nicht zu verstehen und stierte teilnahmslos vor sich hin, ohne jedoch dabei die Gasse aus den Augen zu lassen. »Wird sie bei ihrem Besuch denn nicht das ärmliche Possenspiel durchschauen?«, sprach der Einäugige seinen Gedanken halblaut aus. »Ärmlich?«, fuhr der Diener ihm mit einer verächtlichen Miene ins Wort. »Das Schreiben ist noch nicht alles, was der Kaiser heute erhielt.« Für den Moment vergaß Jakob seine Angst und fühlte sich den beiden aufgrund seines Wissensvorsprungs ein Stück weit überlegen. War es jetzt an der Zeit, seinen Lohn auszuhandeln?

Der Edelmann schien seine Gedanken zu erahnen und drängte den Diener ungeduldig, seinen Bericht fortzuführen. Ihm war in diesem Moment wirklich nicht nach Rätselraten zumute. Auch der Schmierige griff wieder mit derart fester Hand nach der Schulter des Informanten, dass Jakob beinahe aufgeschrien hätte. Sein Schlüsselbein schmerzte. »Schon gut,« fuhr der Diener beschwichtigend fort, ohne sich aus dem schraubstockartigen Griff befreien zu können. Um die beiden nicht noch mehr zu verärgern, erzählte er rasch, was sich beim Besuch der jüdischen Kaufleute zugetragen hatte. Der Koloss hinter ihm hielt seine Schulter immer noch mit festem Griff. Als Jakob mit seinen Berichten geendet hatte, sagte er mürrisch zu dem Edelmann: »Kannst du nicht endlich deinem dummen Ochsen befehlen, er möge mich loslassen?« Dabei schaute er verächtlich über seine Schulter. Er wusste selber nicht, woher er den Mut für eine solch kühne Wortwahl genommen hatte. Doch vor lauter Nachdenklichkeit schien der Einäugige seine Worte gar nicht zu hören. »Ist dies alles, was du uns zu berichten hast«, raunte der Schmierige nun dem Diener ins Ohr. Sein stinkender Atem drang in Jakobs Nase, sodass dem Diener beinahe schlecht wurde. »Ja, doch,« entgegnete er ungeduldig und krümmte sich fast vor Schmerzen, da der Mann seine mächtige Pranke nun noch fester in seine Haut krallte. »Gut«, sagte der Schmierige nur kurz. In diesem Moment durchbrach ein dumpfes Geräusch die Stille und der Oberkörper des Dieners richtete sich kerzengerade auf. Dann sank der Mann in die Knie und fiel vornüber in den frischen Schnee. Erst jetzt blickte der Edelmann aus seinen Gedanken gerissen auf und starrte auf den Informanten, der nun vor ihm auf dem Boden lag. In Windeseile färbte sich der Schnee rings um den Oberkörper des Mannes dunkelrot. Der Schmierige bückte sich herunter und zog seinen Dolch aus dem Rücken des leblosen Körpers. »Bist du verrückt geworden?«, fuhr der Edelmann ihn an. »Der Kerl hatte recht. Du bist wahrhaftig ein dummer Ochse.« Dabei schlug er dem Koloss mit der flachen Hand ins Gesicht. Die Nase des Schmierigen begann zu bluten. Der Geschlagene schaute den Edelmann durchdringend an und seine wulstigen Augenlider verzogen sich zu hasserfüllten Schlitzen. Niemand sollte ihn ungestraft beschimpfen dürfen. Schon gar nicht so ein verlauster, kleiner Informant.

Die drohenden Blicke des Schmierigen verfehlten bei seinem Gefährten jegliche Wirkung. »Ich gehe zurück in den ›Schwarzen Krug‹«, sagte der Edelmann mit eiskalter Stimme. »Und du schaffst den Kerl hier fort. Aber so, dass ihn niemand findet. Wir treffen uns anschließend in der Schenke.« Mit diesen Worten drehte er sich auf der Stelle um und ging schnellen Schrittes durch das wieder einsetzende Schneetreiben davon.

Hoher Herr,

so wie sich die Dinge hier im rheinischen Neuss entwickeln, ist es an der Zeit, Euch über die gegenwärtige Lage zu unterrichten. Eure ärgsten Befürchtungen scheinen sich zu bewahrheiten.

Am heutigen Tag haben wir in Erfahrung bringen können, dass ein erster, großer Fisch nach seinem Köder schnappt: Die Fürstäbtissin zu Essen, Berta von Arnsberg, hat ihr Erscheinen angekündigt. Ob sie den Greis tatsächlich für den echten Kaiser hält oder ob sie den Alten nur benutzen wird, um ihr Ränkespiel auf diese Weise fortzuführen, lässt sich schwerlich sagen.

Aber noch eine zweite Sache versetzt uns in Unruhe.

Hattet Ihr angenommen, dass die Mittellosigkeit des ›Kaisers‹ dem Treiben bald ein Ende bereiten würde, so muss ich Euch in diesem Punkt enttäuschen.

Führende Köpfe der jüdischen Kaufmannschaft sind zu dem Alten vorgedrungen und haben sich den Schutz der kaiserlichen Krone zurückgekauft. Damit gelangten auch jene Rechte in ihren Besitz zurück, die Kaiser Friedrich ihnen einst verlieh und die ihnen durch die Thronfolger aberkannt wurden. So sind sie zu altem Stand zurückgekehrt und können ihren Handel wieder aufnehmen.

Das Gold, das der falsche Kaiser durch dieses Possenspiel erhielt, macht ihn nun zu einem wohlhabenden und einflussreichen Mann, von dem eine große Gefahr ausgeht.

Wir erwarten untertänigst Eure weitere Weisung.«

Der Edelmann überflog noch einmal hastig die Zeilen, die er geschrieben hatte. Dann verschloss er das Pergament und versiegelte es sorgsam.

9

18. Februar 1285 – Siegfried von Westerburg, der Erzbischof von Köln, saß an seinem Schreibtisch und beantwortete die Depeschen, die in der letzten Woche eingetroffen waren, als es an der hohen Flügeltür des Arbeitszimmers klopfte. »Herein«, befahl er und sein schmales Gesicht verzog sich verärgert. So würde er die Korrespondenz niemals zu Ende bringen.

»Euer hochwürdigste Exzellenz«, sprach ihn der Geistliche an, der jetzt das Zimmer mit sichtlicher Eile betrat. »Graf Eberhard von Katzenelnbogen ist soeben eingetroffen und wünscht Eure Exzellenz umgehend zu sprechen.« Der lange schwarze Talar schien dem Mann in der letzten Zeit etwas zu eng geworden zu sein. Der Stoff spannte sich bis zum Äußersten über seinem Spitzbauch, sodass man nun seinen aufgeregten Atem förmlich sehen konnte. Umgehend? Diese Hast gefiel dem Erzbischof überhaupt nicht. »Was will der Kerl?«, herrschte er den Geistlichen an. »Diese Frage kann ich Euer erzbischöflichen Gnaden leider nicht beantworten. Er sagt, König Rudolf von Habsburg schicke ihn und es sei eine Angelegenheit von äußerster Dringlichkeit.«

»Rudolf, dieser gottlose Heide!«, die Verärgerung Siegfrieds wurde bei der Nennung dieses Namens noch stärker, und auf seinen knochigen Wangen bildeten sich augenblicklich rote Flecken. »Bringt den Grafen in den grünen

Salon. Ich werde ihn notgedrungen empfangen. Er soll sich jedoch gedulden.« Mit einer bestimmenden Handbewegung scheuchte er den Überbringer der Nachricht aus dem Raum.

Der Erzbischof ging hinüber in das Ankleidezimmer, wo ein weiterer Geistlicher ihn bereits zu erwarten schien. Siegfried ließ sich das schwere Samtgewand mit den goldenen Stickereien reichen, das über und über mit Brokatborden besetzt war. Er fand, dass er hiermit besonders imposant wirkte – dem Anlass angemessen. Der Graf sollte ruhig spüren, wer von ihnen beiden hier das Sagen hatte. Nachdem ihm der Geistliche das Gewand um die Schultern gelegt hatte, setzte Siegfried den Bischofshut mit einer energischen Handbewegung auf den Kopf. Mal hören, was der Habsburger ihm mitzuteilen gedachte.

Graf Eberhard war in der Zwischenzeit, begleitet von zwei Palastwachen, im grünen Salon eingetroffen. Hier wartete er nun mit Ungeduld und trat von einem Fuß auf den anderen. Seinen prachtvollen Hut mit den Fasanenfedern drehte er aufgeregt zwischen seinen feuchten Händen. Die Wachen bemerkten sein offensichtliches Unbehagen und warfen sich verstohlene Blicke zu. In diesem Moment öffnete sich die Tür, die von links in den prunkvollen Saal führte.

Ohne den Graf eines Blickes zu würdigen, ging der Erzbischof hinüber zu seinem Stuhl, der am Ende des Raumes oberhalb einiger samtbezogener Stufen stand. Nachdem er gemächlich Platz genommen hatte, winkte er den Grafen mit einer huldvollen Bewegung zu sich. Dieser hatte inzwischen seine Fassung wiedererlangt und trat mit festem Schritt in Richtung der Stufen. Dort angekommen verneigte er sich und begann zu sprechen: »Bischöfliche Exzellenz, nur ungern störe ich Eure Ruhe, doch unser König schickt mich zu Euch mit einer Nachricht von höchster Wichtigkeit.«

»Was kann so wichtig sein, dass der König einen seiner treuesten Gefolgsleute zu mir schickt, wo er doch jeden Mann benötigt, um seine Stellung am Hofe zu sichern?«, entgegnete der Erzbischof schnippisch. »Es geht die Kunde, Kaiser Friedrich II. sei zurückgekehrt.«

»Papperlapapp!«, unterbrach ihn Siegfried mit Zorn in der Stimme. »Deswegen kommt Ihr den weiten Weg nach Köln und haltet mich von den kurfürstlichen Geschäften ab? Ich habe von dem Scharlatan gehört, der hier in Köln Einzug halten wollte und sich des Namens Friedrich bemächtigte.« Graf Eberhard blickte verwundert auf. »Köln? Verzeiht, Exzellenz, der Mann, von dem ich spreche, weilt seit einiger Zeit im nah gelegenen Neuss am Rhein.« Das wiederum interessierte Siegfried. »In Neuss, sagt Ihr?«

»Ja, so ist es. Er hat von dort die Kunde seiner Rückkehr über das ganze Land verstreut und so eine Reihe von Fürsten in Unruhe versetzt. Die jüdischen Kaufleute unterstützen ihn sogar seit einigen Wochen mit finanziellen Mitteln, um sich seine Gunst zu erkaufen.« Graf Engelbert wurde nun die ganze Aufmerksamkeit des Erzbischofs zuteil und spürte, wie er in diesem Spiel langsam die Oberhand erlangte. »Berta von Arnsberg«, der Graf hielt erneut inne und trieb die Neugierde des Kirchenfürsten auf die Spitze. Wusste er doch um die Streitigkeiten, die Siegfried mit der Fürstäbtissin verbanden. Mit jedem Bruchteil der Sekunden, die vergingen, kostete er Siegfrieds Spannung aus. »Nun redet schon, verehrter Graf«, herrschte ihn der Erzbischof ungeduldig an. »Nun ja, wie soll ich sagen?« Wieder machte er eine kunstvolle Pause und grinste innerlich ob der Neugierde seines Gegenübers. »Sie hat den angeblichen Kaiser um eine Audienz gebeten. König Rudolf kann dies recht sein, ist er doch Nutznießer Eures Streits mit dieser ›Dame‹. Und dennoch lässt er Euch durch mich von der Entwicklung wissen.« Der Erzbischof schaute nun ratlos aus seinem mit Brokat besetzten Talar, und man sah ihm an, dass sich die Gedanken in seinem Kopf überschlugen. Der Graf fuhr unvermittelt fort: »Seid versichert, dass König Rudolf keinen Zweifel daran hegt, dass Ihr zu jeder Zeit Kontrolle über Eure Ländereien habt. Und doch gehört Neuss nicht ebenfalls zu Eurer Regentschaft?«

»Was wollt Ihr damit andeuten, Graf?«, brauste der Erzbischof auf. »Ich bin stets Herr über meine Territorien. Und was hat dieser Umstand mit den Vorgängen zu tun, die Ihr mir schildert?« Er schien wirklich nicht zu verstehen, worauf die Unterhaltung hinauslaufen sollte. »Ich will Euch auf die Sprünge helfen.« Eberhard schaute ihn mit einem gönnerhaften Blick an, der dem Erzbischof genauso wenig gefiel wie die Worte, die der Graf gewählt hatte. Doch die Stimme des Grafen wurde resolut und er schien keinen Zweifel an seinen Aussagen zu dulden. »König Rudolf befiehlt Euch, den Hochstapler in Neuss gefangen zu nehmen und ihn an unsere Majestät auszuliefern. Lebendig – versteht sich –, da der König kein Interesse an einem Martyrium hat. Darüber hinaus kann nur durch das Geständnis des Scharlatans der albernen Legende von der Rückkehr Friedrichs ein Ende bereitet werden.«

Nach diesen Worten verneigte er sich, schwenkte elegant seinen Hut und verließ, ohne ein weiteres Wort, aufrechten Ganges den Raum.

Siegfried blieb verdutzt zurück. Nur mit größtem Widerwillen würde er sich dem Befehl des Möchtegernherrschers beugen. Doch die Aussicht, dass die Essenerin, Berta von Arnsberg, politischen Aufwind bekommen würde, schmeckte ihm noch viel weniger. Der Gedanke widerte ihn an, und er glaubte, dabei sogar körperliche Schmerzen zu spüren. Er musste schnell handeln. Umgehend zitierte er den Kommandanten der erzbischöflichen Truppen zu sich und gab den Auftrag, schnellstmöglich die Vorbereitungen für einen unverzüglichen Aufbruch zu treffen.

7. März 1285 – Aufgeweckt durch das mittägliche Angelusläuten der kleinen Glocke rappelte sich der Wachposten langsam auf. Warum hatte er sich auch ausgerechnet direkt in der Nähe der Obertorkapelle niedergelassen? Es war ein langer Abend geworden, gestern in der Schenke. Daher hatte Gunther die Ruhe seines morgendlichen Rundgangs über die Stadtmauer genutzt und sich ein ruhiges Plätzchen auf der Wehrmauer gesucht. Hier konnte man während des Wachdienstes hervorragend dösen, wenn, ja wenn nicht gerade diese verdammte Glocke läutete. Der Dicke rieb sich jetzt den Schlaf aus den Augen und stütz-

te sich dabei mit den Ellenbogen auf dem oberen Rand der Mauer ab.

Als er nun wieder seine wurstigen Finger von den Augen nahm, blickte er in die Richtung des Klosters, das vor den Stadttoren lag. Doch was war das? Träumte er noch? Er schüttelte nochmals heftig den Kopf, um seine Sinne zu sammeln. Nein, er hatte sich nicht getäuscht. An der Straße, die am Kloster vorbei in Richtung Köln führte, war ein Lager aufgeschlagen worden. War dies schon am Morgen dort gewesen, als er seinen Dienst angetreten hatte? Nein, auch wenn es zu dieser Stunde noch recht dunkel gewesen war und sein Schädel heftig gebrummt hatte, so wäre ihm eine solche Ansammlung von Zelten bestimmt aufgefallen. Dort mussten etwa 100 Mann lagern. Bei diesem Anblick erwachten seine Lebensgeister schlagartig. So schnell es sein massiger Körper zuließ, lief er hinüber zur Treppe, die von der Mauer hinunterführte. Er stürzte die vermoosten Stufen so eilig herab, dass er dabei beinahe das Gleichgewicht verloren hätte. Am Fuß der Treppe angekommen, versperrte ihm nun auch noch ein Heukarren den Weg. Hastig versuchte er, sich zwischen dem kalten Mauerwerk und dem Fuhrwerk hindurchzuzwängen, doch der Spalt war viel zu eng für seinen fetten Wanst. »He, Bauer, sieh zu, dass du deinen stinkenden Karren sofort hier fortschaffst.« Der Bauer drehte sich überrascht um und starrte den Dicken an. So viel Betriebsamkeit war man von einem Mann der Stadtwache gar nicht gewohnt. Nur keine Hast, dachte er bei sich und zog den Wagen mit stoischer Gelassenheit zur Seite. »Wurde aber auch Zeit!«, knurrte Gunther den Bauern an und drängte sich aufgeregt an dem Wagen vorbei.

Am Obertor angekommen pochte er an die hölzerne Tür, die zu dem kleinen Raum führte, in dem sich der Kommandant der Neusser Stadtwache tagsüber aufhielt. Die anderen Wachposten, die ihren Dienst zu dieser Stunde direkt am Tor verrichteten, schauten nun ihren Kollegen verdattert an. Was war geschehen? Man konnte ja fast annehmen, der Mameluckensultan Baibars stände höchstpersönlich mit seinem Heer vor der Stadt.

Gunther meinte, hinter der Tür ein leises Schnarchen zu vernehmen und pochte jetzt noch heftiger. Endlich öffnete sich die Tür. Mit kleinen Augen schaute der Kommandant den Wachposten an. »Gunther, was machst du für einen Lärm? Und das zur Mittagszeit!«, schnaubte der Hauptmann verärgert. »Herr Hauptmann, feindliche Truppen lagern vor der Stadt.« Dabei nahm der Wachposten Habtachtstellung ein und versuchte seinen rundlichen Körper so gerade zu strecken, wie es eben möglich war. »Gut, Gunther, weitermachen«, befahl der Kommandant und wollte die Tür schon wieder schließen, als er in seiner Schlaftrunkenheit begriff, was der Dicke gesagt hatte. Mit weit aufgerissenen Augen stürzte er jetzt aus seinem Verschlag und rief den übrigen Posten zu: »Sofort die Tore schließen!« Der Bauer, der sich mit seinem Heuwagen gerade zwischen den beiden wuchtigen Flügeltoren befand, wusste nicht, wie ihm geschah. Während drei Soldaten begannen, die Pforten zu schließen, drängte ein vierter ihn und seinen Karren stadteinwärts zurück. Hier kam er doch gerade her. Während der Bauer noch mit den Männern lamentierte, man solle ihn doch gefälligst aus der Stadt lassen, rannte der Hauptmann, gefolgt von Gunther, hinüber zur brüchigen Treppe. Oben auf der Mauer angekommen, deutete Gunther mit seinem dicken Zeigefinger in Richtung des Klosters. »Da, da, schaut selbst.« In der Tat, in der Ferne standen einige Zelte. Man war dort offensichtlich dabei, ein vollständiges Lager zu errichten. »Los, informiere sofort die Bürgermeister und den Rat der Stadt«, wendete sich der Hauptmann jetzt wieder an seinen aufmerksamen Soldaten. Nun schon merklich langsamer stieg der Dicke erneut die Treppe hinab. Der Schweiß schoss ihm mittlerweile aus allen Poren, als er nun die *Aber Strais* hinunter zum Rathaus lief. Im Hintergrund hörte er immer noch das Angelusläuten. Verdammt, zu dieser Zeit würde er weder Schulten noch von Hohenberg antreffen. Sicherlich machten die beiden Bürgermeister zu dieser Tageszeit ihr ›verdientes‹ Mittagspäuschen. Deshalb lief er zurück und bog in die *Moeren Gaß* ein, in der das Haus des Bürgermeisters der Schöffen stand.

Gunther musste den gusseisernen Türklopfer mehrfach gegen die vornehme Tür donnern, bevor ihm endlich aufgetan wurde. Eine Magd öffnete und versuchte, ihm wortreich weiszumachen, der Herr Bürgermeister wäre im Moment aufgrund dringender Dienstgeschäfte verhindert. Er könne ihn jetzt beim besten Willen nicht empfangen, lamentierte die Frau ohne Atempause, doch der Wachsoldat wollte sich, angesichts der bedrohlichen Lage, nicht abwimmeln lassen. Und was würde der Hauptmann mit ihm machen, wenn er unverrichteter Dinge zurückkäme?

Offensichtlich gestört von dem Lärm, den die beiden veranstalteten, kam nun der hohe Herr höchstpersönlich zur Tür. Gunther fand, dass ihm seine Schlafhaube ausgesprochen gut stand. Der treue Stadtgardist platzte augenblicklich los und berichtete dem Amtsträger atemlos, was er auf seinem ›Rundgang‹ entdeckt hatte. Nachdem von Hohenberg versicherte, er käme ›umgehend‹ zum Obertor, war Gunther sichtlich erleichtert. Doch hiermit war sein Auftrag noch nicht erledigt: Es galt nun, auch noch den Bürgermeister der Amtmänner zu alarmieren.

»Ich hoffe, es mundet?! Falls es Euch an etwas fehlen sollte, so gebt mir nur ein Zeichen«, der Wirt des ›Goldenen Horn‹ tanzte aufgeregt, soweit dies seine Leibesfülle zuließ, um seinen ehrenwerten Gast herum. »Nein, nein ...«, brachte dieser unter genüsslichem Schmatzen hervor. »Es scheint wohl alles recht.« Bei dieser Antwort strahlte der Gastwirt Hans Rutzen zufrieden über beide Backen. Bald käme der Tag, an dem sich die mittäglichen Einladungen auszahlen würden, dachte er bei sich und bekam wieder seinen seligen Gesichtsausdruck. Aufgeschreckt durch hektisches Winken seiner Frau, die er im Augenwinkel wahrnahm, wurde der Gastwirt schier aus seinen wohligen Gedanken gerissen.

Ohne sich seine Verärgerung anmerken zu lassen, murmelte er eine kurze Entschuldigung und verließ den Tisch seines Gastes in devoter Haltung.

»Hätte es nicht auch ein einfacher Putenschlegel getan?«, herrschte ihn seine Frau an, als er den Nebengang erreicht hatte, von dem aus sie ihm das unmissverständliche Zeichen gegeben hatte. »Den Spanferkelbraten hätten wir noch gut und gerne an einen gut zahlenden Gast verkaufen können!« Schuldbewusst, wie ein ertappter Schuljunge, schaute Rutzen bei diesen Worten auf seine feinen Bundschuhe. Sicher hatte sie recht, doch schließlich verfolgte er mit diesen regelmäßigen, üppigen Einladungen ein höheres Ziel.

Grinsend huschte ein Bediensteter, der gerade Speisen in einen der anderen Gasträume trug, an dem Paar vorbei. Was bildete sich dieser dreiste Kerl ein? Angestachelt durch die Unverschämtheit seines Dieners, fasste Rutzen seinen ganzen Mut zusammen und entgegnete seiner Frau: »Du solltest dich nicht in die hohe Politik einmischen, von der du nichts verstehst, Edelgard!« Noch bevor seine Frau antworten konnte, eilte er zurück zu seinem Gast. Kaum angekommen, ertönte hinter ihm lautes Gepolter. Offensichtlich schien es dort an der Eingangstür ein Handgemenge zu geben. Im gleichen Moment wurde die Tür zum Speiseraum aufgestoßen und Gunther, der Stadtgardist, stürzte herein. »Ihr müsst entschuldigen, Bürgermeister Schulten, aber eine Sache von höchster Wichtigkeit zwingt mich zu dieser mittäglichen Störung.« Schweißgebadet tapste der Stadtgardist hinüber zu dem einzig besetzten Tisch im Raum. »Ich wüsste nicht, was so wichtig sein könnte, dass es nicht bis nach meiner verdienten Pause warten könnte«, entgegnete der Bürgermeister und stopfte sich ein großes Stück frisch duftenden Brots in den Mund. Gunther lief das Wasser im Mund zusammen. »Hört Ihr denn nicht, was der verehrte Herr Schulten gesagt hat?« Der Gastwirt wurde angesichts der erneuten Störung noch wütender. Sein einflussreicher Gast sollte die mittäglichen Besuche in seinem Haus, und damit seine Person, in angenehmer Erinnerung behalten. Schulten würde sich gewiss für ihn verwenden, wenn die Wahl eines neuen Amtmanns anstehen würde. »Aber vor der *Ober Pfortz* lagert ein Trupp ...« Weiter kam der treue Wachmann nicht. »Schweigt und verschwindet!«, fuhr ihn der Gastwirt an und schubste ihn sanft in Richtung Ausgang. Der Bürgermeister schien in diesem Moment schon gar keine Notiz mehr von ihm zu nehmen. So unwirsch abgewiesen, wendete sich der Stadtgardist jetzt zur Tür. »Na ja, zumindest habe ich es ja geschafft, dass sich der Bürgermeister der Schöffen der Sache annimmt«, sagte er halblaut zu sich selbst. »Der Bürgermeister der Schöffen?«, platzte es aus Schulten hervor. »Quirin von Hohenberg?« Bei diesen Worten verteilten sich die Brotstücke, die sich gerade noch in seinem Mund befunden hatten, über das blütenweiße Tischtuch. »Gewiss«, Gunther drehte sich erneut um. »Er ist gerade auf dem Weg zum Stadttor, um die Stadt vor den Eindringlingen zu beschützen.« Mit einem Ruck riss sich Schulten das Tuch vom Hals, das er sich umgebunden hatte, um seine vornehme Robe nicht zu beschmutzen. Beinahe im gleichen Augenblick eilte er am Wachmann vorbei aus dem Haus.

Zufrieden mit seinem Werk, doch sichtlich ermattet von der ungewohnten Fülle der Aufgaben des heutigen Tages, trat Gunther aus dem Gasthof hinaus auf den Marktplatz.

Als schmerzte sein Rücken noch nicht genug von dem Gerüttel der Kutsche, musste er nun auch noch auf diesem Gaul die holprige Straße herunterreiten. Doch das ließ sich wohl nicht vermeiden, wenn er baldmöglichst nach

Köln zurückkehren wollte. Er musste sich nun mal persönlich dieser dringlichen Sache annehmen. Auf keinem Fall beabsichtigte er länger als nötig, auf diesem zugigen Feld zu hausen. Begleitet von einer kleinen Schar Soldaten seiner Garde ritt Siegfried von Westerburg jetzt auf das Neusser Obertor zu. Das Banner des Erzbischofs flatterte dem kleinen Tross voran. So würde man ihn hoffentlich schnell erkennen und gebührend empfangen. Auch wenn er seine Gemächer in Köln erst vor wenigen Stunden verlassen hatte, so war er der Unannehmlichkeiten der plötzlichen Reise bereits überdrüssig.

Als sie jetzt das verschlossene Obertor erreicht hatten, waren die Bürgermeister bereits auf der Stadtmauer eingetroffen und schauten missmutig auf die Ankömmlinge herunter. Mit verstellt freundlicher Stimme begrüßte von Hohenberg den Erzbischof: »Gott sei mit Euch, Eure erzbischöfliche Exzellenz. Was beschert uns die Ehre Eures unerwarteten Erscheinens?«

»Ich grüße Euch ebenfalls in Gottes Namen, verehrte Bürgermeister der Stadt Neuss«, entgegnete der Erzbischof, »Euch ist sicherlich bekannt, dass ich stets ein direktes Wort schätze. So spreche ich frei heraus: Ihr beherbergt einen Mann in Eurer Stadt, der unberechtigterweise Hof hält.« Er wollte keine Zeit mit langen Erklärungen verlieren und fuhr zielgerichtet fort. »Nun ist uns aus verlässlicher Quelle bekannt, dass es sich bei diesem Mann um einen Lügner und Hochstapler handelt.« Die Bürgermeister schauten sich bei diesen Worten fragend an und blickten dann noch missmutiger zum Erzbischof hinunter. Doch Siegfried ignorierte ihre finsteren Mienen und sprach: »Euch wird ferner bekannt sein, dass ich mich stets um meine Herde sorge und ihr ein fürsorglicher Hirte bin. So möchte ich jeden Schaden von Euch und der Stadt Neuss, der Tochter des katholischen Kölns, abwenden. Um diesem auch gerecht zu werden, biete ich Euch an, nein, bitt ich Euch, den Scharlatan meiner Obhut zu überlassen. Seit versichert, dass er der gerechten Hand des Königs zugeführt werden wird und somit Eurer Stadt keinen Schaden mehr zufügen kann.« Atemlos von der hastigen Rede schaute er jetzt erwartungsvoll das bemooste Gemäuer hinauf zu den beiden Würdenträgern. Schulten rieb sich nachdenklich das Kinn. Sollten sie der ›Bitte‹ nachgeben? Gut, gemeinsam mit dem Rat der Stadt hatten sie sich seiner Zeit dazu durchgerungen, den alten Mann als den echten Kaiser Friedrich anzuerkennen. Doch hatte er sich nicht dem Druck von Hohenbergs gebeugt und sich aus Gefälligkeit gegenüber dem Volke breitschlagen lassen? Was würden die Neusser nun sagen, wenn sie ihnen ›ihren‹ Kaiser wieder wegnähmen?

Ich war ja von Anfang an dagegen, ärgerte sich Quirin von Hohenberg im selben Augenblick. Doch jetzt als Besserwisser dazustehen und die Verantwortung zu übernehmen, lag ihm fern. Sollte doch der neunmalkluge Schulten die Suppe auslöffeln!

Beide Männer schienen zu spüren, wie die Last der Entscheidung förmlich auf ihre schmalen Schultern drückte. Aber warum sollten sie überhaupt die Entscheidung alleine, hier und jetzt treffen? Es war doch eine Entscheidung des ganzen Rates gewesen!

Während sie so nach einem Ausweg suchten, ergriff der Bürgermeister der Amtmänner das Wort: »Zu gern würde ich Eurer Exzellenz den Wunsch erfüllen, doch ich bin nur ein Werkzeug Eurer Schafe«, Schulten griff das Bild des Bischofs gedankenschnell auf. »Dennoch könnt Ihr Euch auf mich, Euren treuen Diener, verlassen. Ich werde noch an diesem Tag den Rat der Stadt zusammenrufen und in diesem Kreis Eure Bitte in Eurem Sinne vorbringen«, fiel ihm von Hohenberg ins Wort.

Der Erzbischof sackte innerlich zusammen. Mit dieser Antwort der Bürgermeister schwand seine Hoffnung schlagartig, schnellstens zu seiner behaglichen Ruhestätte im erzbischöflichen Palast zu Köln zurückkehren zu können. Die Aussicht, dass die Situation doch einen längeren Aufenthalt im Zelt erfordern würde, ließ Siegfried die Zornesröte ins Gesicht treten. Doch was half es? Er musste nun gute Miene zum bösen Spiel machen. »Ich danke Euch, meine Herren«, heuchelte er. »Ich bin sicher, Ihr werdet zum Wohle der Neusser Bürger, des erzbischöflichen Stuhls und der Krone unseres Reiches entscheiden.« Der Tonfall seiner Stimme klang drohend. Kaum hatte er dies ausgesprochen, wendete er behände seinen Schimmel und gab seinen Begleitern das Zeichen zum Rückzug.

Die Bürgermeister atmeten hörbar und erleichtert aus. Zumindest für den Augenblick hatten sie die Verantwortung einer persönlichen Entscheidung abwenden können.

10

Seinen schweren Körper auf den silberverzierten Gehstock gestützt, schleppte sich der Mann hinüber zu dem Stuhl, der nahe dem kleinen Tischchen stand. Sein Bein schmerzte heute wieder von den Zehen bis hinauf zur brüchigen Lende, sodass jeder Schritt fast unerträglich wurde. Er streckte sich weit über die verschnörkelten Armlehnen, um die gusseiserne Laterne zu erreichen. Da er ungestört sein wollte, hatte der Mann den Eingang zu seinem Zelt schließen lassen. Die Öllampen brachten spärliches Licht hervor und erhellten das Zelt nur notdürftig. Gerade als er eine entzündete Kerze in die Laterne zurückstellte, hörte er ein Rascheln an der rückwärtigen Zeltwand. Im gleichen Augenblick drang das gleißende Licht der Nachmittagssonne in das Zelt und verdrängte das Dunkel. Instinktiv fuhr er herum und kniff die Lider zusammen. Als der Mann die Augen wieder öffnete, war die schummrige Finsternis zurückgekehrt und zwei Männer standen hinter seinem Stuhl. Mit betonter Gelassenheit wendete er sich wieder von ihnen ab. »Ihr seid spät dran«, sprach er mit ruhiger Stimme. »Kommt herüber auf die andere Seite des Tisches und nehmt Platz.« Die Gäste taten, wie ihnen gesagt wurde. Als sie sich gesetzt hatten, zog der Linke sein Samtbarett vom Kopf und schaute fast demütig vor sich auf den feuchten Boden. Der andere saß dagegen betont aufrecht und zog seine Kopfbedeckung noch tiefer ins Gesicht. »Ihr habt unser Schreiben erhalten?«, fragte dieser jetzt. »Gewiss. Dies ist ja auch der Grund, warum ich die Gelegenheit nutze, Euch zu sprechen«, entgegnete sein Gegenüber mit heiserer Stimme. »Zudem ließ Euer Brief Fragen offen. Die Angelegenheit scheint sich ungewöhnlich lang hinzuziehen und dauert nun schon seit Monaten an. So frag ich mich, wie stehts mit Eurer Tarnung? Gibts jemanden in der Stadt, der Verdacht wegen Euch und Eures Verweilens hegt?«

»Bisher nicht.«

»Bisher?« Dabei rutschte der Alte unruhig in seinem Stuhl hin und her, nicht nur, weil die Schmerzen wieder stärker wurden. »Nun«, der Rechte stockte in seinem Redefluss und schaute kurz zu seinem Kumpan hin. »Es ist ein Toter zu beklagen.«

»Doch der Leichnam dieses zweiten Toten wird durch die Strömung des Rheins nie entdeckt werden«, ergänzte der Linke hastig und bemerkte im selben Augenblick, dass diese Äußerung wohl nicht so klug gewesen war. »Ein Zweiter? Gibt es denn auch einen ersten Toten?«, krächzte der Alte mit ruhiger Stimme. Der Edelmann berichtete nun, wie es dazu gekommen war, dass der Schmierige, der bei diesen Worten wieder schuldbewusst zur Erde blickte, den Straßenjungen getötet hatte. Dabei klangen seine Worte noch so, als wolle er den Tölpel in Schutz nehmen. Doch als er nun auf den Mord an ihrem Informanten zu sprechen kam, verflog dieser kameradschaftliche Unterton schlagartig und kehrte sich ins Gegenteil. Der Alte schaute den Schmierigen nachdenklich an, bis er mit einem Mal süß lächelte. »Ach, wie unhöflich von mir«, sprach er dann. »Ihr kommt meiner Bitte nach und eilt zu mir in mein Zelt und ich biete Euch nicht mal einen Becher Wein an«, dabei rappelte er sich mühsam auf und humpelte hinüber zu einem weiteren Tisch, auf dem ein Zinnkrug und einige Trinkgefäße standen. Kurz darauf schleppte er sich wieder zurück und hielt zwei Pokale in der Hand, die er den Männern reichte. »Trinkt, es ist der beste, den ich zurzeit habe.« Der Schmierige war verwundert über die Freundlichkeit. Hatte er doch mit einer ordentlichen Schelte gerechnet, wie ein Junge, der sich verbotenerweise an den Vorräten zu schaffen gemacht hatte und nun von der Mutter erwischt worden war. Gierig trank er den Wein mit einem großen Schluck fast aus. Ein wahrlich guter Tropfen! Der Edelmann stellte den Becher ruhig und gelassen vor sich auf den Tisch, ohne zuvor getrunken zu haben. Beinahe demonstrativ streckte der Alte nun seine knochige Hand vor, an deren Mittelfinger ein aufwendig gearbeiteter Ring prangte. Im Kerzenschein war an diesem Ring eine kleine, offen stehende Klappe zu erkennen, unter der sich ein Hohlraum befand. Der Schmierige starrte die beringte Hand mit fragendem Unverständnis an, als sich plötzlich sein ganzer Körper krampfartig zusammenzog. Es war bereits zu spät, als er begriff, was gerade geschehen war. Der alte Mann hatte Gift in seinen Wein geschüttet, das augenblicklich seine Wirkung tat. Er wollte sich gerade noch auf den Alten stürzen, der ihm diesen Todestrunk gereicht hatte, als er zurück auf den hölzernen Stuhl fiel und tot in sich zusammensackte. Der Edelmann drehte sich nur angewidert zur Seite und versuchte, das Bild des gelblichen Schaums, der sich vor dem fleischigen Mund des Schmierigen gebildet hatte, zu verdrängen.

»Doch zurück zu unserem Gespräch«, fuhr die krächzende Stimme fort, als sei nichts geschehen. »Ihr seid sicher, dass Ihr den Auftrag in meinem Sinne zu Ende führen könnt?« Der Edelmann nickte stumm, ohne sich seine Furcht anmerken zu lassen. Furcht war etwas, das er seit Langem nicht mehr kannte. Doch angesichts der Eiseskälte, die der Alte an den Tag legte, kam ihm rasch die Erinnerung an dieses verloren geglaubte Gefühl zurück.

»Gut«, entgegnete sein Gegenüber kurz. »Ich will mich klar ausdrücken, damit Ihr wisst, was zu tun ist und ich mich hoffentlich nicht ein zweites Mal an Eure Arbeitsstätte begeben muss. Ich dulde es nicht, dass meine jetzige Position der Macht in Gefahr gerät«, dabei blitzten seine ansonsten farblosen Augen bedrohlich auf. »Sobald der Kaiser – sei er der wahre oder nicht – die Fürstäbtissin zu Essen empfängt und ihr das gewährt, um das sie ihn bitten wird, beseitigt Ihr den Kerl! Und das ohne Aufsehen. Habt Ihr mich verstanden?« Dabei schlug er energisch mit der knochigen Faust auf den Tisch, sodass die dünne Holzplatte erzitterte und der Weinpokal auf den Boden fiel.

Amtmann Mühlenbein strich sich noch eilig über das zerzauste Haar, als er auf die Tür des großen Saals des Rathauses zustürzte. Er hatte sich gerade ein wenig zur Ruhe gelegt, um sich von der Last des Tages zu erholen, als ihn seine Frau wieder geweckt hatte. Was gab es nur so Dringendes, das Schulten so unerwartet in der Mittagszeit nach ihm geschickt hatte? Der gesamte Rat saß bereits um die große Tafel versammelt, als Mühlenbein eintrat. Man hatte offensichtlich nur noch auf ihn gewartet. Bürgermeister von Hohenberg, der ungeduldig auf seinem Platz am Kopfe der Tafel neben Schulten saß, eröffnete die unvorhergesehene Sitzung mit den Worten: »Unsere Stadt hat erneut unerwartet hohen Besuch bekommen.« Einige Schöffen nickten wissend mit den Köpfen. Die Kunde, wer sich mit seinen Mannen vor den Toren der Stadt eingefunden hatte, war bereits zu ihnen vorgedrungen. »Es ist Erzbischof Siegfried von Westerburg!«, warf Bürgermeister Schulten ein und machte eine Pause, um die Bedeutung des Namens zu unterstreichen. Das Raunen derjenigen, die bisher noch nichts davon gehört hatten, setzte augenblicklich ein. »So wollen wir mit Euch, verehrte Herren des Rats, die Lage erörtern.« Die Spannung im Kreise der Männer stieg spürbar. »Der Erzbischof hegt die gleichen Zweifel, die auch wir vor einigen Monaten in uns trugen.« Die Amtmänner und Schöffen schauten ihn fragend an. »Er hält den Kaiser, Gott möge ihn beschützen, tatsächlich für einen Schwindler.«

»Unerhört!«, rief einer der Amtmänner aufgebracht in die Runde. Sogleich schlossen sich einige andere lautstark an. »Zur Ruhe bitte, meine Herren«, fuhr von Hohenberg jetzt dazwischen und ließ die Glocke erschallen, die vor ihm auf dem blanken Tisch stand. »Selbstverständlich habe ich ihm unmissverständlich erklärt, dass wir unsere Entscheidung erst nach reiflicher Überlegung getroffen haben und dass diese zwischenzeitlich nach genauesten Beobachtungen hochherrschaftliche Bestätigung gefunden hat. Es gibt keinen Zweifel: Es ist der echte Kaiser Friedrich!« Dabei richtete er sich selbstbewusst und mit geschwellter Brust in seinem Stuhl auf. Beifallsgemurmel begleitete seine Gestik. »Dessen ungeachtet, forderte uns der Erzbischof auf, den Hochwohlgeborenen an ihn auszuliefern, um ihn König Rudolf von Habsburg schutzlos zum Fraß vorwerfen zu können.« Wiederum machte sich Empörung in der Runde breit. Der Bürgermeister läutete erneut und wollte bereits mit seinen Ausführungen fortfahren, als sich ein Schöffe kleineren Wuchses zu Wort meldete: »Und was wäre, wenn, nur einmal angenommen, der Bischof recht hätte?«, fragte er vorsichtig. Bei dieser Äußerung starrten ihn die übrigen Räte verdutzt an. »Wollt Ihr, Schöffe Melchior, die Entscheidung, die unser hohes Gremium vor Monaten getroffen hat, nun in Frage stellen?«, entgegnete Bürgermeister Schulten barsch und spannte dabei jeden Muskel seines Oberkörpers bedrohlich an. Im gleichen Augenblick prasselten Stürme der Entrüstung auf den Fragesteller ein, der nun fast noch kleiner wurde. Er habe ja nur mal fragen wollen, entschuldigte er sich und schien im Kissen seines Stuhls vollends zu versinken. Spätestens nach diesem Vorfall verwarf auch der Letzte, der ähnlich gedacht hatte, seine Gedanken, und von Hohenberg ergriff wieder das Wort: »Ich bin stolz, Bürgermeister der Stadt Neuss zu sein, der nunmehr die souveräne Entscheidung getroffen hat, Friedrich, Kaiser von Gottes Gnaden, in dieser schweren Stunde beizustehen und seinen Widersachern zu trotzen.« Hatten sie diese Entscheidung jetzt wirklich gerade so und gemeinsam getroffen? Stummes Erstaunen machte sich breit, doch wagte niemand zu widersprechen. »Ich danke Euch für die Unterstützung und werde daher der Pflicht meines Amtes nachkommen und Eure Entscheidung dem Kölner Erzbischof mitteilen«, fügte wiederum Schulten hinzu. Kaum waren die Worte verhallt, erhoben sich die beiden Bürgermeister wie auf Kommando und ließen die verdutzt dreinschauenden Räte an der langen Tafel zurück.

Die Ziegen im Stall waren versorgt und Marcus saß an den Apfelbaum gelehnt, an dem er Gernot Thelen einst kennengelernt hatte. Eigentlich hätte er es sich jetzt und hier in der frühlingshaften Abendsonne gut gehen lassen können, wenn nicht, ja, wenn nicht, diese melancholischen Gedanken an seine Vergangenheit in Neuss in ihm aufgestiegen wären.

Er grübelte schon eine Weile so vor sich hin, als sich die Tür der alten Kate öffnete. Gernot trat aus dem Haus und kam schnurstracks auf ihn zu. Er würde jetzt wieder versuchen ihn zu trösten, und Marcus würde wiederum versuchen seinen Gedanken zu entkommen, wenn er spürte, wie sehr Gernot die Trübsinnigkeit des Jungen unter die Haut ging. Doch Gernot sah überraschend fröhlich aus und sein Gesichtsausdruck wollte so gar nicht zu einem Leidenden passen, der einen anderen Leidenden trösten wollte.

»Ich habs!«, rief er triumphierend aus und baute sich vor Marcus auf. »Warum verkaufe ich unseren Käse bisher nur an die benachbarten Bauern und die Reisenden, die sich von Zeit zu Zeit auf unseren Hof verirren?« Marcus stand in diesem Moment eigentlich nicht der Sinn danach, sich Gedanken über den Verkauf von Ziegenkäse zu machen. »Was hältst du davon«, fuhr der Dürre jetzt unvermittelt fort, »wenn ich zum ersten Jahrmarkt des Jahres gehe, um dort meinen Käse zu verkaufen?« Marcus begriff immer noch nicht, worauf der Dürre hinauswollte.

»Der Weg wird einige Zeit dauern und es wird langweilig sein – so alleine.« Thelen mimte jetzt den Nachdenklichen. »Ich meine, wenn du möchtest, könntest du mich ja vielleicht begleiten.« Langsam begriff Marcus und schaute ihn erwartungsvoll mit großen Augen an. »Mich begleiten – also mit nach Neuss kommen.« Jetzt sprang der Junge vor Freude auf die Beine, schlang seine schlaksigen Arme um den dürren Körper des Ziegenhirten und drückte ihn voll Dankbarkeit so fest an sich, wie er konnte. Und ob er mitkommen wollte. »Wann ist es soweit?«, fragte er aufgeregt. »Ich muss gestehen, dass es noch bis zum Mai dauern wird. Doch dann gehen wir zusammen zum Walpurgismarkt nach Neuss. Versprochen!«, sagte Gernot gewichtig, als habe er einen bedeutungsvollen Eid geleistet, und drückte den Jungen väterlich an sich.

8. März 1285 – Auch wenn die Ratsversammlung nur kurz gewesen war, so hatten die Bürgermeister gemeinsam entschieden, dass es bereits zu spät am Abend sei, dem Erzbischof die Entscheidung des Rates noch mitzuteilen. Zum einen sollte nicht der Eindruck entstehen, dass es den Stadtvätern leicht gefallen war, zu entscheiden. Zum anderen hatten sie noch die ganze Nacht benötigt, um den Mut zu

sammeln, der erforderlich sein würde, Siegfried die Stirn zu bieten und seinen Wunsch nach Auslieferung Kaiser Friedrichs abzuschlagen.

Nachdem Schulten stundenlang in der Wohnstube auf und ab gelaufen war, wie ein Tanzbär im vergitterten Wagen eines Gauklers, hatte er sich an den Tisch gesetzt und den einen oder anderen Becher Wein zur ›geistigen‹ Stärkung zu sich genommen. So fühlte er sich nun nicht nur aufgrund der Nachricht unwohl, die sie in den nächsten Stunden überbringen sollten. Ungeschickt legte Schulten sein Ornat an und trat mit wackligen Beinen vor das Haus.

Als er die *Aber Strais* hinunter zum Obertor ging, schien es ihm, als tuschelten die Neusser, denen er begegnete, hinter seinem Rücken. Ob man ihm die Strapazen der Nacht ansah? Oder hatten sich gar die Ereignisse samt der Entscheidung des Rates über Nacht herumgesprochen? Eigentlich war er viel zu sehr mit den Überlegungen beschäftigt, wie er die Nachricht überbringen würde, als dass er sich hierum jetzt ernstlich kümmern mochte.

In diesem Moment kam der Bürgermeister der Schöffen von der anderen Straßenseite herüber und nickte ihm kurz zu. Schulten grüßte mit knappen Worten zurück. Auch von Hohenberg schien in Gedanken vertieft. Stumm gingen sie die Straße hinunter.

Schon bald kamen sie am Obertor an und waren in der Frage ihrer Formulierungen noch keine Spur weitergekommen. Ein wenig Zeit würde ihnen ja auch noch bleiben, da erst einmal ein Kontakt zum Lager des Erzbischofs aufgebaut werden musste.

An der Steintreppe angekommen, versuchten die Männer dem jeweils anderen den Vortritt zu überlassen – ausnahmsweise. Nach einigem Zögern und höflichen Floskeln gelangten sie schließlich doch noch nach oben auf die Stadtmauer. Der Kommandant der Stadtwache, Hauptmann Bergmühl, folgte ihnen stolz mit gebührendem Abstand. Der Hauptmann trug die Stadtfahne, als ob er das letzte Obergewand des Heiligen Quirinus mit sich führte. Oben auf der Mauer angekommen und einige tiefe Seufzer später, deutete Schulten dem Mann mit einem knappen Nicken an, er solle seines Amtes walten. Doch dessen einzige ›verantwortungsvolle‹ Tätigkeit bestand darin, die Fahne an Gunther weiterzugeben. Der hatte es sich nicht nehmen lassen, auch heute seinen Dienst anzutreten, um den weiteren Verlauf der brisanten Angelegenheit hautnah mitzuerleben. Nachdem Gunther die Fahne mit mindestens ebenso wichtigem Blick entgegengenommen hatte, begann er sie wild in Richtung des erzbischöflichen Lagers zu schwenken.

Es dauerte nur einige Minuten, bis sich am Horizont eine kleine Staubwolke bildete, die ankündigte, dass eine Gruppe Männer auf die Stadt zuritt.

Schon kurze Zeit später kamen fünf Berittene vor der Stadtmauer zum Stehen. Ein deutlich hörbarer Seufzer der Erleichterung entwich den Bürgermeistern, als sie erkannten, dass Siegfried sich nicht persönlich zu den Toren von Neuss bemüht hatte, um die Nachricht entgegenzunehmen. Es würde leichter fallen, den Untergebenen des Erzbischofs die unpopuläre Entscheidung mitzuteilen, dachte von Hohenberg.

Ein hoch gewachsener, feingliedriger Soldat, der offensichtlich der Ranghöchste war, ließ die Zügel seines Hengstes nach und trat so etwa zwei Meter aus der Reihe der Reiter hervor. Mit dem rechten Arm durch die Luft wirbelnd, vollzog er einen höfischen Gruß in Richtung der Stadtfahne und der Bürgermeister. Ermuntert und geschmeichelt von der Ehrerbietung, begann der Bürgermeister der Schöffen nun zu sprechen: »Seid gegrüßt, edle Recken des Erzbischofs. Ich nehme an, Siegfried von Westerburg schickt Euch, die Entscheidung des hohen Rats der Stadt Neuss anstelle Eurer bischöflichen Exzellenz entgegenzunehmen?« Der Reiter nickte nur stumm und knapp. Durch die Kühle des Offiziers verunsichert, überfiel den Bürgermeister erneut Nervosität. »Äh, ja«, begann Schulten jetzt zu stammeln. »So sei es.« Aufgeregt wischte er sich mit einem Tuch den kalten Schweiß von der Stirn. »Wie ich es Eurem hohen Herrn versprach, habe ich meine Person und meine rhetorischen Fähigkeiten eingesetzt, um das Gremium davon zu überzeugen, dem Wunsch Eurer Hochwürden vorbehaltlos zu entsprechen. Dennoch ist es Herrn von Hohenberg nicht gelungen, diese eigensinnigen Schöffen davon zu überzeugen«, trug Schulten mit ernster Miene vor und hielt nun inne. Der Mut hatte ihn wieder verlassen, die Entscheidung klar auszusprechen. »Aber auch die Amtmänner wollten sich nicht der Meinung des Erzbischofs anschließen«, warf von Hohenberg hastig ein und verstummte wieder. »Heißt das, Ihr seid nicht bereit, den Scharlatan seiner gerechten Strafe zuzuführen?«, erstmals richtete nun der Offizier das Wort an die Bürgermeister. »Wir befürchten, ja«, brachte Schulten kleinlaut und mit brüchiger Stimme hervor. Ohne ein weiteres Wort wendeten die Männer ihre prachtvollen Hengste und preschten davon. Von Hohenberg überkam beinahe Übelkeit. Er presste sich das schweißnasse Tuch vor den halbgeöffneten Mund und stützte sich auf Gunther, der die schlaff herabhängende Stadtfahne immer noch über die Mauer hielt.

»Was fällt diesen Dörflern ein?« Mit emotionslosem Gesichtsausdruck ließ der Offizier den Tobsuchtsanfall seines Dienstherrn an sich abprallen. Es war nicht das erste Mal, dass er dem Erzbischof eine schlechte Botschaft überbracht hatte, und jedes Mal war es dasselbe gewesen. Kaum hatte er das letzte Wort seiner Nachricht ausgesprochen, verfärbte sich die vornehme Blässe des Kirchenfürsten schlagartig in ein dunkles Rot. Nur seine Nasenspitze blieb weiß, wenn er zu toben begann. Siegfried von Westerburg war es gewohnt, seinen Willen zu bekommen und konnte Widerstand auf den Tod nicht ausstehen. Wie würde er nun reagieren?

Nicht nur, dass er auf Geheiß König Rudolfs diesen beschwerlichen Weg hierher zähneknirschend auf sich genommen hatte, nein, jetzt weigerten sich auch noch diese Neusser, den vermeintlichen Kaiser auszuliefern. Siegfried war außer sich. Er tanzte durch das Zelt wie ein wild gewordener Stier. Nach einigen Minuten der Schimpftiraden schien ihn die Kraft zu verlassen und er sank in einen hölzernen Sessel. Er atmete einige Zeit sehr tief, als bekäme er keine Luft mehr. Auch diese Phase der Tobsucht kannte der Gardist schon zur Genüge. »Soll doch dieser verdammte König selber kommen und sich den Burschen holen. Was kümmert es mich«, murmelte er in den nicht vorhandenen Bart. »Und den Machenschaften dieser Berta, dieser kirchlichen Raubritterin, werde ich auch so Herr. Kaiserliche Privilegien hin oder her.« Jetzt wandte er sich wieder seinem Soldaten zu. »Sorgt dafür, dass wir unverzüglich nach Köln zurückkehren können! Unsere Mission hier ist beendet.«

Mit einem kurzen militärischen Gruß bestätigte der Offizier den Befehl und zog sich aus dem Zelt des Erzbischofs zurück.

11

Mai 1285 – Die Sonne tauchte die festlich geschmückten Häuser und Straßen an diesem Morgen schon früh in ein warmes, weiches Licht. In diesem Jahr schien wirklich alles auf einmal zusammenzukommen, dachte der Bürgermeister der Schöffen, der schon ungewöhnlich früh auf den Beinen war. Heute würde der erste Jahrmarkt des Jahres, der Walpurgismarkt, beginnen und viele Händler und Reisende in die Stadt locken. Mit dem regen Handel würde auch so mancher Gulden in die chronisch leere Stadtkasse wandern. Diese prächtigen Aussichten ließen natürlich das Herz eines Bürgermeisters höher schlagen.

Doch, wie es der Mondlauf in diesem Jahr fügte, hatte sich die Stadt nicht nur auf den Jahrmarkt vorzubereiten. Zusätzlich würde man noch ein hohes Kirchenfest begehen. Übermorgen, dem 40. Tag nach Ostern, feierte die gesamte Christenheit das Fest der Himmelfahrt Jesu.

Schon zum Osterfest hatte sich ein jeder bemüht, sein Hab und Gut herauszuputzen. Doch dies steigerte sich nochmals zum übermorgigen Feste und würde in einigen Tagen dann im prächtigsten Schmuck der alljährlichen Fronleichnamsprozession gipfeln.

Doch das Zusammentreffen des christlichen Feiertages und des weltlichen Treibens war in diesem Jahr noch nicht genug Trubel. Seit der Kaiser, der – Gott sei Dank – immer noch in der Stadt weilte, die ersten finanziellen Zuwendungen erhalten hatte, kamen zusehends mehr und mehr angesehene Herrschaften in die Stadt, um ihm seine Aufwartung zu machen. Das Stadtbild war mit einem Mal nicht mehr durch die Bauern des Burgbanns und die ärmlichen Pilger geprägt, sondern zeichnete sich durch das Bild der Edelleute des nahen und fernen Umlandes aus. Auch wenn das ständige Klappern der Pferdehufe und das Rattern der Kutschen auf dem Pflaster der Straßen ihn oft in seiner Ruhe störten, so war er, als einer der Bürgermeister der Stadt Neuss, stolzer denn je.

Häufig ergab sich die Gelegenheit, große Landesherren und Fürsten in seinen Diensträumen empfangen zu können, da er angeordnet hatte, dass niemand zum Kaiser vorgelassen werden sollte, der nicht zuvor bei ihm vorgesprochen hatte. Erweckte dieser Ablauf doch beim einen oder anderen Besucher den Eindruck, dass ein kleines Säckchen Münzen in den Händen des Bürgermeisters die Chancen um die Gunst des Kaisers steigern würde. Seine Taktik war größtenteils aufgegangen, auch wenn er den Verdacht hegte, dass Schulten die gleiche Strategie verfolgte und den einen oder anderen Bittsteller abfing.

Es war richtig gewesen, Erzbischof Siegfried die Stirn zu bieten, dachte er jetzt, da er an diese ›bescheidene‹ Münzenflut dachte. Damit sich das Geschäft jedoch für die Stadt – und ein wenig auch für seine Person – rentierte, sah er es als dringlichste Aufgabe seines Amtes an, die dagegenstehenden Ausgaben so gering wie möglich zu halten. Ausgaben! Kaum waren seine Gedanken an diesen Punkt des Übels angelangt, erblickte er am Ende der Straße Edelgard Rutzen. Die Frau des Gastwirts schien ihn noch nicht gesehen zu haben, und so konnte er, im letzten Moment, sich und damit die Geldbeutel der Stadt nach rechts in die *Bongartsmoer* in Sicherheit bringen. So gelangte er auf den *Freithoff* vor dem Münster, wo die ersten Krämer ihre Stände, unter den gestrengen Augen des Marktvogts, aufbauten. Der Bürgermeister geriet ins Träumen, als ihm nun der Duft frisch geräucherter Mettwurst in die Nase stieg. Er schloss die Augen und genoss die milde Wärme des Morgens. Es würde eine wunderbare Woche werden.

Auch am Rheinufer bahnten sich neue Ereignisse an. Stromaufwärts steuerte ein prächtiges Flussschiff den Rhein hinauf und fuhr geradewegs auf die Anlegestelle zu. An der Größe des Schiffs mit seinen ungewöhnlich hohen Aufbauten ließ sich schon von Weitem erahnen, dass es sich um eine bedeutende Persönlichkeit handeln musste, die sich anschickte, die Stadt Neuss zu besuchen. Die Schiffer, die emsig ihre Waren für den anstehenden Markt löschten, nahmen hiervon jedoch keine Notiz und fuhren mit ihrer Arbeit unbeirrt fort. Hier wurden Weinfässer über die schmale Rampe gerollt, dort trugen vier Jungen kostbare Stoffballen an Land, misstrauisch beäugt von einem stämmigen Kaufmann.

»Macht Platz da!«, rief ein kräftiger Bursche, der an Bord des herannahenden Schiffs stand, als das Flussschiff den Anleger fast erreicht hatte. »Das werden wir wohl tun«, entgegnete der reiche Kaufmann mit selbstsicherer Stimme, »doch erst, wenn wir all unsere Waren für den Markt an Land gebracht haben.« Er wollte sich schon wieder der Überwachung der Löscharbeiten zuwenden, als er die Frau erblickte, die in diesem Augenblick an die Reling trat. Sie warf ihm einen unmissverständlichen Blick zu. Wie der Kaufmann an der Kleidung erkannte, handelte es sich um eine Frau der Kirche. Doch wer war sie, dass sie sich hier so aufspielte, als gehöre ihr der Neusser Hafen?

»Entschuldigt, ehrwürdige Mutter im Geiste Gottes«, die Stimme des Stämmigen klang jetzt sanfter, »seid doch so gut und nennt uns Euren Namen, damit wir wissen, für wen wir unser dringliches Werk unterbrechen sollen.«

»Auch wenn ich Euch keine Rechenschaft schuldig bin, so will ich Eurem Wunsch entsprechen. Mein Name ist Berta von Arnsberg, Fürstäbtissin des ehrwürdigen Frauenstifts zu Essen.« Bei diesen Worten starrten alle Männer, die sich am Kai versammelt hatten, die Frau an. Ein jeder wusste, dass sie die bedeutendste Frau der Kirchenmacht hierzulande war. Wenngleich sie sich nicht sicher waren, wie sie Berta von Arnsberg einschätzen sollten: Die einen sprachen voller Ehrfurcht über sie und dass sie tapfer um die Macht des Stifts zum Wohle ihrer Schäfchen kämpfte; die anderen bezeichneten sie schlichtweg als Raubritter im Stiftsfrauengewand.

»Wenn ich wohl unterrichtet bin«, fuhr sie mit fester Stimme fort, »so hält sich Kaiser Friedrich in den Mauern der Stadt Neuss auf und erwartet mich bereits.« Als der Name des Kaisers fiel, zuckten die Männer erneut zusammen und das Leben kehrte schlagartig in ihre Glieder zurück. Hastig rangierten sie die Kähne beiseite und schafften die Waren aus dem Weg, die sich am Anleger türmten. Das prächtige Flussschiff legte an, und eine Holzplanke wurde hinübergeschoben. Die Äbtissin schritt mit ehrerbietiger Grazie über die Planke. Die Schiffer standen ungewollt Spalier, durch das sich der stämmige Kaufmann eilig nach vorne schob und der Kirchenfürstin die Hand zur Hilfe entgegenstreckte. Die Äbtissin griff nach seiner Hand und schaute ihm mit einem festen Blick in die Augen, der zu sagen schien: ›Na also, warum nicht gleich so?‹ Eine peinliche Röte schoss dem Mann in die Wangen, sodass er, trotz seiner hünenhaften Gestalt, wie ein Novize wirkte, den die Äbtissin beim Faulenzen ertappt hatte. Hinter der Äbtissin kam nun eine Reihe von weiteren Ordensschwestern, gefolgt von Bewaffneten, an Land. Die Besatzung des Schiffs brachte einige Truhen zur Befestigungsmauer, und so wanderte die kleine Prozession durch das Tor in die Stadt hinein.

Die Wachen, die dem Treiben um die Ankunft des hohen Gasts aus sicherer Entfernung beobachtet hatten, gaben bereitwillig Auskunft über die Unterbringungen des Kaisers, und so ging Berta von Arnsberg nun zielstrebigen Schrittes in Richtung des Gasthauses ›Zum Goldenen Horn‹.

Ein paar Jungen, die sich schon den ganzen Morgen am Hafen herumgetrieben hatten, witterten prompt ein gutes Geschäft und liefen, so schnell sie konnten, voraus. Vielleicht würde ja die geizige Rutzen für eine prompte Information über die herannahenden Gäste ein paar Weißpfennige springen lassen.

Die schnelle Nachricht war der Frau des Gastwirts zwar herzlich willkommen gewesen, doch aus den Weißpfennigen wurde nichts. Die Jungen hatten sich gerade laut fluchend getrollt, als sich die die Neuankömmlinge auch schon dem Gasthaus näherten.

Edelgard Rutzen stand bereits mit ihrem Gatten erwartungsvoll in der prunkvollen Tür, als der Zug der Stiftsdamen am Hause ankam. »Gott zum Gruße, ehrwürdige Mutter«, begrüßte sie der Wirt und verbeugte sich tief. Seine Frau tat es ihm gleich und stieß unvermeidlich mit der Stirn gegen das wahrlich gut gepolsterte Hinterteil des Gatten. »Ich denke, Ihr seid gekommen, um den Kaiser zu sprechen, der seit einiger Zeit hier – natürlich im besten Haus der Stadt – im rheinischen Neuss logiert.« Dabei drehte er seinen immer noch gebeugten Oberkörper so, dass sein ausgestreckter Arm eine einladende Bewegung in Richtung des Innenraums machte. Wortlos schritt die Fürstäbtissin mit strenger Miene und gefolgt von den übrigen Stiftsdamen an ihm vorbei ins Gasthaus. Hans Rutzen musste seinen runden Bauch mächtig einziehen, als nun auch die Träger mit den Truhen an ihm vorbei ins Haus gingen. Die Bewaffneten postierten sich derweil direkt vor dem Eingang. Der Gastwirt und seine Frau verschwanden im Haus und schlossen eilig die Tür.

Um das Gasthaus herum hatte sich inzwischen einige Leuten versammelt, die die Ankunft der Stiftsdamen begafft hatten. Schnell sprach sich in den Reihen der Schaulustigen herum, dass es sich um die Fürstäbtissin des Stifts zu Essen handelte, und so war ihre Neugierde vorerst befriedigt. Die Menge zerstreute sich rasch, wartete doch noch viel Arbeit auf jeden von ihnen.

Nur einen Mann zog die Arbeit offensichtlich nicht so rasch fort. Er lehnte gelassen an der trutzigen Säule eines

Arkadengangs gegenüber dem Gasthaus und beobachtete aufmerksam die Szenerie. In seinen schwarzen Umhang gehüllt, das Barett tief in die Stirn gezogen, nahm man ihn im Dunkel des Ganges kaum wahr.

Sollte er hier auf seinem Posten verweilen?, fragte sich der Edelmann. Nein, hier gab es, nachdem die hohe Dame im Gasthaus verschwunden war, nichts mehr, das er in Erfahrung bringen könnte. Und so setzte er sich nun ebenfalls in Bewegung. Ein Moment der Ruhe in seiner Kammer täte ihm gewiss gut. Denn so wie die Dinge sich zu entwickeln schienen, würde es an den Jahrmarktstagen noch genügend Arbeit geben, sodass er seine Kräfte brauchen würde.

Wie üblich an den Markttagen herrschte auch an diesem Morgen an der *Hantportz* ein reges Treiben. Die Marktbeschicker und Bauern drängten durch das Tor, um noch einen guten Platz für ihren Stand zu ergattern. Sie drängelten und schubsten, sodass die Wachposten alle Hände voll zu tun hatten, den Menschenstrom in Zaum zu halten und die Lage nicht in einen Tumult ausarten zu lassen.

Es war schon eine Weile vergangen und die meisten Händler bereits in die Stadt gelangt, als sich auch ein dürrer Mann und ein Junge in den Strom einreihten. Sie zogen jetzt ihren kleinen, klapprigen Karren durch das Tor und wirkten müde nach dem langen Weg, den sie an diesem Morgen schon hinter sich gebracht hatten. Es waren Gernot Thelen und Marcus, der diesen Moment kaum noch hatte abwarten können. Seit Tagen hatte er des Nachts vor

Aufregung kein Auge mehr zugemacht und immer an seine Rückkehr, den toten Jonas und den Wirt denken müssen. Als sie nun an den Wachen vorbeigegangen waren, schaute er an den Häusern der *Gebrante Gaß* empor. Es hatte sich in den wenigen Monaten natürlich nichts verändert. Auch wenn es ihm jetzt wie eine Ewigkeit vorgekommen war, seit er die Stadt fluchtartig verlassen hatte, so war es gerade mal ein halbes Jahr her, seitdem er auf Gernots Ziegenhof Unterschlupf gefunden hatte.

Jetzt sah er auf der linken Seite das frisch geputzte Schild des ›Schwarzen Krugs‹ und blieb abrupt stehen. »Was ist los?«, fragte Thelen besorgt und schaute ihn direkt an. Doch die Art, wie der Junge blickte, erübrigte die Frage. »Verstehe«, sagte der Ziegenhirte nur kurz und drückte den Jungen an sich. »Ich gehe dann runter zum Jahrmarkt. Du weißt ja, wo du mich findest, falls du mich brauchst.« Er nahm den Karren wieder auf und zog los. Drei Schritte weiter hielt er jedoch wieder an und drehte sich noch einmal um. »Versprich mir aber, dass du mir noch Lebewohl sagst, falls«, der Dürre schluckte, als hätte er eine dicke Unke in der Kehle stecken, und sein Adamsapfel tanzte behäbig. »Falls du dich entschließen solltest, nicht mit mir zurückzugehen.« Marcus, der immer noch wie angewurzelt dort stand, nickte stumm und ließ für einen Bruchteil einer Sekunde ein kurzes Lächeln über seine Lippen huschen. Gernot drehte sich nach diesem Versprechen beruhigt um und ging mit seinem Karren die Gasse hinunter.

Auch wenn Marcus diesen Moment in den letzten Wochen immer wieder herbeigesehnt hatte, so verspürte er jetzt doch ein seltsames Gefühl in der Magengegend.

Was hatte Janssen wohl gedacht, als er den toten Jonas fand? Ob er Marcus der Tat verdächtigte? Erst jetzt fiel ihm auf, dass er sich diese Fragen bisher nie gestellt hatte. Hatte es eine Untersuchung seitens des Schultheißen gegeben? Er wagte keinen Schritt zu tun. Seine Gedanken rotierten in seinem Kopf wie eine Töpferscheibe auf dem Jahrmarkt, und das Bild seines Freundes, wie er so dagelegen hatte und ihn aus seinen toten Augen anstarrte, kam ihm wieder in den Sinn. Nein, er wollte sich jetzt zusammenreißen und hinüber zu Janssen gehen. Der Wirt war ihm stets wohlgesonnen gewesen, auch wenn er nicht immer damit einverstanden war, was die Jungs so getrieben hatten. In Janssens Brust schlug ein gutes Herz und so würde er ihn wohl nie des Mordes verdächtigen. Wie in Trance ging Marcus nun langsam weiter – Schritt für Schritt. Er spürte, wie seine Beine plötzlich zu laufen begannen und er in Richtung des Wirtshauses rannte. Mit einem Satz sprang er die drei Stufen zur Eingangstür hinauf. Im gleichen Augenblick jedoch öffnete sich die Tür, und der Junge prallte mit ungebremster Wucht gegen einen Mann, der in diesem Moment aus dem Wirtshaus trat. Er wurde zurückgeschleudert und landete in hohem Bogen auf dem Pflaster. Ein reißender Schmerz durchfuhr seinen Rücken. Nur mit Mühe rappelte er sich auf und saß nun, auf die Arme gestützt, auf den kalten Pflastersteinen. »Kannst du nicht aufpassen, du Lausebengel?«, fuhr ihn der Mann an, dessen riesiger Schatten auf ihn fiel. Marcus kam langsam wieder auf die Beine und sah vor sich die Kopfbedeckung des Mannes liegen. Sie musste dem Hünen beim Zusammenprall vom Kopf gefallen sein. Bevor dieser noch wütender werden würde, griff Marcus eilig danach und reichte sie ihm. Etwas benommen von der unsanften Landung fiel der Blick des Jungen nun auf die Kopfbedeckung, die er noch in seiner Rechten hielt – ein Barett aus schwarzem Samt! Es gab keinen Zweifel. Dieses Barett sah ohne Frage wie jenes aus, das an jenem grauenhaften Tag, an dem Jonas ermordet wurde, zum Inhalt der gestohlenen Schultertasche gehört hatte. Es glich ihm zumindest wie ein Ei dem anderen. Marcus lief ein eiskalter Schauer über den Rücken, der ihn seinen Schmerz sofort vergessen ließ. Mit einem Ruck schaute er auf, direkt in das Gesicht des Mannes, der nun ganz nah vor ihm stand. Das Gesicht ließ den Jungen erneut erschaudern. Dies konnte nun das Antlitz eines Dämons der Hölle sein. Wäre er dem Kerl im Vorbeigehen auf der Straße begegnet, so hätte ihn das verwachsene Augenlid wohl kaum beeindruckt. Zu oft sah man im Straßenbild die verkrüppelten Leiber der Pilger, die nach Neuss kamen, um beim Heiligen Quirinus Fürsprache zu erflehen, dass Gott ihre Leiden mindern solle. Doch nach der Entdeckung des Baretts, traf ihn der Blick des einzelnen Auges wie ein Dolchstich in die Herzgegend. Ob dieser Mann Jonas' Mörder war? Hatte es der Einäugige auch auf ihn abgesehen? Marcus wollte die Antwort auf diese Frage gar nicht erst abwarten. Er drückte dem Mann die Kopfbedeckung in die kräftigen Hände, drehte sich dabei um und rannte davon, als sei der Leibhaftige hinter ihm her. Der Edelmann rückte sich das Barett auf dem kantigen Schädel zurecht und schüttelte verständnislos den Kopf. So grob war er ja nun doch nicht zu dem Bürschchen gewesen. Immer noch kopfschüttelnd ging er die *Gebrante Gaß* hinunter zur *Aber Strais*.

Am Ende der Gasse angekommen, rannte Marcus atemlos nach links in den *Vinckenhoff*. Rasch schlüpfte er zwischen zwei Marktständen hindurch, die zur Jahrmarktszeit hier aufgestellt waren. Mit hämmerndem Herzen hockte er sich zwischen die Waren, die links und rechts von ihm aufgetürmt standen. »Mach, dass du wegkommst!«, brüllte ihn ein Händler an, der ihn zwischen den Ballen entdeckt hatte. »Kerle wie du klauen mir noch den ganzen Stand leer.« Mit einem Tritt versuchte der aufgebrachte Mann, seiner Aufforderung Nachdruck zu verleihen. Marcus zuckte geübt zur Seite und der Fuß des Händlers verfehlte ihn um Haaresbreite. Hier konnte er jedenfalls keinen sicheren Unterschlupf erwarten. Flink sprang er auf die Beine und lief, von Schimpftiraden des Händlers verfolgt, aus dem Hof zurück auf die Gasse. Er atmete tief durch, als er jetzt an der Stadtmauer ankam. Hier im Halbdunkel der Arkadengänge würde er zur Ruhe kommen können – zumindest für den Augenblick.

Nach und nach eilten nun auch Käufer und Schaulustige nach Neuss, um dringende Besorgungen zu erledigen oder sich ein paar vergnügliche Stunden auf dem Jahrmarkt zu gönnen. Hier boten sich Gelegenheiten, auf die sie das ganze Jahr über verzichten mussten. So gestalteten sich die Jahrmarktstage auch für die Bader und Zahnbrecher zu einem einträglichen Geschäft.

Jung und Alt kamen nun zu dieser Stunde aus Richtung Köln durch die *Ober Pfortz* in die Stadt. Auch das anstehende, hohe Fest der Himmelfahrt Christi ließ die ersten

Gläubigen herbeiströmen. Welcher Anlass die höhere Anziehungskraft besaß, konnte man letztlich nur vermuten.

Jetzt schob sich mit den Menschenmassen auch eine kleine Gruppe Kuttenträger an den Torwachen vorbei. Es waren ein gutes Dutzend Augustiner-Mönche aus dem nah gelegenen Oberkloster, die die *Aber Strais* heraufzogen. Seit sich zwei Jahre zuvor, Anno Domini 1283, einige Klarissen in Neuss niedergelassen und ein Kloster errichtet hatten, nutzte man die hohen Feste, um sich mit den Schwestern in Glaubensfragen auszutauschen. In diesem Jahr kamen die Brüder bereits zwei Tage vor dem Fest in die Stadt, und so konnte man die Gelegenheit nutzen, den Glaubensdialog mit den Annehmlichkeiten des Jahrmarkts zu verbinden.

Schon bald lösten sie sich aus der Menge und gingen nach links in eine Seitengasse, als der Abt bemerkte, dass ein Schäflein verloren zu gehen drohte. »Bruder Norbert!«, rief er dem Ordensbruder nach, der sich von der Gruppe entfernt hatte und mit der übrigen Menschenmenge weiterzog. »Wohin wollt Ihr denn? Das Kloster der ehrwürdigen Schwestern liegt in dieser Richtung.« Mit seiner knochigen Hand zeigte der Abt in die schmale *Claren Gaß*. »Ich muss Euch doch nicht an den zweiten Satz, Kapitel vier der Augustinerregeln erinnern, oder? »Nein, nein. Ich weiß«, entgegnete der Angesprochene:

»Wenn ihr ausgeht, dann macht Euch gemeinsam auf den Weg, und wenn ihr an dem Ort angekommen seid, wo ihr hingehen wolltet, dann bleibt zusammen.«

Der junge Mönch leierte die Ordensregel herunter, wie ein Schulbub, der zum wiederholten Mal ein paar unregelmäßige Verben konjugieren sollte. »Entschuldigt, verehrter Abt, aber ich wollte nur kurz auf dem Markt nach ein paar Heilkräutern schauen. Ich dachte, ich könnte die eitrige Wunde des Bruder Paulus hier vor Ort behandeln, sodass er die heilige Messe zu Christi Himmelfahrt voll Andacht genießen kann und nicht zu sehr durch die starken Schmerzen abgelenkt ist.« Mit unschuldiger Miene schaute er dabei dem Abt in die strengen Augen. Das Ansinnen war durchaus ehrenhaft, musste dieser eingestehen. Doch es war die eigenwillige Art des Jungen, die den Klostervorsteher immer wieder auf die Palme brachte. Er hatte seinerzeit lange gezögert, den Wildfang als Novizen zuzulassen. Andererseits waren es gerade seine Kenntnisse über Heilkräuter, die der Klostergemeinschaft stets zunutze kamen. Wenn er sich nur strenger an die Regeln der Brüder halten und nicht ständig aus der Reihe tanzen würde. Manchmal hatte der Klostervorsteher sogar den Eindruck, als verstöße der Junge von Zeit zu Zeit gegen das achte Gebot und bliebe nicht immer bei der Wahrheit, wenn er mal wieder versuchte, ihm seine Eskapaden unterzujubeln. Der Abt zwang sich zu Gelassenheit und signalisierte dem jungen Mönch sein Einverständnis mit einem mild gestimmten Gesichtsausdruck und dem dazugehörigen Kopfnicken. Ein leichtes Grinsen huschte über die Züge Pater Norberts, und er setzte seinen Gang Richtung Jahrmarkt zügig fort, ehe es sich der strenge Abt anders überlegen konnte. Dieser schüttelte nur kurz den Kopf und folgte den übrigen Mönchen zum Klarissenkloster.

Schon bald erreichte der junge Mönch den Markt. Bereits der dritte Marktstand, den er aufsuchte, bot die Dinge feil, die er benötigte, um seine Vorräte an Kräutern auffüllen zu können. Er hatte sich zwar mit Zustimmung des Abts in der Klosteranlage einen eigenen kleinen Garten angelegt, doch das ein oder andere wollte, selbst mit Gottes Segen, einfach nicht gedeihen. So griff er gerne auf das Angebot der Bauersfrauen zurück, die ihm auch noch so manchen Tipp in der Verwendung der Heilkräuter geben konnten. Darüber hinaus konnte er den Besuch an ihren Marktständen auch immer zu einem kleinen Bummel nutzen, denn der erste Satz des achten Kapitels ihrer Regeln sagte ja:

Lebt nicht als Sklaven, ... sondern als freie Menschen.

Warum also schon zurück zu den anderen gehen? Die erfahrenen Brüder würden im Dialog mit den Klarissinnen gewiss ohne ihn auskommen und die Standpunkte ihres Ordens, im Hinblick auf strittige Bibelinterpretationen, vertreten können. So schlenderte er jetzt in der Maisonne und blieb von Zeit zu Zeit stehen, um Gauklern zuzuschauen und in den angebotenen Waren zu stöbern. Über ein Stöbern würde es sowieso nicht hinausgehen, da es, bei allem Interpretationsspielraum, eine Ordensregel gab, an die er sich unbedingt zu halten hatte: der Regel des Verzichts auf persönliches Eigentum. So begnügte er sich damit, sich nur ein wenig umzusehen. Bereits am nächsten Marktstand, an dem eine hübsche Bäckersfrau frisch duftendes Brot anbot, kam ihm eine weitere Regel in den Sinn, an die er sich hielt – zumindest meistens:

Wenn ihr ausgeht, kann euch natürlich niemand verwehren, Frauen zu sehen, wohl aber ist es schuldhaft …

Rasch ging er weiter.

12

Irgendwie war ihm das Gesicht des Jungen bekannt vorgekommen, doch wo hatte er den blonden Burschen schon einmal gesehen? Immer noch grübelnd stieg der Edelmann die Stufen zum Seiteneingang des ›Goldenen Horns‹ hinunter. Jetzt betrat er die schummrige Schenke im Souterrain, in der sich vor allem die Bediensteten und so manch lichtscheues Gesindel herumtrieben, denen in den vornehmen Räumen des Gasthauses kein Zutritt gewährt wurde. Durch die Rheinnähe waren die Mauern des Gewölbes stets feucht und klamm. Hier und da bildeten sich sogar kleine Pfützen unter den Tischen und schwarzer Schimmel an den Bruchsteinen. Der Edelmann sah sich suchend um, bis er den Mann erblickte, nach dem er Ausschau gehalten hatte. Ohne sich dies jedoch anmerken zu lassen, schlenderte er, anscheinend ziellos, hinüber in die Ecke, wo ein Kerl mit einer roten Knubbelnase allein vor seinem Holzbecher saß. Der Lange verneigte sich mit einer kurzen Kopfbewegung. »Ihr verzeiht?«, fragte er, während er den schwarzen Umhang ablegte und sich, ohne eine Antwort abzuwarten, geschmeidig, wie eine Schlange, auf einen freien Schemel gleiten ließ. Der Mann blickte wortlos auf. Es schien nicht der erste Becher zu sein, den er am heutigen Tage leerte.

Der Schankwirt trat an den Tisch und schaute den Edelmann mit provozierend frechem Blick an. Ungeduldig wartete er auf die Bestellung. Von seinem Hosenbund, über dem eine Rolle seines entblößten, fetten Bauchs im Kerzenschein schmierig glänzte, hing ein vormals weißes Leinentuch herab, das wohl eine Art Schürze darstellen sollte. Die langen Strähnen seines Haarkranzes hingen ihm klebrig am ansonsten kahlen Kopf herab. »Bier?«, knurrte er unfreundlich und wedelte kurz mit dem Zipfel seiner Schürze über die Tischplatte. Die Antwort hätte ihm der Edelmann am liebsten mit dem Dolch in die Wampe geritzt, doch es gelang ihm, wenn auch mit Müh und Not, sich zurückzunehmen. »Ich bekomme das Gleiche wie der Herr hier«, sagte er mit gezwungen freundlicher Stimme. »Und bringt dem guten Mann auch gleich noch einen Becher – auf meine Rechnung versteht sich.« Der Knubbelnasige blickte überrascht auf. Er war weder gewohnt, dass ihn jemand mit ›Herr‹ betitelte, noch konnte er sich daran erinnern, jemals eingeladen worden zu sein. »Was verschafft mir die Ehre?«, lallte er erstaunt. »Trinkt es sich nicht besser zu zweit?«

»Gewiss, doch ich kenne ja nicht mal Euren Namen.«

»Was ist schon ein Name? Lasst uns trinken!« Diese Aufforderung gefiel dem Knubbelnasigen, und so gab es für ihn keinen Grund mehr, weitere Fragen zu stellen.

In diesem Augenblick stellte der Wirt die Biere mit einem dumpfen Knall auf dem Tisch ab und streckte dem Edelmann die offene Handfläche unter die Nase. »Ich kassiere direkt«, maulte er barsch. »Bei dem Gewimmel hier herinnen ists mir zu unsicher mit Euch Fremden. Gerade in den letzten Monaten, seit der Kaiser in der Stadt weilt und sich viele reiche Herrschaften in Neuss aufhalten, sammeln sich die Ganoven hier wie die Fliegen um den Mosttopf.«

Der Edelmann zog seine Geldkatze aus dem Wams und reichte dem Wirt eine große Münze. Misstrauisch prüfte dieser das Geldstück, indem er versuchte, seine brüchigen Zähne in das Metall zu bohren. Mit einer unmissverständlichen Handbewegung bedeutete der Edelmann dem Wirt, dass er den Rest behalten könne und jetzt schleunigst verschwinden solle. Der Dicke trollte sich zufrieden.

»Tja, der Kaiser», sinnierte der Mann mit der Knubbelnase und stierte in seinen frischen Bierhumpen. Hastig rückte der Edelmann mit dem Schemel um den Tisch herum. Er saß nun ganz nah bei seinem neuen ›Freund‹ und prostete ihm freundlich zu. »Sagt bloß, Ihr kennt den hohen Herrn?«, säuselte er interessiert. »Kennen? Und ob!«, prahlerisch reckte sich der Mann so kerzengerade wie er konnte in die Höhe. »Schließlich bin ich beinahe Tag und Nacht in seiner Nähe.« Nochmals hob der Edelmann den Becher und stieß mit dem Mann an, der bereits mit schwerer Zunge redete. »Ich bin«, er nahm einen tiefen Schluck, wischte sich den spärlichen Schaum von den wulstigen Lippen und rülpste deftig. »Nun, ich bin seit Langem ein enger Diener des Kaisers – zumindest seit er in Neuss weilt.« Er rollte dabei mit seinen glubschigen Augen. »Was Ihr nicht sagt?«, fasste der Edelmann nach. »Da bekommt Ihr doch sicher eine Menge von den großen Regierungsgeschäften mit, oder?«

»Das will ich meinen. Ich würde fast sagen, dass ich mitentscheide, wem wir die Gunst der Krone versagen und wer womöglich kaiserliche Privilegien erhält«, er drohte bei diesen Worten vor lauter Stolz vornüber zu stürzen. Wieder stieß der Edelmann mit seinem Becher an und machte dem Wirt ein Zeichen, er möge zwei weitere bringen. Angespornt von der üppigen Bezahlung machte sich dieser wieselflink ans Werk. »Erhält der Kaiser denn auch Damenbesuch?«, fragte der Edelmann mit gespielter Süffisanz und beugte sich weit zu dem Betrunkenen herüber. Der lachte laut auf und stieß den Edelmann amüsiert mit dem Ellenbogen in die Seite. »Ja, ja«, gluckste er immer noch kichernd, »aber wohl nicht, wie Ihr es meint.« Jetzt kippte der Knubbelnasige tatsächlich vornüber und schlug mit der Stirn unsanft auf die Tischplatte. Ein leises Schnarchen erklang. Der Edelmann rüttelte ihn heftig an der Schulter. »Erwachet, mein Freund.«

»So kriegt Ihr den nie wach!« Der Wirt war an den Tisch herangetreten und brachte die frischen Biere. Eins stellte er vor dem Edelmann ab und griff mit der nun freien Hand in den Haarschopf des Schlafenden. Dann riss er den Kopf mit einem Ruck in die Höhe, dass die Wirbelknochen vernehmlich knackten, und schüttete dem immer noch Schlafenden das andere Bier mit Schwung ins Gesicht. Der Mann riss prustend die Augen auf. Dem Edelmann war keine Zeit geblieben, sich schützend abzuwenden, und so traf ihn ebenfalls ein Schwall des schalen Gesöffs an der Schulter. Zum zweiten Mal musste er sich arg zusammennehmen, um diesem schmierigen Kerl von Wirt nicht vor den Augen der übrigen Gäste den Hals umzudrehen. Doch er begnügte sich damit, sein Wams notdürftig zu säubern. Der Knubbelnasige war schlagartig erwacht und fuhr den Wirt nun lautstark an: »Was machst du mit meinem Bier? Auch wenn man dieses Waschwasser kaum herunterbekommt, so ist das noch lange kein Grund, es anständigen Gästen in die Visage zu schütten.« Alle Blicke im überfüllten Schankraum waren nun auf ihren Tisch gerichtet und ein jeder freute sich bereits auf eine handfeste Rauferei. Doch daraus wurde nichts. Der Edelmann legte dem Betrunkenen beruhigend seine linke Hand auf die Schulter. Er nestelte einen Weißpfennig aus seinem Wams und schnippte ihn dem Wirt zur Beruhigung zu. Diese Sprache verstand der Dicke und trollte sich zurück zum Ausschank.

Auch der Knubbelnasige beruhigte sich wieder, erschien ihm ein Faustkampf jetzt doch zu anstrengend. »Wo bin ich stehen geblieben?«, griff er das Gespräch wieder auf. »Ach, ja, der Damenbesuch. Also, erst heute war eine Dame bei ihm. Eine gewisse Berta von Arnsberg. Sie ist die Fürstäbtissin des Frauenstifts zu Essen und eine sehr mächtige Dame«, sprach er mit belehrender Stimme. »Zu mächtig – zumindest für den Geschmack des Erzbischofs Siegfried. Daher hat dieser ihr die Eigenständigkeit entzogen, alle bestehenden kaiserlichen Zusagen gebrochen und einen seiner Schergen auf den Stuhl des Stiftvogts gesetzt. Bisher hat kein Versuch des Widerstands Früchte getragen, und so fließen die satten Erträge aus den Essener Ländereien in die erzbischöflichen Taschen Kölns. Selbst die Unterstützung König Rudolfs half der Fürstäbtissin nicht weiter. Doch jetzt«, der Mann stoppte seine Rede, räusperte sich und krächzte, als wäre er gerade von einem Spaziergang durch die Wüsten des Heiligen Landes zurückgekehrt. Der Edelmann verstand sofort und reichte ihm seinen noch unangetasteten Becher. Nach einem kräftigen Schluck fuhr der Mann fort: »Jetzt wird sich das Blatt wenden – Kaiser Friedrich hat ihr gerade heute hier in Neuss Brief und Siegel darauf gegeben, dass sie nun wieder alleinige Herrin über ihre Ländereien sei und einen Vogt nach eigenem Gutdünken einsetzen könne.« Das war es, was der Edelmann hören wollte. Ohne ein Wort des Grußes stand er auf, warf sich den Umhang über die Schultern und verließ die Schenke. Der Knubbelnasige schaute ihm einen Moment verdutzt nach, fiel erschöpft von seiner langen Ansprache vornüber und schlief erneut ein. Einmal mehr hatte er dem Bier dermaßen zugesprochen, dass er sich am nächsten Tag vermutlich nicht an sein Gespräch mit dem Fremden erinnern würde.

Der erste Markt des Jahres war immer ein besonderer. Er war ein untrügliches Zeichen dafür, dass der lange, kalte Winter vorbei und das Frühjahr unwiderruflich da war. Sicher, es gab oftmals zuvor auch ein paar warme Sonnentage, doch irgendwie waren die ersten Markttage etwas anderes. Es wurde einem leicht ums Herz – selbst einem grobschlächtigen Mann wie Janssen.

Er wollte sich auch sogleich aufmachen, um sich in das Getümmel des Jahrmarkts zu stürzen. Ach ja, das Pergament! Der Wirt ging hinauf in die Schlafkammer und begann, in seiner Truhe zu kramen. Er hatte das Pergament ganz unten in der Wäschekiste versteckt, damit seine Frau es nicht entdeckte. Annehild hatte noch eine ganze Weile gebraucht, um den Schock zu überwinden, den ihr der Fund des toten Jonas' versetzt hatte. Wenn sie ihn nun nach der Herkunft des Schriftstücks fragen und er ihr wahrheitsgemäß antworten würde, kämen die schmerzhaften Erinnerungen sicherlich zurück. Er selbst spürte noch in diesem Augenblick, wie drückend diese Erinnerung war.

Dieses Gefühl wollte er ihr auf jeden Fall ersparen und steckte das Pergament behutsam in sein Wams.

Er ging die Treppe hinunter und verließ das Haus. Der Lärm des Markttreibens schallte die Gasse empor, ein Gemisch aus streitenden Marktweibern, fröhlicher Musik und tobenden Kindern, vermischt mit den Rufen der Marktschreier.

Als Erstes würde er das Pergament verkaufen, um seine Geldkatze mit ein paar Münzen zu füttern, und sich dann mit dem seltenen Geldsegen ein paar Dinge zu leisten, die er sich sonst nicht leisten konnte. Etwas Tabak oder einen ordentlichen Kanten geräucherten Schinkens? Vielleicht würde der Pergamenthändler ja sogar genug Geld rausrücken, sodass es für beides reichte. Er griff in sein Wams und spürte das feine, glatte Material des Schriftstücks. Es war edles Lammpergament.

Janssen war bester Dinge, als er in die Nähe kam, wo der Pergamenthändler üblicherweise zu finden war. Fröhlich entdeckte er schon von Weitem, dass sich der Stand tatsächlich an der gleichen Stelle wie in den letzten Jahren befand. Er griff in sein Wams, den Blick vor lauter Vorfreude starr auf den Händler gerichtet, als das passierte, was passieren musste – geistesabwesend rempelte er mit seiner massigen Schulter gegen einen der anderen Jahrmarktsbesucher. Das schmale Kerlchen, das er erwischt hatte, flog im hohen Bogen in den Stand eines Besenbinders und riss alle sorgfältig aufgestellten Besen mit sich. Mit wütendem Geschrei sprang der Handwerker von seinem Schemel auf und stürzte sich auf den Unschuldigen. Gerade als der Besenbinder ausholte, um dem am Boden

Liegenden eine schallende Ohrfeige zu verpassen, spürte er, wie ihn eine kräftige Hand von hinten packte. Er fuhr herum und sah in die entschlossenen Augen des Wirts. Getrieben von seinem schlechten Gewissen, dass er, wenn auch unbeabsichtigt, diese Szene ausgelöst hatte, mischte sich dieser jetzt in das Geschehen ein, um das arme Kerlchen vor möglichem körperlichem Schaden zu bewahren. »Halt! Der Mann kann nichts dafür, dass er hier in deinen Stand polterte. Wenn du jemanden für den entstandenen Schaden züchtigen willst, dann musst du dich schon an mich halten.« Dabei atmete Janssen tüchtig ein, sodass sich seine imposante Erscheinung nochmals zu verdoppeln schien. »Nun ja«, der Besenbinder ließ missmutig von dem vermeintlichen Übeltäter ab und begann, die Besen aufzusammeln. »Es ist wohl doch nichts zu Bruch gegangen«, meinte er kleinlaut angesichts der kräftigen Gestalt des Wirts, ohne sich jedoch noch eine vorsichtig drohende Bemerkung verkneifen zu können. »Diesmal will ich noch Gnade vor Recht ergehen lassen.« Janssen ignorierte diese Worte und half dem Mann, den er umgerannt hatte, auf die Beine. Erst jetzt fiel ihm auf, dass er einem Mann der Kirche zu Hilfe gekommen war. Darüber hinaus auch noch einem der wenigen, die er kannte. »Pater Norbert!« Der junge Mönch klopfte sich den Staub ab und zupfte die Kutte zurecht. »Ach, schau an, der barmherzige Totengräber. Aus Köln zurückgekehrt?«, fragte er den Wirt mit ironischem Unterton. »Wie geht es der Schwester?« Janssen errötete. »Ist schon gut«, fuhr der junge Mann fort, der sich schon wieder von dem Schreck erholte hatte, »es war gewiss ein gutes Werk, als Ihr den toten Jungen zu uns brachtet. Doch sagt, was beschäftigt Euch so sehr, dass Ihr hier wie ein blinder Bettler umherirrt und friedliche Jahrmarktsbesucher in die Stände rempelt?«

»Verzeiht«, die Röte in Janssens Gesicht verschwand nur langsam. »Ich schaute mir, in Gedanken versunken, dies Pergament an, bevor ich es dort dem Händler verkaufen wollte.« Mit seinen wurstigen Fingern deutete er in Richtung des Pergamentstandes. »Ich will Euch nicht zu nahe treten, aber wo habt Ihr Lesen und Schreiben gelernt, dass Ihr Euch mit Pergamenten beschäftigt?«

»Von lesen und schreiben habe ich nicht gesprochen«, antwortete Janssen trotzig. »Aber sagt, wollt Ihr mir vielleicht mit dieser hochmütigen Frage andeuten, dass Ihr es womöglich beherrscht?« Der Mönch schaute den Wirt beleidigt an. Wenn hier wohl einer des Lesens und Schreibens mächtig war, dann doch gewiss er, als Mann der Kirche! Norbert sparte sich daher die Antwort und streckte die Hand nach dem Schriftstück aus. »Wenn Ihr wollt, kann ich es Euch vorlesen.« Der Wirt schmunzelte, hatte er doch mit seiner Frage nur dieses Angebot provozieren wollen. Bereitwillig reichte er dem Mönch das Pergament. Pater Norbert faltete es vorsichtig auseinander und strich das verwitterte Blatt gerade. Die Feuchte des Kellers, in dem es wochenlang gelegen hatte, hatte der Tinte nicht gut getan, und so hielt der junge Mann das Schreiben gegen die Sonne, um die verblasste Handschrift entziffern zu können. Er hatte schon die ersten Zeilen überflogen, als er das Pergament plötzlich und mit schreckerfüllten Augen herunterriss. Hastig packte er Janssen am Ärmel und zog ihn mit sich den Gang hinunter. Zwischen zwei Marktständen hielt er an und flüsterte: »Ihr habt wirklich keine Ahnung, was Ihr hier gefunden habt?«

»Oh, nein. Ist es wertvoll?«, erkundigte sich der Wirt neugierig. »Wie mans nimmt.« Janssen verstand kein Wort. »Für einige Leute ganz gewiss«, fuhr der Mönch fort und wurde dabei noch leiser. »Wo habt Ihr das her?«, zischte er. »Ich fand es in meinem Keller zwischen den Fässern.«

»Und wie kam es dort hin? Hat es gar mit dem toten Jungen zu tun, den wir gemeinsam an unserem Kloster begraben haben?« Pater Norbert bekreuzigte sich bei diesen Worten eilig. Janssen erschrak. »Wie kommt Ihr darauf? Nun sagt schon, was steht dort geschrieben?« Er packte den Mönch mit beiden Händen und schüttelte ihn, als könne er so die Antwort aus ihm herausholen. »Zuerst gebt Ihr mir die Antwort auf meine Fragen«, entgegnete der Mönch, der wenig Lust verspürte, sich bedrohen zu lassen. Janssen wurde klar, dass er Pater Norbert die Wahrheit erzählen musste, wenn er etwas über den Inhalt des Schreibens erfahren wollte.

»Also gut«, begann er zögerlich. »Jonas, also der Junge, den wir zusammen bestattet haben, war ein Straßenjunge aus Neuss, der sich mit kleinen Diebstählen über Wasser hielt. Aber nicht, dass Ihr meint, ehrwürdiger Bruder, dass ich etwas mit diesen Dingen zu tun hatte«, schob er beunruhigt nach. Der Mönch schaute ihn sanft an, wie ein Priester, der einem Sünder gerade die Absolution erteilt hatte. »Eines Tages«, Janssen nahm seine Erzählung wieder auf, »fand meine Frau den armen Kerl tot in unserem Fasskeller. Die Jungen suchten dort von Zeit zu Zeit Unterschlupf, wenn die Gassen zu heiß oder der Winter zu kalt für sie wurden«, dabei schaute er reumütig auf seine verschlissenen Bundschuhe, als wäre er doch einer dieser Diebe gewesen. »Es war gewiss im Sinne unseres Herrn, dass Ihr Euch um sie gekümmert habt«, beruhigte ihn der Pater. Schon bei ihrer ersten Begegnung hatte der Mönch den Eindruck gehabt, dass dieser grob wirkende Kerl einen guten Kern hatte. »Doch wieso sprecht Ihr von ›Jungen‹? Waren es gar mehrere?«

»Zwei. Der andere hieß Marcus, doch der ist schon lange fort aus Neuss.«

»Ich glaube, Ihr irrt!«, unterbrach plötzlich eine unbekannte Stimme das Gespräch der beiden.

Langsam hatte Marcus sich beruhigt und konnte wieder einen klaren Gedanken fassen, auch wenn seine Beine immer noch zitterten. Wer war der Kerl mit dem Samtbarett? Hatte er etwas mit Jonas' Tod zu tun? Natürlich! Daran gab es keinen Zweifel. So ein Barett hatte er in Neuss, außer im Keller am Tage des Mordes, nie gesehen. Doch warum hatte er Jonas umgebracht? Es war öfter vorgekommen, dass die Jungen eine Tracht Prügel bezogen, wenn sie erwischt wurden. Sein Hinterteil begann förmlich zu brennen, wenn er an jenen Sommertag dachte, als sie gemeinsam versucht hatten, einer äußerst korpulenten Dame ihren prallgefüllten Geldbeutel zu entreißen. Eigentlich bestand keine Gefahr, dass sie ihnen würde nachlaufen können, fett wie sie war. So griff Marcus nach dem Beutel, während Jonas die Matrone von der anderen Seite abgelenkt hatte. Noch lachend rannte er davon, doch in diesem Moment sprang Peter, ein rivalisierender Straßenjunge, hinter einer Häuserecke hervor und stellte Marcus ein Bein. Er konnte sich noch an die Flugbahn erinnern, die er absolviert hatte, bevor er auf die Pflastersteine geknallt war. Als er die speckigen Finger der Frau im Nacken spürte, war Peter bereits mit der Beute verschwunden. Die Dicke hatte mit der bloßen Hand solange auf seinen Allerwertesten gedroschen, bis selbst die umherstehenden Leute Mitleid mit ihm, dem Dieb, bekamen und eingriffen. Tagelang hatte Marcus kaum sitzen können, so hart hatte die aufgebrachte Matrone voller Wut zugeschlagen. Jonas hatte ihn am nächsten Tag ›körperlich‹ unterstützt, zumindest die Beute als kleine Wiedergutmachung aus Peters Versteck zu holen. Doch jetzt war kein Jonas mehr da. Was sollte er denn bloß tun? Zu Janssen traute er sich nicht, denn da konnte er wieder auf die einäugige Fratze treffen. Verzweiflung machte sich in Marcus breit.

Gernot! Auch wenn der dürre Ziegenhirte im Zweifelsfalle körperlich nicht in der Lage wäre, ihn im Kampf gegen den Hünen zu beschützen, so könnte er ihn doch verstecken. Zumindest wäre Marcus dann nicht mehr alleine. Zu zweit konnte man sich leichter wehren. Er musste wieder an Jonas denken und ging traurig die Stadtmauer entlang in Richtung *Marckt*.

13

Pater Norbert und Berthold Janssen fuhren fast gleichzeitig erschrocken herum, als der Fremde sich in ihre Unterhaltung einmischte. Es war ein dürrer Kerl mit einer schmalen Nase, der hier auf dem Markt offensichtlich Ziegenkäse feilbot – Gernot Thelen. Er hatte die runden Laibe fein säuberlich auf seinem Karren drapiert. »Ich müsste mich schon sehr irren, wenn Ihr nicht einen Jungen mit langem, blondem Haar meint.« Sie schauten den Hirten ungläubig an und nickten dabei unmerklich. Pater Norbert ärgerte sich, dass sie nicht leiser gesprochen oder sich in eine unbelebte Ecke zurückgezogen hatten. Hatten noch weitere Personen ihr Gespräch belauscht? Der Mönch hätte sich am liebsten geohrfeigt. Glücklicherweise hatte er den Brief nicht auch noch laut vorgelesen. So war er sich sicher, dass zumindest niemand etwas von dem brisanten Inhalt des Schreibens erfahren hatte.

»Ihr kennt Marcus?«

»Wenn es der Junge ist, auf den meine Beschreibung passt und der Anfang des vergangenen Novembers zu mir kam, ja. Was ist mit ihm? Ihr macht mir den Eindruck, als sei etwas nicht in Ordnung?« Janssen antwortete verlegen mit einem Schulterzucken. Schließlich wusste er immer noch nicht, was der Ordensbruder in dem Schreiben entdeckt hatte und worum es hier eigentlich ging. »Mag sein«, antwortete der Mönch nicht ohne Argwohn in der Stimme, »und wenn es so wäre, so wüsste ich nicht, was Euch das angeht. Sagt mir lieber, wo der Junge steckt.«

»Es geht mich sehr wohl etwas an, wenn das Kerlchen, das mir so ans Herz gewachsen ist, in Schwierigkeiten steckt. Ich weiß weder, wer Ihr seid«, er deutete mit einer abfälligen Handbewegung auf den Wirt, »noch, ob es sich bei Euch tatsächlich um einen Ordensbruder handelt. Womöglich seid ihr Schurken.« Weiter kam er nicht, da sich der Pater bei diesen Worten wie von der Tarantel gestochen auf ihn stürzte. »Ich – kein echter Mönch! Ich werd es dir zeigen.« Norbert hatte den Ziegenhirten bereits an den Schultern gepackt und gegen den Karren gestoßen, sodass die Käselaibe auf den Boden kullerten. Wäre die Situation nicht so ernst gewesen, so hätte Janssen bei diesem Bild, das sich ihm bot, laut lachen müssen: ein schmales Mönchlein prügelte sich mit einem dürren Ziegenhirten.

Doch ihm war in diesem Moment nicht zum Lachen zumute und so trennte er die beiden Streithähne. Die vorbeiziehenden Käufer und alle Marktbeschicker um sie herum starrten das merkwürdige Trio an. »Ich glaube, wir sollten uns ein ruhigeres Plätzchen suchen, bevor ihr mit Eurer Prügelei noch die Büttel anzieht wie der Kerzenschein die Mücken in einer Sommernacht.« Pater Norbert kam bei diesen Worten wieder zur Besinnung, auch wenn ihn der Zweifel des Hirten an der Echtheit seiner Amtswürde immer noch kränkte. Gernot begann den Käse vom Boden aufzuklauben. Schuldbewusst beugte sich der Pater zu ihm herunter und half ihm mit flinker Hand. »Wir können zu mir ins Wirtshaus gehen. Ach ja, hab mich noch gar nicht vorgestellt«, brummte der Stämmige. »Ich bin Berthold Janssen, der Wirt vom ›Schwarzen Krug‹.« Ohne ihm zu antworten, packte der Ziegenhirte die Käse in ein grobes Leinentuch und gab den beiden anderen zu verstehen, dass er nun abmarschbereit sei. So machte sich das merkwürdige Trio auf den Weg. Die anderen Händler schauten ihnen kopfschüttelnd nach.

Die Fürstäbtissin war glücklich und mehr als zufrieden mit dem Ergebnis der Audienz und wollte Gott augenblicklich danken, dass sie wieder über ihre Ländereien verfügen durfte. Die Erträge, die sie abwarfen, konnte sie nun wieder in ihrem Sinne verwenden. Da der Kaiser, mit Gottes Hilfe, daran wesentlichen Anteil hatte, schien es ihr nicht mehr als recht und billig, dass auch er dem Gottesdank beiwohnen durfte. So drängte sie Friedrich, umgehend mit ihr eine Andacht im ehrwürdigen Münster abzuhalten. Der wehrte sich nach Leibeskräften, denn die Zeit, die er beim Festhochamt an Christi Himmelfahrt in der prächtigen Kirche verbringen würde, erschien ihm für diese Woche ausreichend. Doch alle Gegenwehr half nichts und so schritten sie nun Seite an Seite durch die *Kremer Strais* zum Münster.

Wie immer, wenn sich der Kaiser in den Neusser Straßen zeigte, säumten unzählige Schaulustige den Straßenrand und jubelten ihm zu. Dies galt heute im besonderen Maße, denn als sich das Lauffeuer verbreitete, der Kaiser sei, zusammen mit der Fürstäbtissin, auf dem Weg zur Kirche, nutzten viele die Gelegenheit, sie zu sehen, vergaßen für einen Moment ihre Besorgungen und strömten vom Markt herüber. Nachdem die Büttel es mit erheblicher Anstrengung geschafft hatten, eine kleine Gasse durch die Menschenmenge zu bahnen, gelangten die beiden Würdenträger mit dem Gefolge der Arnsbergerin zum Portal. Als sich hinter ihnen jetzt die schweren Eichentüren schlossen, war der Greis doch froh, hier zu sein. Er genoss die Stille und Friedlichkeit, die sich über ihn ergossen wie ein kühler Schwall Wasser an einem heißen Sommertag. Er spürte, wie eine innere Ruhe in ihm aufkam und ging nun neben der Äbtissin her bis zur ersten Bank, kurz vor den Altarraum. Die mitgereisten Stiftsdamen knieten sich in gebührendem Abstand einige Reihen hinter ihnen nieder. Es dauerte eine Weile, bis ein Priester mit einigen Messdienern in der Sakristei erschien. Der Geistliche war von dem spontanen Entschluss einer Andacht überrascht worden. Nachdem er am Morgen den Marktsegen erteilt hatte, wollte er sich zu dieser Stunde eigentlich ein wenig auf dem Markt umschauen, als ein Kirchendiener zu ihm geeilt war und ihn mit aufgeregten Worten über den Wunsch des Kaisers und der Fürstäbtissin nach Gottes augenblicklichem Segen informierte. In aller Eile hatte er sich die Gewänder übergestreift und wirkte in der Tat noch etwas zerzaust.

Während der ganzen Messe erweckte der Kaiser den Eindruck, als sei er heute überaus andächtig. Doch es war nicht das Gebet, in das er vertieft war. Vielmehr dachte er angestrengt nach, ob es richtig gewesen war, der Äbtissin diese Privilegien zurückzugeben. War es überhaupt richtig gewesen, hier nach Neuss zu kommen und kaiserlichen Hof zu halten? Oder wäre es nicht viel klüger gewesen, dem amtierenden König Rudolf die Regentschaft des Reiches zu überlassen?

Bei diesen Gedanken wirkte der Alte greisenhafter als sonst und seine Augen schauten nicht so leuchtend und zuversichtlich in die Welt, wie man es sonst von ihm gewohnt war. Meist hielt er den Kopf gesenkt und nur ab und zu blickte er gen Himmel, als flehe er den Herrn um Antworten auf seine bohrenden Fragen an.

Nach einer knappen Stunde neigte sich die Andacht dem Ende und es schien, als sei auch Berta der Meinung, dass es für den Augenblick genug des Dankes sei. In den nächsten Wochen und Monaten musste sich erst einmal herausstellen, was die Schriftrolle mit den neu verliehenen Privilegien im Spiel um Macht und Gold wirklich wert sein würde. Es hing schließlich alles davon ab, inwieweit König Rudolf von Habsburg, der Hochadel und letztlich die übrigen Kirchenfürsten, allen voran Erzbischof Siegfried, die Person des Kaisers und die von ihm verliehenen Privilegien anerkennen würden. Für sie hatte es seit dem Moment, da sie die Nachricht von der kaiserlichen Rückkehr erhalten hatte, jedoch keinen Zweifel gegeben. Oder war der Glaube an Friedrich nur ein Wunschdenken gewesen?

Sie mochte jetzt nicht länger darüber nachdenken, schließlich hatte sie für den Moment das erreicht, was sie erreichen konnte und wollte. Sie ging hinüber zu dem Alten, der immer noch auf der anderen Seite des Gangs kniete. »Entschuldigt Majestät, da der Weg weit und beschwerlich ist und ich meine Glaubensschwestern nicht am morgigen Fest der Himmelfahrt Christi alleine lassen will, muss ich Euch wohl nun wieder verlassen.« Der Kaiser blickte auf und nickte zustimmend. »Oh, sicher. Ich danke Euch, ehrwürdige Mutter, für Euren Besuch.« Die Dankbarkeit klang ehrlich und war auch so gemeint. Schließlich stärkte ja die Audienz einer so hochgestellten Persönlichkeit sein Ansehen – nicht nur in der Neusser Bevölkerung.

Die Fürstäbtissin jedoch war für den Moment überrascht. Der Kaiser bedankte sich bei ihr? Hatte sie nicht mehr Grund, dankbar zu sein?

Sie waren bereits ein paar Bänke weiter in Richtung des Portals geschritten, als der Kaiser sie erneut überraschte und sprach: »So geht nur, ich bleibe noch etwas hier. Bei Gott – ins Gebet vertieft.« Dabei setzte er sich wieder in eine der Bänke, senkte augenblicklich den Kopf und schien ihre Anwesenheit schon gar nicht mehr wahrzunehmen. So eine Verabschiedung hatte Berta nun wirklich nicht erwartet. Eigentlich hatte sie vielmehr damit gerechnet, dass sie zumindest gemeinsam die Kirche verlassen würden.

Wie es auch sei, dachte sie bei sich, ich habe das Schreiben, das ich wollte. Nach einer kurzen Verneigung drehte sie sich zufrieden um und verließ mit ihrem Gefolge das Gotteshaus. Der Kaiser war nun allein.

Eilig hasteten die drei durch die belebten Gassen von Neuss. Doch der Karren, der über das unregelmäßige Kopfsteinpflaster holperte wie ein störrisches Maultier, ließ das Tempo ihrer Ungeduld nicht zu. Vor Anspannung brachte keiner von ihnen auch nur ein Sterbenswörtchen über die Lippen.

Annehild Janssen blickte erschrocken zum Eingang, als die Tür der Schenke aufflog und der Wirt, samt dem Ziegenhirten und dem Mönchlein, im Laufschritt auf die Tür neben dem Tresen zustürzten. Berthold reagierte überhaupt nicht auf ihre Fragen, was es denn so Eiliges gäbe und wer das merkwürdige Pärchen sei. Sekunden später war das ungleiche Dreiergespann kommentarlos im Nebenraum verschwunden. Die Tür schlug mit einem lauten Knall zu, um sich umgehend wieder zu öffnen. »Sorg dafür, dass uns keiner stört.« Der Wirt steckte kurz den Kopf zurück in den Schankraum, dann schloss sich die Tür endgültig. Der ausgesprochen unfreundliche Ton ihres Mannes verdarb Annehild augenblicklich die Lust, ein wenig zu lauschen. So polierte sie weiter die Zinnkrüge, die seit Langem auf dem oberen Brett hinter dem Tresen auf feine Kundschaft warteten.

Der Nebenraum wirkte karg, aber sauber, und diente der Wirtin zur Vorbereitung einfacher Speisen, die man in der Schenke zu sich nehmen konnte. Auch wenn die Auswahl nicht groß war, mit einem schmackhaften Pilzgericht oder einer heißen Suppe hatte Annehild bisher jeden noch so laut knurrenden Pilgermagen zufriedenstellen können. Gernot Thelen schaute sich misstrauisch um, wusste er doch immer noch nicht, worum es bei dieser verteufelten Geschichte eigentlich ging und wo er hier gelandet war. An einer Wand des Raums waren Regalbretter angebracht, auf denen allerlei Tongefäße mit Eingemachtem standen. Davor baumelten einige dünne Hartwürste und ein angeschnittener Schinken von der Decke. Der Räucherduft stieg ihm in die Nase und dem Ziegenhirten fiel auf, dass er den ganzen Tag noch nichts gegessen hatte. Auch Pater Norbert lief das Wasser im Munde zusammen, das zwischen seinen Backenzähnen schon beinahe zu einem reißenden Bach wurde. Als könne der Wirt ihre Gedanken lesen, ging er hinüber, nahm das lange Messer, das auf einer hohen Truhe lag, und schnitt eine dicke Seite von dem Schinken ab. Dann nahm er noch einen Krug Wein und drei Becher aus dem Regal und ging zu dem blanken Tisch hinüber, der in der Mitte des Raums stand. Mit einer schwungvollen Armbewegung schob er die Küchenutensilien beiseite, die auf der Platte verstreut lagen, und setzte sich mit dem Schinken und dem Wein an den Tisch. »Was steht ihr da herum wie die Quirinusstatue im Münster?«, fragte er und deutete mit einem Nicken auf die wackeligen Schemel, die um den Tisch gruppiert waren. Rasch nahmen auch die anderen Platz. Während er den Wein eingoss, brummte er in Richtung des Ziegenhirten: »Also, wie gesagt, ich bin Berthold Janssen, der Wirt dieser Schenke hier. Und dies ist Pater Norbert.« Er deutete mit einem flüchtigen Kopfnicken auf den Mönch. »Ich komme aus dem Kloster, das unweit der *Ober Pfortz* vor den Toren der Stadt liegt«, unterbrach ihn Norbert. »Wir sind eine Glaubensgemeinschaft von Augustiner-Chorherren, also Regularkanoniker, und …«

»Ist schon gut, Mönchlein. Ich glaube nicht, dass wir heute hier zusammengekommen sind, um einen Vortrag über Eure Ordensstrukturen zu hören«, schnitt ihm Janssen das Wort ab. »Der feine Herr hier«, er deutete auf Gernot, »wollte uns vielmehr erzählen, was er über Marcus und seinen Aufenthaltsort weiß.« Der Pater legte augenblicklich den beleidigten Gesichtsausdruck ab, den er bei dem

Wort ›Mönchlein‹ aufgesetzt hatte und schaute den Ziegenhirten gespannt an. »Nun, mein Ziegenhof liegt einige Stunden Fußmarsch entfernt in Richtung Büttgen. Und dort hatte der Junge, den ihr sucht, in den letzten Monaten Zuflucht gefunden«, begann Gernot. »Doch bevor ich Euch Weiteres erzähle, stellt sich mir die Frage: Vor wem hat er sich versteckt? Vielleicht vor Euch?« Er blickte die Männer provozierend an. Pater Norbert sprang empört auf und wollte dem Mann ans Leder. Doch bevor seine Finger den dürren Hals des Ziegenhirten erreicht hatten, drückte der Wirt ihn mit einer Hand auf den Schemel zurück. »Ich verstehe, was Ihr meint«, knurrte der Wirt, »doch auch ich weiß nicht viel mehr als ihr.« Dabei schaute er vorwurfsvoll zu dem Mönch herüber. »Unser Bruder hier«, er legte Pater Norbert seine Pranke auf die schmalen Schultern, »trägt ein Pergament in seiner Kutte, das uns gewiss der Klärung der Umstände näher bringen wird.« Jetzt starrten wiederum Gernot und Berthold den Augustiner an. »Sicher, doch lasst uns die Teile der Geschichte von Anfang an zusammenlegen. Wirt, ihr habt den Jungen als Erster gekannt und wisst auch um die Identität des Toten.« Janssen nickte fast unmerklich. Auch Gernot stimmte innerlich zu, kannte er doch bereits einige Einzelheiten aus den Erzählungen des Jungen. Doch er wollte nun erst einmal hören, was sie zu berichten wussten.

Janssen schaute verunsichert zu Thelen herüber. Eines war ihm in diesem Moment klar: Mit diesem Versteckspiel kamen sie keinen Schritt voran, während Marcus vielleicht in großer Gefahr war. Also brach er das Katz-und-Maus-Spiel ab und berichtete von der Zeit, als Marcus und Jonas häufiger Gast in seinem Keller waren. Er kam auf den Tag zu sprechen, an dem die beiden finsteren Gestalten in der Schenke aufgetaucht waren und er versucht hatte, die Jungen zu warnen. Als er von dem Morgen sprach, an dem seine Frau den Toten gefunden hatte, kamen ihm erneut die Tränen. Verlegen wischte er sich die Feuchte aus den Augen, während die beiden aufmerksam zuhörten, um kein Detail zu verpassen, was das Ganze im Nachhinein zu einem Stück zusammenfügen könnte.

Der Wirt berichtete, wie er zu Pater Norbert gekommen war und sie den Jungen beerdigt hatten. Nach einer kurzen Stille, die allen wie eine Ewigkeit vorkam, sagte Berthold Janssen: »Nun seid Ihr an der Reihe. Wie ist es unserem Marcus ergangen, nachdem er Neuss verlassen hatte? Geht es dem Blonden gut?« Bei diesen Worten lächelten seine Augen wieder hoffnungsvoll. »Ich glaube, er hatte eine gute Zeit auf meinem Hof«, Gernots Stimme klang jetzt ruhig und freundlich. »Als ich ihn vom Baum pflückte, auf dem er sich vor meinem Hund in Sicherheit gebracht hatte, wirkte er auf mich noch sehr verstört. Nach und nach löste sich seine Verkrampfung und er gewann Vertrauen zu mir. Doch die Geschichte mit seinem Freund Jonas steckte ihm noch immer sehr in den Knochen. Und so habe ich ihn heute hierher nach Neuss mitgebracht. Er wollte unbedingt zu Euch, um sich zu erkundigen, was aus der Leiche seines Freundes geworden ist ...« Bei diesen Worten schluckten die Männer.

Erst jetzt fiel Gernot auf, dass sie sich bisher noch gar nicht gefragt hatten, warum der Junge sie nicht bereits hier im ›Schwarzen Krug‹ erwartet hatte. Wo war er abgeblieben? War ihm doch etwas zugestoßen? Auch die anderen stellten sich nun diese bangen Fragen.

»Oh, Gott«, brachte Janssen schluckend hervor. »Wir müssen schnellstens dahinterkommen, wer Jonas getötet hat und ob derjenige auch Marcus nach dem Leben trachtet.«

»Nun lies schon endlich das Pergament vor, Mönchlein!« Gernot klang ärgerlich. Aufgeregt nestelte Pater Norbert das Pergament aus seiner Kutte, entrollte es auf dem Tisch und begann laut zu lesen:

»*... zu befürchten, dass wir unsere Macht und unseren Einfluss*«

»Halt!«, unterbrach Gernot den Mönch gereizt. »Bitte, seid so gut und beginnt mit dem Anfang des Schreibens, damit wir den gleichen Wissensstand über den Inhalt erhalten wie Ihr, verehrter Bruder.«

»Das würde ich ja gerne«, erwiderte dieser mindestens genauso gereizt. »Aber die Feuchtigkeit des Kellers, in dem das Pergament lag, hat den oberen Teil unleserlich werden lassen.« Der Ziegenhirte senkte entschuldigend den Kopf. »Also noch mal – und jetzt bitte ohne Unterbrechungen.« Pater Norbert begann erneut zu lesen.

»*... zu befürchten, dass wir unsere Macht und unseren Einfluss verlieren könnten. So wenden wir uns an Euch mit dem Auftrag, die Entwicklung in Neuss zunächst zu beobachten. Sollte das Erscheinen und die Akzeptanz des angeblichen echten Stupor Mundi diese Befürchtungen bestätigen, ...*«

Der Mönch bemerkte aus dem Augenwinkel, dass Gernot ihn erneut mit einer Zwischenfrage unterbrechen wollte und unterband dies rasch mit einem lauten Räuspern.

»Ähmm ... *so erhaltet Ihr hiermit bereits die Weisung, ihn auf Eure Weise zu beseitigen. Eueren bekannt üppigen*

Lohn werdet Ihr auf dem erprobten Weg erhalten, sofern es Euch gelingt, jeglichen Verdacht eines unnatürlichen Ablebens zu vermeiden.

Euer Werk wird auch für unsere geschätzte Eminenz, den Erzbischof von Köln, …«

Bei der Nennung dieser Person schluckten alle zeitgleich, wie auf ein unsichtbares Zeichen hin.

»*… durchaus glückliche Umstände mit sich bringen. Dennoch brauche ich wohl nicht zu betonen, dass es für unsere Machterhaltung von existenzieller Bedeutung sein wird, dass unsere verehrte Exzellenz niemals von den wahren Vorgängen oder unserer geschäftlichen Verbindung erfährt. Anderenfalls wird es uns nicht mehr möglich sein, die auch für Euch lohnende und bislang unentdeckte Einflussnahme auf Siegfried von Westerburg fortzuführen und die Geschäfte in unserm Sinne zu lenken.*

Sofern Umstände eintreten, die Euch veranlassen sollten, diesem Auftrag nicht entsprechen zu können, so wendet Euch an …« Die beiden Zuhörer starrten den Mönch erwartungsvoll mit großen Augen an.

»Und?«, fragte Thelen zögerlich. »Nichts und!«, antwortete Pater Norbert und blickte auf. »Was für den Anfang des Schreibens galt, gilt leider auch für das Ende und die Signatur. Beide Teile sind nicht mehr zu entziffern.«

Etwas ratlos schaute der Wirt in die Runde. »Dieses Stutor Mondi?«

»Stupor Mundi!«, verbesserte der Augustiner den Wirt. »Es ist eine lateinische Bezeichnung und bedeutet ›Erstaunen der Welt‹.« Janssen war nun auch nicht schlauer geworden und schaute noch dümmer aus der Wäsche als der Ziegenhirte, der sich hierauf ebenfalls keinen Reim machen konnte. »Es handelt sich um einen Beinamen Kaiser Friedrichs II.«, erläuterte der Mönch. »Aufgrund seiner außergewöhnlichen wissenschaftlichen Kenntnisse und visionären Ideen, die nicht immer auf Verständnis stießen, hat man ihm diese Bezeichnung gegeben.«

»Ein Mordkomplott gegen den Kaiser?!« Thelen, der nun die Zusammenhänge begriff, stand der Mund offen. »Und was haben Jonas und Marcus damit zu tun?«, fragte Berthold Janssen nachdenklich. »So wie ich die Sache nun sehe, und nachdem ich Eure Erzählungen über das Vorleben Eurer Schützlinge gehört habe, vermute ich, dass die beiden Jungen durch einen zufälligen Diebstahl in den Besitz des Dokuments gelangt sind. Der oder die Auftragsmörder hegten nun den Verdacht, dass die beiden ihre Pläne durchkreuzen könnten, und töteten Jonas, um einen möglichen Mitwisser zu beseitigen. Und es liegt die Vermutung nahe, dass es sich bei den Auftragsmördern um die beiden Fremden handelt, die hier in Eurem Wirtshaus Quartier bezogen haben.«

»Aber die beiden dunklen Gestalten fragten ausdrücklich nach Marcus – nicht nach Jonas!«, warf der Wirt ein. »Sie wussten zwar vermutlich, dass Marcus die Tasche mit dem Pergament gestohlen hat, trafen aber nur Jonas an«, ergänzte Thelen. »Und so ist Marcus unverändert in allerhöchster Gefahr!«, kombinierte der Augustiner weiter. Berthold gefror bei diesem Gedanken das Blut in den Adern. Marcus in höchster Gefahr?! Und hatte er seit Wochen und Monaten mit Jonas' Mördern unter einem Dach gelebt? Wahrscheinlich hatten die Schurken ihn beobachtet, als er versuchte hatte, die Jungen zu warnen. Langsam dämmerten auch Berthold die Zusammenhänge und er machte sich Vorwürfe, nicht vorsichtiger gewesen zu sein. Doch dies half alles nichts mehr. Nun galt es, Marcus schnellstens in Sicherheit zu bringen.

»Ich sprach zwar eben von zwei Kerlen, doch ich muss noch hinzufügen, dass es nun nur noch einer ist, der sich in meinem Haus aufhält«, fuhr der Wirt fort. Die beiden Gegenüber schauten verständnislos. »Angeblich ist der schmierige Schurke plötzlich abgereist.«

»Angeblich?«, fragten Gernot und Norbert beinahe wie aus einem Munde. »Ja, als mir dieser Kerl, der so fein tut, davon erzählte, wirkte er irgendwie beunruhigt, gar nicht so gelassen wie sonst.« Janssen schaute bei diesen Worten noch nachdenklicher und fügte hinzu: »Dabei fällt mir noch ein weiteres Detail ein. Der Kerl verschwand genau zu der Zeit, als Siegfried von Westerburg vor der Stadt lagerte und die Herausgabe des Kaisers forderte.«

Auch wenn sie nicht den gesamten Inhalt des Mordauftrages kannten, so waren sie sich nun der Zusammenhänge sicher. Jemand aus dem Dunstkreis des Erzbischofs fürchtete durch das Erscheinen des Kaisers um die Macht des Kölner Erzbischofs und somit um die eigene. Dieser Jemand nutzte offensichtlich seinen Einfluss auf Siegfried mit großem Geschick und zu seinem eigenen Vorteil. Nun fürchtete er um den Machtverlust seiner kurfürstlichen Marionette. Daher beauftragte er zwei Mörder, den vermeintlichen Friedrich zu töten, falls dieser zu Anerkennung und Akzeptanz gelangte. Und durch einen unglücklichen Zufall waren die beiden Jungen in diese dunklen Machenschaften hineingezogen worden.

»Und wen warnen wir nun als Ersten?«, durchbrach der Augustiner die Stille. Als Ersten? Die beiden anderen begriffen nicht sofort, was der Kirchenmann damit sagen wollte. Doch dann wurde ihnen mit einem Mal klar, dass sich ja nach den Ereignissen der letzten Tage und Wochen schließlich zwei Personen in höchster Lebensgefahr befanden.

Zum einen Marcus, der mögliche Mitwisser, zum anderen der zwischenzeitlich anerkannte Kaiser, das Auftragsopfer.

»Was haben wir mit diesem Kaiser zu tun?«, fragte der Ziegenhirte etwas verächtlich. »Ich brauche draußen auf meinem Hof keinen Kaiser. Der Junge hingegen liegt mir wirklich am Herzen.«

»So einfach können wir uns die Sache aber nicht machen«, warf Berthold ein. »Die Regentschaft von König Rudolf werden wir einfachen Leute nicht mehr lange ertragen können. Er presst den letzten Heller aus uns heraus. Und bedenkt, was es bedeutet, wenn entfacht durch den Mord, die Anhänger und Feinde des Kaisers hier vor den Toren der Stadt Neuss aufeinandertreffen und sich wochen- oder gar monatelange Gefechte liefern.«

Mit dem, was er sagte, hatte der Wirt recht, doch beide konnte man schließlich nicht gleichzeitig aufsuchen.

»Wir müssen uns in die Lage des Schurken versetzen. Wen würdet Ihr als Ersten ermorden, wenn Ihr diesen Auftrag ausführen solltet?«, fragte der Mönch und beantwortete sich diese Frage selbst, ohne dass die beiden anderen die Chance gehabt hätten, darüber nachzudenken. »Den Jungen! Denn um den Kaiser, der stets umringt von Menschen ist und ständige Beobachtung genießt, ermorden zu können, bedarf es Geduld und einen der seltenen Augenblicke, in denen er alleine ist. Den Blonden hingegen beachtet niemand. Der Mörder muss sogar davon ausgehen, dass ihn auch niemand vermissen wird. So könnte sich der Mörder, nachdem er den zweiten und letzten Mitwisser beseitigt hat, unbedenklich auf die Lauer legen, wie ein geduldiger Jäger auf der Zwölfenderpirsch.«

»Doch weiß er überhaupt, dass Marcus wieder in der Stadt ist?«, gab der Ziegenhirte zu bedenken. »Selbst Ihr hattet bis eben nicht die leiseste Ahnung.« Janssen und der Augustiner nickten mit zustimmender Nachdenklichkeit. »Wir werden es nicht darauf ankommen lassen!« Berthold schlug mit der Faust auf den Tisch. »Während wir hier lamentieren, könnte uns der Mörder schon die Entscheidung abgenommen haben.«

Marcus atmete schwer, als er am *Marckt* ankam. Er wusste nicht, ob es die Anspannung war oder die Tatsache, dass er die Gasse zum *Marckt* hinunter gerannt war.

»Wenn Euch stets die Nase läuft,
wenn der Alte Bier nur säuft,
wenn die Lunge zischt und pfeift,
wenn dein Weib mit dir nur keift,
wenn ein Pilz am Zeh dir reift,
wenn es Euch im Schritte kneift,
lässt Euch eines nie im Stich,
die Tinktur vom Knöterich!«

Am Rand des Marktes war ein Olitätenhändler auf eine Holzkiste gesprungen und brüllte seinen Vers in die Menge, die ihm mit lautem Gelächter Beifall zollte. Diese Händler, die ihre Kräuter und selbstgebrauten Tinkturen auf unterhaltsame Weise feilboten, waren stets ein fester Bestandteil eines gelungenen Jahrmarktes, auch wenn ihre Heilkünste manchmal recht fragwürdig waren. Normalerweise mochte Marcus diese Burschen. Doch heute war ihm nicht zum Lachen zumute. So zwängte sich der Blonde jetzt durch die Menschenmassen, die, von den heiteren Versen angezogen, auf den Stand des Kräutermännleins zuströmten. Der Gang zwischen den Buden war hinter dem Getümmel nun menschenleer. Marcus schaute sich ängstlich nach allen Seiten um und ging vorsichtig weiter, denn der Spaßvogel hatte ihm mit seinen Reimen die Deckung genommen.

Wo war nur der Käsestand von Gernot? Zu dumm, dass sie nicht darüber gesprochen hatten, wo er ihn aufbauen würde. »Was guckst du so, Bürschchen?«, fauchte ihn eine Hübschlerin an. »Ich glaube nicht, dass mein ›Geschäft‹ das Richtige für ein solches Kerlchen, wie du es bist, ist. Also nimm deine Augen aus meinen Auslagen.« Die üppige Rothaarige warf ihr lockiges Haar mit einer arroganten Geste in den Nacken. »Entschuldigt, verehrte Dame«, stammelte Marcus nur, dessen Blicke gar nicht den prallen Brüsten gegolten hatten. Vielmehr hatte er zwischen den Buden hindurch zu den anderen Ständen gucken wollen, um vielleicht in einer benachbarten Reihe Thelens Karren zu entdecken. Bei der Anrede ›verehrte Dame‹ lachte die Frau nur laut auf und wandte sich einem potenziellen Kunden zu, der jetzt aus der anderen Richtung kommend, durch die Standreihen bummelte.

»Käse, bester Käse von der Ziege! Meine meckernden Freundinnen haben sich für Euch, verehrtes Volk von Neuss, diesen Winter besonders angestrengt«, schallte es über den *Marckt*. Gernot? Marcus versuchte auszumachen, woher die Stimme des Marktschreiers kam. Er ging rasch den Gang nach links in Richtung der Marktseite, die direkt am *Quirinusstift* lag. Doch mit jedem Meter wurden die Anpreisungsrufe des Ziegenhirten leiser. Schnell wandte er sich um und eilte in die entgegengesetzte Richtung. »Kostet ruhig mal ein Stück. Tretet näher und kostet!« Die Stimme wurde jetzt wieder lauter. Marcus' Herz schien Freudensprünge im Leib zu vollziehen. Noch ein paar Meter und er würde wieder unter der sicheren Obhut Gernots sein. Zusammen würden sie den Gefahren trotzen, wie immer sie aussehen mögen. Da war er sich jetzt sicher.

Er erreichte den nächsten Quergang. Die Stimme war jetzt schon ganz dicht in seiner Nähe und nun sah er bereits den Karren, auf dem sorgfältig aufgestapelte Käselaibe auf ihre hungrigen Käufer warteten. Daneben stand der Hirte, der mit lauter Stimme versuchte, seine Waren an den Knecht oder die Magd zu bringen. Unter seinem fleckigen Hemd schwabbelte ein fetter, schmieriger Bauch. Die Enttäuschung lähmte Marcus, der augenblicklich wie angewurzelt stehen blieb. Nein, der Ziegenhirte dort war nicht sein Freund Gernot Thelen. Tränen hilfloser Wut schossen ihm in die Augen. »Wie sieht es mit dir aus?«, sprach ihn der Hirte an, dessen Versuche, die Menge mit seiner Marktschreierei anzulocken, bisher fehlgeschlagen waren. »Tritt näher und koste.« Wie in Trance ging Marcus auf den Karren zu und streckte die Hand nach einem dünnen Scheibchen Ziegenkäse aus, das der Mann ihm entgegenhielt. »Und?«, er sprach jetzt wieder lauter. »Mein junger Freund«, rief er wieder in die Menge »sagt Euren Neusser Nachbarn, wie wunderbar Meister Heinrichs Ziegenkäse schmeckt!« Der Händler schaute erwartungsvoll zu den Menschen, die unbeeindruckt an seinem Stand vorbeizogen. »Entschuldigt«, sprach Marcus den Dicken kauend an. »Nicht dass Eure Ware von minderer Qualität wäre, aber eigentlich suche ich den Ziegenkäsestand von Gernot Thelen.« Der Hirte ließ nun seiner Verärgerung, die sich mit jedem vergeblichen Versuch, Käufer an seinen Stand zu locken, angestaut hatte, freien Lauf. Mit einem Satz, den man dem Dicken nicht zugetraut hätte, sprang er um den Karren herum und gab Marcus einen heftigen Tritt vors Schienbein. »Du Lümmel, was fällt dir ein!«, brüllte er und holte zum Schlag aus. »Ich werde dir helfen, Heinrich Holtbein mit der Konkurrenz zu kommen. Du glaubst wohl, es gibt hier auf dem Markt besseren Käse als den meinen.« Marcus wich dem gewaltigen Schlag aus, der knapp seine Ohrmuschel verfehlte und nur sein langes blondes Haar streifte, und rannte davon.

14

Eine innere Unruhe wühlte in ihm, als er jetzt nachdenklich die Gasse hinunterging. Der Edelmann war froh, dass er nun bald sein eigentliches Werk durchführen durfte. Denn nach Monaten des Beobachtens und Wartens in dieser verdammten Stadt waren, nach allem, was er erfahren hatte, nun die auslösenden Umstände eingetreten. Endlich würde er seinen Mordauftrag ausführen können. Er fühlte sich wie ein Wolf, der nach geduldigem Warten nun das Schäfchen auf der Weide erspäht hatte. Eine regelrechte Vorfreude stieg in ihm auf.

Doch da war noch ein anderes, beunruhigendes Gefühl, das ihn im Inneren beschäftigte. Wo hatte er den Jungen mit den langen blonden Haaren schon mal gesehen? Hatte ihn der Bursche von irgendwoher wiedererkannt und war deshalb so schnell fortgelaufen, als sie am Wirtshaus zusammengestoßen waren? Kannte er ihn tatsächlich? Womöglich im Zusammenhang mit einem früheren Auftrag? Oder war seine vergleichsweise harmlose Schelte der Grund dafür gewesen, dass das Kerlchen sich so schnell aus dem Staub gemacht hatte? Nein, er war sich jetzt sicher, irgendwoher kannte er dieses Engelsgesicht.

Er schlenderte nachdenklich weiter durch die Mittagssonne, die für einen solch frühen Maitag schon ordentlich brannte. Trotz der Hitze trug er, wie immer, sein Barett tief ins Gesicht gezogen, da niemand sein fehlendes Auge bemerken sollte. Die grauenhafte Wunde hatte er einem Stadtbüttel aus dem Holsteinischen zu verdanken. Er konnte sich nur zu gut daran erinnern.

Nachdem sein allererster Auftrag mehr als glatt gelaufen war, war er schnell übermütig geworden und fühlte sich unverwundbar. Doch wie nicht anders zu erwarten, wurde sein Hochmut schon direkt bei seinem nächsten Auftrag bestraft.

Zusammen mit dem Schmierigen hatte er einen feisten Lübecker Kaufmann aufgeschlitzt. Ihre Auftraggeberin, die ›trauernde‹, hübsche Witwe, hatte sie wohl um ihren verdienten Lohn bringen wollen, und so ließ sie nach dem Büttel schicken, während sie ihn in der Zwischenzeit mit ihren Liebreizen umgarnte. Er hatte sich selbstsicher auf das verführerische Spiel eingelassen, und so war dem Ordnungshüter ausreichend Zeit geblieben, sich unbemerkt ins Haus zu schleichen. Als er den Büttel bemerkte, war es bereits zu spät gewesen. Urplötzlich stand der Ordnungshüter direkt an ihrer Lagerstätte und erhellte mit seiner Fackel ihre nackten Leiber. Es kam zu einem Handgemenge, bei dem der Edelmann die Oberhand zu behalten schien. Doch in einem unerwarteten Moment drückte ihm der Büttel die Pechfackel urplötzlich ins Gesicht. Vor Schmerzen verlor er das Bewusstsein und fiel rücklings aufs Bett. Als er wieder zu sich gekommen war, stand der Schmierige direkt über dem Büttel, der mit gespaltenem Schädel auf der Diele lag. In sein stetiges Gefühl der Überlegenheit gegenüber dem Schmierigen hatte sich an diesem Tage ein gewisses Maß an Dankbarkeit gemischt.

Bei den Erinnerungen daran begann der Edelmann zu schwitzen. Er nahm sein Barett ab, um sich die Stirn mit einem Tuch zu trocknen. Als er es wieder eingesteckt hatte und seine Kopfbedeckung wieder aufsetzen wollte, fiel sein Blick auf den schwarzen Stoff, der in der Sonne glänzte. Ja, das Samtbarett musste es gewesen sein, das der Junge wiedererkannt und so erschreckt hatte! Bei diesem Gedanken fiel ihm urplötzlich ein, wo er den blonden Jüngling schon einmal gesehen hatte. Er war es gewesen, der dem Schmierigen an jenem Tage ihrer Ankunft in Neuss die Schultertasche gestohlen hatte. Die Schultertasche, in der, neben dem Barett, auch ihr Auftrag gewesen war.

Konnte er sich unter diesen Umständen in Ruhe um den vermeintlichen Kaiser kümmern? Oder musste er erst den möglichen Mitwisser beseitigen? Blitzschnell traf er seine Entscheidung. Der Blonde musste zuerst beseitigt werden! Anderenfalls könnte er ihm bei der Ausführung seines Auftrags in die Parade fahren. Eine Störung durch einen Büttel wollte er jedenfalls nie wieder riskieren. Das hatte er sich damals in Lübeck geschworen. Bei diesen Gedanken ärgerte er sich, dass ihm nicht schon früher eingefallen war, wo er den Jungen schon einmal gesehen hatte.

Doch wo würde er den kleinen Tunichtgut finden? Wenn er ihm in all den Monaten, seit sein Kumpan das andere Kerlchen im Keller zerbrochen hatte, hier nicht in diesem verdammten Nest begegnet war, dann konnte das nur bedeuten, dass der Blonde in den letzten Monaten nicht in der Stadt gewesen war. Doch wenn er jetzt den Mut aufgebracht hatte, nach Neuss zurückzukehren, dann gäbe es hierfür einen triftigen Grund und dieser Grund würde ihn wohl auch nicht davon abbringen, vorläufig in der Stadt zu bleiben. Der Edelmann war sich jetzt sicher, dass sich der Junge noch in Neuss aufhielt. Doch wo würde er sich verstecken? Vermutlich dort, wo er in der Masse untertauchen konnte – auf dem Jahrmarkt! Diese Schlussfolgerung erschien dem Edelmann die einzig mögliche, und so ging er jetzt ohne Hast in Richtung *Marckt*. Durch übertriebene Eile aufzufallen, das war jetzt das Letzte, was er gebrauchen konnte, deshalb zwang er sich wieder zu der gewohnten Gelassenheit, die ihn auszeichnete.

Marcus hatte ein paar Haken durch die Reihe der Buden geschlagen und schaute sich nun um. Der aufgebrachte Käsehändler war ihm nicht gefolgt und auch die anderen Marktbesucher hatten sich nicht an seiner Eile gestört oder ihn für einen flüchtenden Dieb gehalten. Nach Luft ringend ging er nun langsam weiter und achtete wieder auf die Stände links und rechts des Ganges, immer auf der Suche nach Gernot und seinem Karren.

Sein Blick fiel auf eine klaffende Lücke, die sich zwischen zwei Marktständen auftat. Verwundert sprach er einen der benachbarten Händler an. »Ihr müsst verzeihen«, sagte er zu dem Bauernpaar, das links von der Lücke ihren Gemüsestand aufgebaut hatte. »Der Markt ist sehr belebt und es reihen sich Stände an Stände. Könnt Ihr mir wohl sagen, warum ausgerechnet der Platz direkt hier neben Euch frei ist?« Der Bauer, ein wohlgenährter Mann mit rötlicher Haut, schob sich den grauen Filzhut in den Nacken. »Und ob ich das kann«, antwortete er mit einem selbstbewussten Schmunzeln. »Eigentlich hatte hier so ein dürrer Kerl seinen Karren mit Ziegenkäse aufgebaut. Sein Geschäft schien auch ganz gut anzulaufen. Doch dann sind zwei Gestalten aufgetaucht. Sie sprachen einen Moment mit ihm, und was soll ich dir sagen, nach einer kurzen Handgreiflichkeit, hat der Dürre Hals über Kopf seinen Kram zusammengepackt und ist mit den Männern verschwunden. So etwas habe ich noch nie erlebt.« Kopfschüttelnd lachte er leise vor sich hin. Bei diesen Worten brach Marcus' dünne Hoffnung wie ein Kartenhaus zusammen. Gernot hatte den Jahrmarkt bereits verlassen, daran gab es keinen Zweifel. Doch wer waren die zwei Gestalten gewesen, von denen der Bauer gesprochen hatte? ›Handgreiflichkeit‹! Hatte der Mann ›Handgreiflichkeit‹ gesagt? Waren das womöglich die Kerle mit den Samtbaretts? Angst um Gernot machte sich in ihm breit, doch im gleichen Moment packte ihn der Mut der Verzweiflung. »Ihr sagt ›zwei Gestalten‹ seien zu ihm gekommen?«

»Na ja, sie sind nicht direkt zu ihm gekommen, ich hatte eher den Eindruck, dass sie sich zufällig begegneten und er sie ansprach«, mischte sich jetzt die Bauersfrau ein. »Wisst Ihr, wer die beiden waren?« Die Bauersleute schüttelten einhellig den Kopf. »Nein, wir kennen hier niemanden in Neuss. Wir kommen nur zu den fünf Jahrmärkten in die Stadt. Du musst wissen, unser Hof liegt draußen, nah bei Worringen, und der Weg ist weit und beschwerlich.«

»Aber Ihr könnt mir doch sicher sagen, wie die Männer ausgesehen haben?« Marcus ließ nicht locker, war es doch seine einzige Chance, Gernot, und damit eine sichere Obhut, wiederzufinden. »Gewiss, der eine war ein schmales Mönchlein«, sagte die Frau und ihr Mann fügte hinzu: »Und der andere war so ein stämmiger, dicklicher Kerl.« Er hob die Hände in die Luft und deutete die Schulterbreite des Mannes an. Den Mönch kannte Marcus gewiss nicht. Auch wenn er häufig mit dem lieben Gott sprach, so hielten sich Burschen wie Jonas und er doch lieber von der Kirche und den dazugehörigen Glaubensbrüdern fern. Doch der knappen Schilderung nach konnte der andere durchaus Berthold gewesen sein. Gott sei Dank! Marcus war heilfroh, dass die Beschreibung nicht zwingend auf einen der beiden Schurken passte. Weder auf die grauenhafte Fratze, mit der er eben vor dem Wirtshaus zusammengestoßen war, noch auf den stinkenden Kerl, dem er an jenem Tag, im Beisein des Einäugigen, die Tasche gestohlen hatte.

»Meint Ihr, der Stämmige könnte der Wirt des ›Schwarzen Krugs‹ gewesen sein?«, hakte Marcus nach. Das Paar schaute sich nur ratlos an und zuckte fast unmerklich mit den Schultern. »Doch gewiss«, der Händler, dessen Stand sich auf der rechten Seite der Lücke befand, meldete sich jetzt zu Wort. »Ich bin mir sicher, dass es Berthold Janssen war. Bin schließlich schon mal hier und da auf ein paar Krüge Bier bei ihm eingekehrt.« Der Stolz darüber, dass er dem Jungen weiterhelfen konnte, klang bei diesen Worten aus seiner Stimme. Doch im gleichen Moment schaute er schuldbewusst zu seiner Frau hinüber, die ihn mit strengem Blick fixierte. Sie sah es nicht gern, wenn er das sauer verdiente Geld in Wirtshäusern auf den Kopf haute, und ließ ihn dies bei jeder Gelegenheit spüren.

Getragen von der Antwort keimte jedoch Hoffnung in Marcus auf. Nun war er sich sicher, wo er Gernot finden und gleichzeitig auch Janssen wiedersehen würde. Sein Herz machte einen Freudensprung, wenn da nicht, ja, wenn da nicht dieser Kerl mit dem schwarzen Barett gewesen wäre. Doch es half alles nichts. Er musste zum

›Schwarzen Krug‹ zurück. »Habt Dank«, murmelte er nur kurz und ging dann über den *Marckt* in Richtung *Neder Strais*.

Der scharfe Blick seines Auges, das ihm noch geblieben war, wanderte zwischen den Ständen umher. Kein Winkel zwischen den Ständen oder unter den Karren entging seiner Aufmerksamkeit. Er ging langsam, Schritt für Schritt, um auch ja nicht irgendeine Ecke zu übersehen, wo sich der Blonde versteckt haben könnte. So hatte er, von der *Neder Strais* kommend, bereits die Hälfte des Jahrmarkts systematisch abgesucht, als sein Blick auf einen blonden Schopf fiel, der ihm im Nachbargang entgegenkam. Er reckte sich auf die Zehenspitzen, um über einen Karren zu blicken, auf dem Frühwirsing hoch aufgetürmt worden war. Jetzt schaute er direkt in die Augen des Jungen, der ihn im selben Augenblick zu erkennen schien. Marcus packte das Entsetzen und er lief so schnell er konnte zurück in die Richtung, aus der er gekommen war. Jetzt hielt es auch den Edelmann nicht mehr. Auch wenn er durch sein Verhalten auffallen würde, so wollte er sich das Bürschchen nicht noch einmal entwischen lassen. Im Zweifelsfall könnte er dem blonden Kerlchen immer noch eine Münze unterschieben und behaupten, der Junge habe ihn hier auf dem *Marckt* bestohlen. Unter dem Vorwand, er würde ihn zum Büttel bringen, könnte er den Blonden mit sich nehmen und ihn dann in einer dunklen Ecke der Gassen ein für alle Male beseitigen.

Angetrieben von diesen Gedanken zwängte er sich an dem Wirsingkarren vorbei durch die Stände in den Nebengang, um die Verfolgung augenblicklich aufzunehmen. Doch dabei stieß er mit dem Fuß gegen ein aufgerichtetes Vierkantholz, das den einachsigen Karren in der Waage gehalten hatte. Die Deichsel des Karrens donnerte krachend zu Boden, und im Nu purzelten die mickrigen Wirsingköpfe über das Pflaster. Er trat auf einen der Köpfe und verlor beinahe das Gleichgewicht. In diesem Moment umschlangen ihn bereits vier Arme wie ein riesiger Krake. Der Bauer und sein nicht weniger kräftige Knecht hatten ihn gepackt und hielten ihn fest umklammert. »Hier geblieben, du Halunke!«, der Bauer schrie ihn mit hochrotem Kopf an. »Ich werd dir helfen, meine gesamte prachtvolle Ernte zu vernichten.« Weitere Bauern, teils mit Knüppeln bewaffnet, eilten nun, angelockt durch den Tumult, von den benachbarten Ständen heran und umringten die drei. Dem Edelmann wurde schlagartig klar, dass er nicht unbeschadet aus der misslichen Situation herauskäme, wenn er nicht augenblicklich für den Schaden aufkommen würde. »Schon gut«, rief er mit verstellt weinerlicher Stimme. »Ich werde Euch die Ware ersetzen.« Die Männer lockerten bei diesen Worten ihren Griff und der Edelmann zog mit der freien Hand seine pralle Geldkatze aus dem Gürtel. Beim Anblick des satten Inhalts des Lederbeutels huschte dem Bauern ein gieriges Grinsen übers Gesicht. »10 Taler!«, sagte er rasch, ohne den eigentlichen Schaden überblickt zu haben, und streckte seine rundliche Handfläche fordernd aus. »Hier nehmt alles«, erwiderte der Ertappte, drückte dem Bauern den Beutel in die Faust und machte sich augenblicklich auf, die Verfolgung des Jungen wieder aufzunehmen. Der Bauer warf nur einen flüchtigen Blick in die Geldkatze und wies seinen Knecht, der ebenfalls einen neugierigen

Blick auf das Geld erhaschen wollte, umgehend an, die Wirsingköpfe wieder vom Pflaster aufzulesen.

»Genug der Reden.« Janssen schlug erneut mit der Faust auf die Tischplatte, die unter seiner unbändigen Kraft erzitterte. »Wir suchen den Jungen!«, verkündete er seinen Entschluss. »Falls wir dabei auch auf den Kaiser treffen und tatsächlich die Gelegenheit haben sollten, mit ihm zu sprechen, so können wir den Greis immer noch zuerst warnen.« Mit diesen Worten stand er auf, trank seinen Wein mit einem kräftigen Schluck aus und ging zur Tür. Auch Gernot kippte den Wein hinunter und wandte sich zum Gehen, während sich der Mönch noch rasch das restliche Schinkenstück unter die Kutte schob.

Annehild polierte immer noch eifrig die Krüge, als die drei, wiederum wortlos, an ihr vorbei ins Freie stürzten. Was war nur mit ihrem Mann los? Nicht nur, dass er ihr die Fremden, die er mit in ihre Privaträume nahm, nicht vorgestellt hatte, normalerweise sagte er ihr doch zumindest, wo er hinging, wenn er das Haus verließ.

»Und wo suchen wir ihn nun?«, fragte Gernot, als sie auf die Gasse hinausgetreten waren. Die Frage des Ziegenhirten war durchaus gerechtfertigt. Sie hatten zwar darüber diskutiert, wen sie zuerst warnen wollten, doch darüber hatten sie diese entscheidende Frage ganz aus den Augen verloren. Wieder war es der Mönch, der als Erster seine Gedanken gesammelt hatte. »Wahrscheinlich wird er zurück zu Euch gelaufen sein, Gernot. Ihr ward der Letzte, mit dem er zusammen war und dem er vertraut.

Geht zurück zu der Stelle, an der Euer Karren gestanden hat.« Der Ziegenhirte nickte zustimmend. »Möglich ist es aber auch, dass er die Stadt wieder verlassen hat und durch die *Hantportz* zurück zum Ziegenhof gelaufen ist. Du, Janssen, kennst die Wachen am Stadttor. Sie werden dir Auskunft geben, falls sie ihn dort bemerkt haben sollten. Gehe aber auch zu den anderen Toren. Vielleicht hat er die Stadt durch eine der anderen Pforten verlassen.« Ungeduldig wollte sich der Wirt schon auf den Weg machen, doch Pater Norbert hielt ihn am Ärmel zurück. »Ich selbst gehe hinunter zum Hafen. Es kann ebenso sein, dass der Blonde mit einem der Fährleute über den Rhein setzen wollte, um einem möglichen Verfolger zu entkommen. Zur 12. Stunde treffen wir uns dann wieder am Portal des Münsters. Solltet ihr Marcus vorher finden, so kommt nicht zum vereinbarten Treffpunkt, die Öffentlichkeit ist zu gefährlich für den Jungen. Bringt Marcus hierher in den ›Schwarzen Krug‹ und versteckt ihn.« Wiederum nickten die Männer zustimmend und machten sich umgehend auf den Weg. Der Pater murmelte noch ein kurzes Stoßgebet, bekreuzigte sich rasch und ging dann schnellen Schrittes in Richtung Hafen.

15

DER SCHRECK ÜBER das erneute Zusammentreffen mit dem Einäugigen steckte Marcus noch in den Knochen. Vollkommen verwirrt hatte er in diesem Augenblick keine Idee, wo er hinlaufen und wo er sicheren Unterschlupf finden sollte. Als er noch mit Jonas auf Beutezug gegangen war, war das vollkommen anders gewesen. Natürlich kannten die Jungen jeden Winkel der Stadt, und so huschten sie, wenn sie verfolgt wurden, immer instinktiv in die verborgenste dunkle Ecke, die sich ihnen bot. Nicht dass er sich nach ein paar Monaten nicht mehr in Neuss auskennen würde, die Angst, an deren Stelle früher übermütige Unbekümmertheit gestanden hatte, war es, die nun seine Gedanken und seinen Instinkt lähmte. Ziellos stand er nun vor der Eichentür der Kapelle *Unser lieber Frawen*, die zwischen dem *Marckt* und dem Münster stand. Dies war zumindest eine Möglichkeit, sich für einen längeren Moment auszuruhen und einen klaren Gedanken zu fassen. Er griff nach dem schweren Türring und zog die Pforte auf. Im Inneren war niemand zu sehen. Nur ein paar dünne Kerzen, die auf dem Altar brannten, erfüllten das Gotteshaus mit spärlichem Licht. Wenn überhaupt ein paar wenige Gläubige zu dieser Stunde beteten, dann befanden sie sich gewiss im Münster zu St. Quirin. Alle übrigen Neusser würden sich jetzt auf dem Jahrmarkt herumtreiben. Er ging weiter in das Halbdunkel der Kapelle und setzte sich auf Höhe eines Beichtstuhls in eine Bank. Wie lange war es her, dass er eine Kirche betreten hatte? Sich an den Opferstöcken zu schaffen machen, davon hatten Jonas und er nie viel gehalten. Bei aller Not hatten sie sich doch ein Stück Ehrfurcht vor den Gotteshäusern erhalten. Er bemerkte, dass er jetzt, ohne sich dessen bewusst zu sein, die Hände gefaltet hatte. Mit traurigen Augen schaute er hinüber zu der lebensgroßen Marienstatue, die rechts vom Altar stand, als sich die Eingangstür öffnete. Mit einem Satz sprang er lautlos aus der Bank und hechtete über das hüfthohe Türchen des Beichtstuhls. Ein dumpfer Knall ertönte, als er im Inneren des Beichtstuhls aufkam. Doch das laute Knarren der Pforte übertönte das. Marcus lauschte auf die Schritte, die allmählich näher kamen. Es waren eigenartig schlürfende Schritte, begleitet von einem leisen Geräusch, das Marcus nicht recht zu deuten wusste. Jetzt verstummten die Schritte und das schwache Ächzen einer Kirchenbank war zu hören. Derjenige, der das Gotteshaus betreten hatte, musste jetzt in unmittelbarer Nähe zu seinem Versteck sitzen. Es war wieder totenstill in der Kapelle, als nach einigen Sekunden, die Marcus unendlich vorkamen, Neugierde in ihm aufstieg. Wer mochte dort sitzen? Würde er sich unnötigerweise hier verstecken und sich letztendlich erst durch seinen unberechtigten Aufenthalt im Beichtstuhl in zusätzliche Schwierigkeiten bringen? Vorsichtig schob er den Kopf an dem schweren Vorhang vorbei, bis er über die Kante des Türchens blicken konnte. Was er sah, ließ ein Gefühl der Erleichterung in ihm aufsteigen. Im Kerzenlicht erblickte er einen alten Priester, der dort in der Bank saß. Zumindest nahm er an, dass es sich um einen Priester handeln musste, da der Greis einen langen schwarzen Talar trug. Auf der Bank neben sich hatte er seinen silberverzierten Gehstock gelegt. Dir werde ich wohl entkommen, wenn du mir Schwierigkeiten machen willst!, dachte Marcus bei sich und richtete sich langsam in seinem Versteck auf, als erneut das Knarren der Eingangstür ertönte. Instinktiv ließ sich Marcus wieder auf den Holzboden des Beichtstuhls gleiten. Erneut ertönten Schritte, die in seine Richtung kamen. Diesmal waren es feste, schwere Schritte, die er vernahm, entschlossener und kraftvoller als die ersten. Der Mann, der hereingekommen war, setzte sich dem Knarren nach neben den alten Kirchenmann. »Ihr habt nach mir geschickt?«, begann der Neuankömmling jetzt mit scharfer Stimme. »Ja«, krächzte der Greis. »Da ich mich des Eindrucks nicht erwehren kann, dass Eure Arbeit nicht so verläuft, wie ich es Euch erst kürzlich aufgetragen habe.« Das Erstaunen des Mannes war in der Dunkelheit des Verstecks förmlich zu spüren. »Was treibt Euch zu solchen Zweifeln?«, fragte die jüngere Stimme. »Ihr hattet die Weisung, Euch unauffällig zu verhalten!«

»Wie ich es auch tat.«

»Und was war das für eine Szene – eben auf dem *Marckt*? Nennt Ihr ein solches Vorgehen unauffällig?«, der Alte klang jetzt äußerst verärgert. »Meine Augen und Ohren haben mir von dem Vorfall mit dem Jungen berichtet«, fuhr er fort. Bei diesen Worten wurde Marcus schlagartig klar, wer da zuletzt hereingekommen sein musste. »Nur gut, dass ich, getrieben von Zweifeln an Eurem Können, bereits in der Stadt weilte.« Sein Tonfall wurde nun wieder ruhiger. »Was hat es mit dem Bürschchen auf sich?«

»Nun ja, ich vermute, dass er ein Mitwisser ist, da er wahrscheinlich im Besitz Eures Auftrags ist oder war.«

»Dies sind für meinen Geschmack zu viele Vermutungen, zu viele Wenn und Aber. Bringt den Burschen um«, befahl die alte Stimme trocken. Marcus zuckte bei diesen Worten zusammen und machte sich hinter dem Vorhang noch ein Stückchen kleiner, als er sowieso schon war. Kein Zweifel – bei dem Einäugigen handelte es sich um einen bezahlten Mörder, der nun zusätzlich den Auftrag erhalten hatte, ihn zu töten. Doch wer war das eigentliche Ziel der mörderischen Intrige? Atemlos lauschte er weiter dem Gespräch. »Ich werde Euch nicht noch einmal enttäuschen«, versicherte der Einäugige. »Sobald ich den Burschen beseitigt habe, werde ich mich mit tödlicher Sicherheit um den Kaiser kümmern.«

»Nennt ihn nicht Kaiser!«, herrschte ihn die krächzende Stimme an. »Bei diesem Wort kommt mir die grüne Galle hoch. Ich habe meine Augen und Ohren nicht nur in Neuss. Meine Männer haben in Erfahrung gebracht, dass der Kerl nie und nimmer Kaiser Friedrich ist. Sein Name ist Tile Kolup, ein einfacher Mann aus Friesland. Geschickt machte er sich sein Wissen um die Person Friedrichs und seine Ähnlichkeit mit dem Kaiser zunutze. Doch auch wenn er nur ein dreister Scharlatan ist, so kann er uns durchaus gefährlich werden. Er findet offenbar immer mehr Anhänger unter den Mächtigen des Reiches, da er ihnen wertlose Privilegien zukommen lässt – wie zuletzt der Fürstäbtissin zu Essen. Angestachelt und gestärkt durch diese infantile Person könnten sich die Feinde des Kurstaats gegen die Machenschaften Siegfrieds auflehnen und ihn zum Sturz bringen. Und was das zu bedeuten hat, brauche ich Euch wohl nicht erklären, oder?« Der Jüngere schwieg, und so gab sich der greise Priester die Antwort selbst. »Der Erzbischof, der nur Wachs in meinen Händen, den Händen seines vertrauten Legaten, ist, wäre für uns auf dem Schachbrett der Machtpolitik verloren. All unsere finanziellen Quellen, aus denen wir uns bisher laben konnten, würden versiegen!« Der Alte wurde nun vor Erregung wieder lauter. Doch überraschend schnell legte sich seine Aufregung erneut. »Tötet diesen Kolup! Doch sorgt zuerst dafür, dass Euch dieses Engelsgesicht nicht in die Quere kommt.« Marcus hörte, wie der Greis aufstand und sich langsam wieder in Richtung des Ausgangs schleppte. Plötzlich verstummten die Schritte. »Übrigens, meine Augen und Ohren haben mir berichtet, dass der selbst ernannte Kaiser zu dieser Stunde allein im Münster verweilt. Also beeilt Euch mit dem Kerlchen, damit Ihr diese Gelegenheit nicht ungenutzt verstreichen lassen müsst.« Das Schlurfen setzte wieder ein und die Tür des Portals knarrte erneut.

Marcus war nun allein mit dem Mann, der ihn töten sollte. Er wartete darauf, dass auch dieser nun die Kirche verlassen würde. Doch stattdessen vernahm er, wie die Bank knarrte und sich Schritte nach links, in Richtung des Marienaltars bewegten. Konnte es sein, dass der Mörder dort womöglich eine Kerze zur Sühne seiner Taten aufstellen wollte? Zu absurd kam dem Blonden dieser Gedanke vor. Doch nun musste er sich darauf besinnen, wie er aus der Kapelle herauskam. Als blasse Leiche und mit den Füßen voran, schien ihm nicht der erstrebenswerteste Weg zu sein.

Vorsichtig schaute er erneut über den Rand des Türchens und blickte in Richtung der Mutter Gottes. Tatsächlich, dort kniete der Kerl vor der Marienstatue mit gesenktem Haupt. Marcus begriff diese günstige Gelegenheit und schlich sich lautlos in Richtung Ausgang. Als er am Portal angekommen war, durchfuhr ihn ein erschreckender Gedanke: Was würde wohl passieren, wenn die Tür nun ihr bekanntes Knarren erschallen lassen würde?

»Wer will das wissen?«, schnauzte der grobschlächtige Schiffer los, als ihn Pater Norbert nach dem Jungen gefragt hatte. »Mein Name ist Pater Norbert und ich komme aus dem Kloster der Augustiner-Chorherren vor den Toren der Stadt Neuss«, antwortete er artig. »Was du nicht sagst, Mönchlein.« Mönchlein? Hatte ihn diese erbarmungswürdige Kreatur tatsächlich Mönchlein genannt? Der Kerl, der sich vor ihm aufgebaut hatte und dessen Dummheit nur so aus seinen Schweinsäugelchen blickte? Das Geschöpf Gottes, das auf Grund seiner Einfachheit zu nichts anderem imstande war, als Reisende auf die andere Seite eines Flusses zu schippern? Der Augustiner vergaß für einen Moment alle Regeln seines Ordens und der Christlichkeit. Doch die kräftige Statur des Mannes hielt ihn davon ab, ihm augenblicklich an die Gurgel zu springen. Mal abgesehen von den anderen Fährmännern, die um sie herum belustigt gafften und im Zweifelsfalle eingreifen würden. Den Kerl zu würgen, würde ihn außerdem auf der Suche nach Marcus nicht weiterbringen. Deshalb beruhigte er sich und lenkte besonnen ein. »Mir scheint, Ihr versteht nicht recht. Es ist von erheblicher Bedeutung, ja, von erheblicher Bedeutung für das ganze Deutsche Reich, dass ich den Jungen finde.« Norbert merkte bei diesen Worten selbst, wie lächerlich er sich machte, und bereute bereits das Gesagte. Folgerichtig blieb auch das schallende Gelächter der Versammelten keine Sekunde aus. »Für das ganze Deutsche Reich!«, hörte der junge Mönch nur aus dem glucksenden Gelächter heraus. Er stand nun da inmitten einer Horde rauflustiger Bootsleute und machte sich zum Narren. Mit traurigem Blick und hängendem Kopf schob er sich durch die Gruppe, die ihn umringte, als er plötzlich eine Hand an seiner Kutte spürte. »Nichts für ungut, Gottesdiener.« Der Fährmann, der ihm gerade noch eine vernünftige Antwort verwehrt und ihn bis aufs Blut gereizt hatte, hielt ihn, mit Tränen der Erheiterung in den Augen, an den Schultern zurück. Beim Anblick des kleinen, niedergeschlagenen Mönchleins hatte er offensichtlich doch Mitleid bekommen. »Der Junge mit dem langen blonden Haar, den Ihr sucht, ist heute ganz bestimmt nicht hier gewesen. Wir würden es Euch gewiss sagen, wenn es so gewesen wäre.« Dabei schaute er sich nach Zustimmung heischend zu den anderen um und wischte sich die Tränen von der Wange. Das Lachen verstummte langsam und alle nickten zustimmend. »Ich danke Euch. Möge Gott mit Euch sein – allezeit«, sagte der Augustiner und ging durch die Pforte zurück in die Stadt. Auch wenn er Marcus immer noch nicht gefunden hatte, so war er froh, doch noch eine halbwegs verlässliche Auskunft erhalten zu haben. Bis zur 12. Stunde, zu der sie sich wieder treffen wollten, war noch etwas Zeit. Vielleicht war der Junge ja nur noch nicht am Hafen angekommen und versuchte, im Schatten der Stadtmauer zum Hafen zu gelangen. Doch aus welcher Richtung mochte er kommen?, fragte sich der

Mönch und entschied sich schließlich nach rechts, in Richtung *Rheinpfortz* zu gehen.

Aufmerksam schritt er die Gasse entlang und blickte möglichst unauffällig in jede Nische, die das trutzige Gemäuer bot. Kurz vor dem Platz an der *Rheinpfortz* ließ ihn ein markerschütternder Schrei erschaudern. Pater Norbert hielt inne und horchte in die Stille der menschenleeren Gasse, als im gleichen Moment das markerschütternde Geheul wieder einsetzte. Wer mochte dort so leiden, dass die Schreie seiner Höllenqualen förmlich spürbar wurden? Der Mönch hoffte inständig, dass es nicht Marcus sei und bekreuzigte sich bei diesem Gedanken eiligst. Getrieben von einer Mischung aus Sorge und Neugierde begann der Gottesdiener nun beinahe zu laufen, bis er in die unmittelbare Nähe des Rheintors kam.

Die Büttel hatten hier einen Pranger aufgebaut, an dem ein Gefangener dem grausamen Spiel der Bevölkerung wehrlos ausgesetzt war. Hohn und Spott, ja selbst das Bewerfen mit faulem Obst oder Tierfäkalien hätte der Gepeinigte sicherlich klaglos ertragen, doch nicht wenige der ›feinen Bürger‹ lebten gerade die Unzufriedenheit mit ihrem eigenen ärmlichen Leben an dieser bedauernswerten Kreatur aus. Pater Norbert hatte beinahe den Eindruck, als hätten sich die ›ach so Ehrbaren‹ für dieses Schauspiel geradezu bewaffnet. Einige schlugen mit Weidenruten auf den blutenden Rücken des Gebundenen ein, während andere sogar lange Stangen mit sich führten, an deren Enden sich schmiedeeiserne Nägel befanden. Immer wieder stießen sie mit ihren Marterwerkzeugen in die Seite des Gefangenen, dessen Gesicht, offensichtlich durch ungebremste Schläge, bereits rotblau geschwollen war. Dem langen, hageren Mann, der dort am Pranger kniete, hatte man zuvor die Kleidung vom Leibe gerissen, wie einst dem Heiland. Nur seine schwarzen Beinkleider milderten die Schläge, die auf seine Waden zielten, ein wenig. Bei allem Entsetzen, das der Mönch empfand, spürte er doch ein gewisses Maß an Erleichterung – es war nicht Marcus gewesen, den er hatte schreien hören. Doch der Ekel, den die Szenerie in ihm hervorrief, trieb ihm die Magensäure bis an den Rand der Rachenhöhle. Er musste sich abwenden, als ihm in diesem Moment ein heruntergekommener Alter freundschaftlich auf die Schulter klopfte. »Was ist mit Euch, Bruder? Kanntet Ihr etwa diesen Rainald Grubenmuhl?« Der Greis beäugte Pater Norbert misstrauisch und deutete mit seiner knochigen Hand in Richtung Pranger. Der Ordensbruder verneinte mit einem heftigen Kopfschütteln. Er brachte kein Wort heraus. »Der Halunke hat es nicht anders verdient!« Der alte Mann schien offensichtlich Gefallen an der Folter des Armseligen zu finden. »Der andere hat es schon hinter sich«, lachte er. »Den haben sie vor einer Stunde drüben an der *Ober Pfortz* am Galgen aufgeknüpft.« Dabei wurde sein Grinsen noch breiter. »Dass der Dreck am Stecken hatte, habe ich sofort gesehen!« Trotz seines verlotterten Äußeren schaffte es der Alte, bei diesen Worten unendliche Arroganz auszustrahlen. Norbert überkam eine erneute Attacke des Brechreizes. »Der hatte hier quer über das Gesicht so ein großes Teufelsmal.« Dabei zog der Greis eine schreckliche Grimasse und griff sich mit seiner knochigen Hand an die linke Gesichtshälfte. »Ich halte es wie mein Vater, Gott hab ihn selig: Hütet Euch vor den Gezeichneten!« Dass dieser Kerl nun auch noch den lieben Gott ins Spiel brachte, war zu viel für den Geistlichen. »Was wirft man denn diesen Männern vor?«, fragte er und wischte sich ein wenig Speichel aus den Mundwinkeln. »Drüben, am Weg von Schloss Hülchrath hierher, haben diese Galgenvögel den reichen Hagenbroich ausgeraubt und gemeuchelt.« Der stinkende Greis kam dem Mönch bei diesen Worten nun verschwörerisch näher. »Man erzählt sich, sie hätten sich nur für diesen feigen Raubmord hier vor den Neusser Toren getroffen. Sie haben wohl einen Tipp bekommen, dass der Kaufmann ein nicht unbeträchtliches Sümmchen bei sich trägt. Doch als man sie endlich fasste, hatten sie das Geld bereits vergraben oder gar im Hurenhaus verprasst.«

»Aber wenn man nicht einmal die Beute bei ihnen fand, wie hat man ihnen denn dann die Tat nachgewiesen? Gab es Zeugen?« Der Pater hatte mittlerweile seine Fassung wieder erlangt und wollte nun mehr wissen. »Pah ... solche Lumpen lassen doch keine Zeugen am Leben«, der Alte spuckte verächtlich aus, »ich sag nur: Hütet Euch vor den Gezeichneten!« Das reichte. Nun hatte der Mönch wirklich genug von dieser widerwärtigen Szenerie und dem sabbernden Alten. Eilig verließ er den schrecklichen Schauplatz.

16

Marcus stürzte hinaus ins Freie. Auch diese brenzlige Situation hatte er wieder einmal unbeschadet überstanden. Und jetzt? Er musste unweigerlich an das belauschte Gespräch denken. Auch wenn er nicht alle Zusammenhänge verstanden hatte, eines war klar: Der Kaiser war in tödlicher Gefahr. Unweigerlich dachte er an den Tag, an dem er dem Greis begegnet war. In gewisser Weise hatte ihn der alte Mann schon des Öfteren gerettet, wenn auch unbeabsichtigt. Der dicke Kaufmann hätte Marcus vielleicht doch erwischt, wenn er nicht im Menschenauflauf, den der Alte verursacht hatte, hätte untertauchen können. Und was hätten die Büttel mit ihm gemacht, wenn nicht der Kaiser eingeschritten wäre und ihn zu sich gerufen hätte?

Auch die Münze hatte im Nachhinein eine schützende Bedeutung. Was wäre aus ihm geworden, wenn er nicht zurückgelaufen wäre, um sie zu suchen, sondern in dem Fasskeller bei Jonas gesessen hätte? Wahrscheinlich wäre er heute genauso mausetot wie sein Freund.

Betrachtete er nun all diese Aspekte, so gab es nur einen logischen Entschluss: Er musste den Alten warnen, sei er nun der echte Kaiser oder nicht! Was hatte die krächzende Stimme gesagt? Der Kaiser sitzt allein im Münster zu St. Quirin? Marcus musste zu ihm gehen, auch wenn er dort vielleicht wieder auf den Einäugigen treffen würde. Erst jetzt merkte der Junge, dass er bereits in Gedanken versunken auf das Portal der imposanten Kirche zusteuerte.

Vor dem Eingang standen Stadtwachen mit gekreuzten Hellebarden, die offensichtlich den Auftrag hatten, niemanden an den betenden Kaiser heranzulassen, der sich immer noch alleine im ehrwürdigen Münster befand. Doch wenn er den alten Mann warnen wollte, so musste er wohl oder übel an den Kerlen vorbeikommen. »Ach, schaut mal, wen wir hier haben.« Marcus verspürte einen unsanften Schlag zwischen die Schulterblätter und fuhr herum. Peter! Dieser Fiesling hatte ihm noch gefehlt. Breit und feist grinsend stand der Rivale aus alten Diebestagen vor ihm. Wie immer begleitet von seinen beiden Bullterriern, Harald und Roderich. Ohne diese beiden Muskelberge fühlte sich der Rothaarige nur halb so stark und bevorzugte ein kleinlauteres Auftreten.

Doch? Ja! Der Kerl kam wie gerufen. Dem Blonden schoss ein Gedanke durch den Kopf. »Ihr könntet Euch einen Heller verdienen«, sprach Marcus, während er sich mit einer Hand die schmerzenden Schulterblätter rieb. Mit der anderen kramte er die Münze aus dem kleinen Beutel hervor, der an seinem Gürtel hang. Es war jene Münze, die ihm der Kaiser bei ihrer ersten Begegnung gegeben hatte. So könnte er seine Schulden mit derselben Münze zurückzahlen.

Peter blickte neugierig aus seinen grünen Katzenaugen. Die beiden Fleischklopse schienen kein Wort zu verstehen. »Und warum sollten wir dir dein Geld nicht einfach abnehmen, statt dafür den Diener zu mimen? Den Diener einer Rotznase!« Der Kerl hat recht, durchfuhr es Marcus. Sollte die Idee doch nicht so gut gewesen sein? »Weil ich sonst meinen neuen Kameraden rufe«, log Marcus und deutete mit einer betont lässigen Handbewegung auf einen jungen Hünen, der unweit der Jungen an einem Heuwagen lehnte. Der Bursche würde kräftig genug sein, es gleichzeitig mit den dreien aufzunehmen. Nur schade, dachte Marcus, dass er mit ihm nichts zu schaffen hatte und ihn jetzt auch zum ersten Mal sah. Rein zufällig schaute der Hüne in diesem Augenblick in ihre Richtung und zwinkerte in die Sonne, die ihn ein wenig blendete. Es wirkte beinahe, als gelte das Zwinkern den Jungen. Ein Ausdruck des Respekts huschte über die Gesichter der drei Rivalen, wie Marcus ihn noch nie bei ihnen gesehen hatte. Die Rechnung, die aus der Not heraus geboren war, schien aufzugehen. »Ist ja schon gut«, lenkte Peter ein, wandte aber dabei seinen Blick nicht von dem Hünen. »Was müssen wir tun, um das Geld zu bekommen?« Erst jetzt drehte er sein Gesicht wieder zu Marcus herüber. »Ihr müsst nur diese beiden Stadtwachen dort ablenken, sodass sie Euch in Richtung *Klockhammer* nachlaufen«, Marcus deutete auf das Portal der Kirche. »Ich muss nämlich unbedingt in das Münster.«

»Wird gemacht«, entgegnete Peter und griff nach dem Heller, ohne sich jedoch noch eine feiste Bemerkung verkneifen zu können. »Wenn der gnädige Herr ausgerechnet jetzt zur Beichte gehen möchte, so wollen wir ihm gerne behilflich sein.« Er machte eine ironische Verneigung und bedeutete den beiden Ochsen, ihm zu folgen.

Wenige Sekunden später begann auch schon der bestellte Tumult. Peters Raufbolde waren an den Wachen vorbeigelaufen und hatten ihnen nach Leibeskräften vor die Füße gespuckt, ohne auch nur den Bruchteil einer Sekunde stehen zu bleiben. Diese Beleidigung konnten die beiden Gardisten natürlich nicht auf sich sitzen lassen und so liefen sie den Jungen in die gewünschte Richtung nach. Peter, der die Szenerie etwas abseits aus sicherer Entfernung beobachtet hatte, drehte den Heller zwischen seinen Fingern und zwinkerte dem Blonden zu. Jetzt galt es, keine Zeit zu verlieren. Die Stadtwachen würden sich augenblicklich auf ihre Aufgabe besinnen und auf ihren Posten zurückkehren. Keine Sekunde zu spät war der Blonde durch die Kirchentür geschlüpft und im Münster verschwunden.

Auch hier war es nicht wesentlich heller als zuvor in der Kapelle. Als er nun durch das gusseiserne Gitter das Hauptschiff betrat, erblickte er auf der rechten Seite des Gotteshauses den vermeintlichen Kaiser. Etwa auf mittlerer Höhe des gewaltigen Baus saß er in einer der Bänke und betrachtete eindringlich die verzierte Kirchendecke. War es nun der echte Kaiser, oder sollten die Informanten, von denen der Greis in der Kapelle gesprochen hatte, recht behalten? Es war das erste Mal, dass Marcus sich diese Frage stellte, und jetzt wollte er sie auch für sich geklärt wissen. »Tile?«, rief er leise hinüber, als er auf der Höhe der Bank angekommen war, in der der Alte saß. »Ja?!« Erst jetzt bemerkte ihn der Mann, fuhr herum und schaute ihn mit müden Augen an. »Was kann ich für Euch tun, mein Junge?«

»Seid Ihr Tile Kolup?«, fragte Marcus sanft. »Oh nein. Ich bin Friedrich II., Euer Kaiser von Gottes Gnaden.« Marcus bemerkte, dass der Alte sofort wieder begann, eine Rolle zu spielen. »Gewiss«, entgegnete der Junge, nahm das Spiel auf und versuchte einen höfischen Knicks vor der Bank zu machen. »Auf ein Wort, mein Kaiser. Es ist wichtig, da Euer Leben in Gefahr ist.«

»Wer sollte dem Kaiser des Heiligen Römischen Reiches ernsthaft nach dem Leben trachten können?« Mit einer theatralischen Handbewegung setzte er seinen Auftritt fort. In diesem Moment tat dem Jungen der Alte mit den freundlichen Augen irgendwie leid. Marcus kamen unweigerlich die Punkte in den Sinn, die dafür gesprochen hatten, ihn zu retten. Unweigerlich musste er jedoch auch daran denken, dass er sich selbst dadurch in höchste Gefahr brachte.

Doch zumindest in diesem Augenblick schienen sie vor dem Einäugigen sicher zu sein. »Mein Freund Jonas ist vor einigen Monaten hier im friedlichen Neuss ermordet worden«, begann Marcus nun zu erzählen. »Oh, das tut mir leid für dich, mein Junge.« Der vermeintliche Kaiser setzte eine betroffene Miene auf. »Nun ja, vor wenigen Minuten habe ich nun einen der Mörder im Gespräch mit einem Priester belauscht.«

»Ach, der Schurke hat bereut und ist zu Gottes Geboten zurückgekehrt?« Die Frage des Alten klang wie ein lautes Pfeifen im dunklen Wald, mit dem man sich selbst Mut macht. »Ganz im Gegenteil, Exzellenz. Der Priester ist der Auftraggeber.«

»Ein Priester? Ihr müsst Euch irren, junger Freund.«

»Gewiss nicht, Meister Kolup. So weit ich die Worte richtig gedeutet habe, ist er ein einflussreicher Legat des Kölner Erzbischofs, der um seine Macht bangt, wenn Ihr zu Ruhm und Anerkennung gelangt und somit ein Gegengewicht zu Siegfried bildet.«

»Aber ich habe doch niemandem Schaden zugefügt«, seine greise Stimme klang nun ein wenig ängstlich. Auf die

Anrede mit seinem offenbar richtigen Namen war er nicht eingegangen, und so erhärtete sich in Marcus erneut die Vermutung, der Priester habe mit dem, was er über seine wirkliche Identität gesagt hatte, recht behalten. Was scherte es ihn? Er würde dem Alten trotzdem helfen. Auch wenn er nicht der echte Kaiser war, der Einäugige hatte auf jeden Fall mit Jonas' Tod zu tun und war nun auch hinter ihm her, um ihn zu töten. Bei dieser Vorstellung erschauderte Marcus. »Nun gut«, fuhr Tile Kolup fort, der offensichtlich seine Fassung wieder erlangt hatte. »Ich werde Eure Warnung ernst nehmen, auch wenn es sicherlich keinen Grund zur Sorge gibt. Was schlagt Ihr vor? Was soll ich nun tun?« Selbst wenn Marcus etwas eingefallen wäre, was er hierauf antworten hätte können, so blieb ihm dazu keine Zeit. Denn in diesem Moment öffnete sich das schwere Eichenportal erneut.

Janssen war an der *Zollpfortz* angekommen. Seine Suche an der *Hantportz* war ergebnislos geblieben. Vielleicht hatte er hier mehr Glück, hoffte der Wirt. Als er an der Stadtmauer entlangging, sah er schon aus einiger Entfernung, wer heute hier an dieser Pforte Dienst hatte: ausgerechnet Helmfried! Der Stadtsoldat nahm seine Vorschriften stets ganz genau und ließ sich auch niemals im Wirtshaus blicken. Zu gerne spielte er sich auf und machte sich wichtig, als sei er der oberste Schultheiß höchstpersönlich. Ob dies in seinem Kleinwuchs begründet lag? Es half nichts, er würde ihn nach dem Jungen fragen müssen, wenn er in der Sache weiterkommen wollte. »Gott zum Gruße, Helmfried«, sprach Janssen ihn von hinten an. Der Angesprochene reagierte nicht und tat sehr geschäftig, obwohl in diesem Moment niemand an der Pforte zu kontrollieren war. »Entschuldigt, wenn ich Euch bei Eurem Dienst störe«, versuchte es Berthold erneut. Erst jetzt drehte Helmfried sich mit wichtiger Miene um. »Es ist nicht zulässig, einen Wachposten der Stadtgarde bei Ausübung seines Dienstes abzulenken«, antwortete er mit belehrender Stimme. »Oh, ja gewiss«, Janssen deutete eine Art ehrerbietiger Verneigung an, die Übelkeit in ihm hervorrief. Es war ihm zuwider, sich vor diesem Knilch zu verneigen, doch er müsste wohl den Bückling vor ihm mimen, wenn er eine Antwort auf seine Frage erhalten wollte. »Ich will Euch auch gar nicht bei der Erfüllung Eurer wichtigen Aufgabe stören, es ist nur«, der Wirt schaute mit gespielter Verlegenheit zu Boden. »Sprecht ruhig«, ermutigte Helmfried den stämmigen Mann, der aufgrund seiner Größe unweigerlich auf den Stadtsoldaten hinunterblickte. »Einem anständigen Bürger will ich gerne weiterhelfen. Und ein solcher seid Ihr doch, oder?« Seine Stimme klang mahnend. »Oh, ja!«, versicherte Janssen rasch. »Ich suche einen Jungen. Etwa so groß«, er zeichnete Marcus Größe mit der flachen Hand in die Luft und fuhr mit seiner Beschreibung fort, »Mit blondem langen Haar. Hat er vielleicht in der letzten Stunde die Stadt durch diese Pforte verlassen?«

»Was habt Ihr mit diesem Dieb zu tun?« Seine Beschreibung war wohl trefflich gewesen, denn offensichtlich kannte Helmfried Marcus. Auch wenn dem Wirt die Gegenfrage in diesem Augenblick alles andere als genehm war, so konnte er nun sicher sein, dass Helmfried sich an den Jungen erinnern würde, falls er hier gewesen war. »Ihr meint doch diesen Marcus, oder?« Der kleine Wachposten beäugte Janssen misstrauisch von unten herauf und erwartete gespannt seine Antwort. »Hat er Euch etwas gestohlen?«, führte er seine Befragung fort. »Nein, nein, gewiss nicht. Der Kaiser benötigt einen geschickten Jungen, der hier in Neuss jeden Winkel kennt«, log Janssen. Einer Weisung des Kaisers würde Helmfried sicherlich nicht widersprechen. »Oh, der Kaiser. Na dann werde ich Euch natürlich Auskunft geben – auch wenn ich dies als Diener der Stadt eigentlich nicht dürfte. Ich bin nämlich zu Stillschweigen verpflichtet«, fügte er hinzu, um einmal mehr seine Wichtigkeit zu unterstreichen. »Aber diesen Jungen habe ich, ehrlich gesagt, seit Monaten nicht mehr hier in der Stadt gesehen.« Es gab keinen Zweifel, dass dieser dienstbeflissene Stadtdiener die Wahrheit sprach. Janssen schaute enttäuscht, obgleich er keine andere Antwort erwartet hatte. »Ich dank Euch für die Auskunft. Seid versichert, dass ich dem Kaiser von Eurer hilfreichen Unterstützung berichten werde«, dienerte Janssen und ging davon. Der Wachposten strahlte und schien sogar einen Zentimeter größer geworden zu sein. Vor lauter Eitelkeit war ihm nicht einmal die Frage in den Sinn gekommen, warum der Kaiser ausgerechnet diesen Wirt geschickt hatte oder wofür der hohe Herr einen solchen Burschen brauchen würde.

17

Durch den Spalt zwischen den Flügeltüren des Münsterportals fiel jetzt ein gleißender Sonnenstrahl, der das Kirchenschiff wie ein scharfes Messer in zwei Hälften teilte. Marcus schaute erschrocken zum Eingang und sah im hellen Gegenlicht eine schwarze Silhouette. In der Tür stand offensichtlich eine groß gewachsene Männergestalt mit breiten Schultern. Die Umrisse ließen vermuten, dass er einen weiten Umhang trug und auf seinem Kopf … Marcus blieb das Herz stehen: auf seinem Kopf zeichnete sich ein Barett ab, wie er es vor einer Stunde vom Pflaster der *Gebrante Gaß* aufgehoben hatte. Hatte der Einäugige sein Gebet in der Kapelle bereits beendet und war direkt hierher gekommen? Marcus hatte ihn noch nicht so schnell erwartet. Wollte er nicht erst in der Stadt nach ihm, dem Taschendieb, suchen? Vielleicht hatte er von Peter, dieser stinkenden Ratte, einen Hinweis bekommen. Den Kerl würde er sich vornehmen, wenn er hier jemals wieder lebend herauskäme. Doch hierzu musste er sich jetzt erst einmal etwas einfallen lassen. Geistesgegenwärtig zog er den Kaiser mit sich nach unten zwischen die Bänke und presste ihm seine schweißnasse Handfläche auf den Mund. Das Portal knarrte und der Sonnenstrahl wich aus dem Kirchenschiff. Marcus hörte nun Stiefelschritte, die langsam näher kamen. Er musste den Kerl ablenken! Vorsichtig krabbelte er zum Ende der Bank. Dabei deutete er dem Alten mit einer Handbewegung an, dass er unter der Bank bleiben sollte. Der Greis nickte ihm ängstlich dreinschauend zu.

Als Marcus am Ende der Bank angekommen war, sprang er polternd ins rechte Seitenschiff und lief nach vorne. Dabei blickte er sich kurz um und sah im Augenwinkel den Einäugigen, der am Beginn des Mittelganges stehen geblieben war. Hoffentlich würde er jetzt nicht den Mittelgang hinauflaufen und ausgerechnet in die Bankreihe blicken, in der der angebliche Kaiser kauerte. Doch der Edelmann zwängte sich durch die Bank, auf deren Höhe er stand, als er Markus bemerkt hatte. Er war jetzt ebenfalls im rechten Seitenschiff angekommen und nahm die Verfolgung des Jungen auf. Häufig war der Blonde noch nicht im Münster gewesen, doch er wusste, dass am vorderen Ende des Seitenschiffs eine Treppe zur Empore hinaufführte. Vielleicht konnte er über die Empore auf die andere Seite des Kirchenschiffs gelangen und über diesen Irrweg seinem Häscher entkommen. In jedem Fall würde er ihn auf diese Weise von Tile weg, auf die linke Seite des Gotteshauses locken. Vor Aufregung keuchend hastete er die Steinstufen hinauf zur Empore. Gerade als er die letzte Stufe erreicht hatte, blieb er mit der Fußspitze an der Kante des obersten Steins hängen, strauchelte und schlug hart auf dem Boden auf. Seine Knie brannten wie Feuer, als habe man sie mit heißem Öl übergossen. Auch sein linkes Handgelenk schmerzte, doch er durfte keine Zeit verlieren. Marcus hörte hinter sich, dass jetzt auch der Edelmann die Treppe erreicht hatte. Eilig rappelte sich der Junge auf und lief weiter. Doch es ging nicht mehr so schnell, wie er es sich wünschte. Sein Knöchel hatte wohl bei dem Sturz etwas abbekommen, und so zog er den Fuß leicht humpelnd hinter sich her. Der Einäugige kam näher und näher. Marcus hörte seinen Atem bereits hinter sich, und nur den Bruchteil einer Sekunde später wurde er wie ein Sack Mehl zu Boden gerissen. Der Kerl hatte ihn erwischt. Marcus spürte wie in Trance, dass er herumgerissen wurde und nun mit den Schultern auf dem kalten Stein lag. Über sich sah er die entstellte Fratze des Mörders. Sein Auge starrte ihn mit satanischem Blick an. Der Junge spürte, wie er nun wieder in die Höhe gerissen wurde. Was für ein Katz- und-Maus-Spiel würde jetzt beginnen? Würde der Einäugige ihn nun noch eine Zeitlang quälen, bevor er seinen Mordplan ausführte?

Marcus fühlte plötzlich eine innerliche Müdigkeit. Er wünschte sich beinahe, dass sein erbärmliches Leben zu Ende gehen würde. Er hatte keine Kraft mehr. Seine Gedanken wanderten zu dem alten Mann, der unten zwischen den Bänken kauerte. Das Letzte, das er sich jetzt wünschte, war, dass sein Ablenkungsmanöver nicht umsonst gewesen sein sollte und Tile sich in Sicherheit gebracht hatte.

Krachend schlug er jetzt mit der Wirbelsäule gegen die Oberkante der Brüstung. Der Edelmann hatte ihn mit einer Pranke an der Gurgel gepackt und donnerte ihm seine Faust auf das Nasenbein, das augenblicklich brach. Scheinbar würde der Mann nun sein Gefühl des Zorns an ihm austoben. Seinen Zorn darüber, dass Marcus, ein kleiner Dieb, ihn an einer ruhigen Ausübung seines ›Werks‹ gehindert hatte. Bei diesen Gedanken versagten die Beine des Blonden ihren Dienst und er sackte zu Boden. Als ihn der nächste Schlag des Mannes traf, schlug er unweigerlich mit dem Hinterkopf gegen die niedrige Steinbrüstung und es wurde um ihn herum schlagartig dunkel.

Der Edelmann packte den reglosen Körper am Ausschnitt seines verschlissenen Kittels und zog ihn, an der Brüstung schleifend, hoch. Dabei fiel der Blick des Mannes hinunter ins Kirchenschiff. Was war das? Hockte da zwischen den Bänken der alte Mann, dem sein eigentlicher Mordauftrag galt? Trotz des spärlichen Kerzenlichtes, das von den gusseisernen Lüstern hinunter schien, gab es keinen Zweifel. Dort unten versteckte sich Tile Kolup wie ein Wurm vor der hungrigen Drossel. Der Einäugige ließ von dem Blonden ab und schlich in Richtung Treppe. Das blutende Kerlchen schien eh mehr tot als lebendig zu sein.

Kein Laut durfte ihn jetzt verraten, denn er konnte nicht sicher sein, dass er den Greis rechtzeitig erreichen würde, falls dieser seine Absicht frühzeitig durchschaute. Der Kerl durfte auf keinen Fall Gelegenheit haben, die Stadtwachen zu alarmieren. Gewiss, gegen eine geringe Bezahlung hatten sie den Attentäter in das Münster gelassen, doch auch nur, weil es ihm gelungen war, ihnen weiszumachen, er habe eine dringende Nachricht für den Kaiser, deren Überbringung keinen Aufschub duldete. Wenn der Alte jedoch um Hilfe rufen würde, so würden sie ihn bereits einen Wimpernschlag später erbarmungslos ergreifen und es wäre für jegliche Ausrede zu spät.

So ging er vorsichtig Stufe um Stufe hinunter, bis er im unteren Seitenschiff angekommen war. Das Leder seiner schweren Stiefel knarrte verräterisch. Doch in diesem Moment erklang Glockengeläut, das jede weitere Vorsicht überflüssig machte. Die 12. Stunde hatte begonnen und mit ihr das Angelus zur Mittagszeit.

Rasch eilte er zu den Bänken, zwischen denen er den Alten von der Empore aus gesehen hatte. Irgendwo hier musste sich der Kerl versteckt halten. Langsam arbeitete sich der Edelmann Bank um Bank voran, bis er plötzlich vor dem knienden Kaiser stand. Der Greis starrte ihn mit weit aufgerissenen Augen an. Zur Überraschung des Attentäters versuchte der Alte jedoch nicht zu fliehen, sondern stürzte sich mit dem Mut panischer Verzweiflung auf den Edelmann. Dieser ließ sich jedoch in keiner Weise von dem schier aussichtslosen Angriff irritieren und versetzte dem vermeintlichen Kaiser einen mächtigen Schlag. Der Greis fiel, von der Wucht getroffen, rücklings in die Bank. Mit einem übermächtigen Gefühl der Siegessicherheit beugte sich der Barettträger über ihn und schlang seine starken Hände um den faltigen Hals des Alten. Zu lange hatte er auf diesen Augenblick gewartet. Er dachte an den Preis, den er zwischenzeitlich bezahlt hatte: das Leben seines treuen Weggefährten, der ihm einst das Leben gerettet hatte. Der Hass, den er jetzt verspürte, machte aus dem, was er nun vollenden würde, mehr als nur einen ›normalen‹ Auftrag. Zu sehr wollte er diesen Augenblick der Vollendung genießen, als dass er den greisen Hochstapler nun einfach mit einem einzigen Dolchstich erledigen würde. Er würde ihn langsam und genüsslich sterben lassen.

»Da seid Ihr ja wieder«, rief der pausbäckige Bauer. »Wo habt Ihr denn Euren Karren mit dem Ziegenkäse gelassen?« Wie sollte er dem Mann erklären, was in der Zwischenzeit geschehen war, seit er den *Marckt* verlassen hatte?, fragte sich Gernot Thelen. »Ach, mein Karren«, er stockte, um Zeit zu gewinnen, eine Antwort auf diese durchaus berechtigte Frage zu finden. »Äh, der Gastwirt, der vor etwa einer Stunde an meinen Stand gekommen ist, hat mir meinen Käse samt Karren abgekauft. So brauche ich heute Abend nur die süße Last der klingenden Münzen nach Hause tragen.«

»Berthold Janssen? Ihr wollt sagen, der Wirt vom ›Schwarzen Krug‹ hat Eure gesamten Vorräte aufgekauft?«, mischte sich jetzt der andere Händler ein. »Ja, so ist es«, antwortete der Ziegenhirte zögerlich. War die Notlüge doch nicht so glaubwürdig gewesen, wie er gedacht hatte? »Hm.« Der Mann wirkte nachdenklich. »Na, dann muss ich wohl heut Abend in die Schenke gehen, um dort Eure Ware zu kosten. Sah wirklich schmackhaft aus.« Gernot war sich in diesem Moment nicht sicher, ob das Kompliment für seinen Käse ernst gemeint war oder ob der Mann nur einen plausiblen Grund für seine Frau gesucht hatte, um des Abends noch ein paar feine Krüge Bier im Gasthaus zu sich zu nehmen. »Aber sagt«, führte Gernot das Gespräch weiter, »habt Ihr hier vielleicht einen blonden Jungen gesehen?«

»Ihr meint einen, der etwa so groß ist?«, fragte der Bauer, der sich wieder in das Gespräch einschaltete und seine Hand hoch in die Luft streckte. Nein, so groß war Marcus nun wirklich nicht. Enttäuschung machte sich in Gernot breit. »Hört nicht auf meinen Mann!«, warf nun die Bauersfrau ein. »Er neigt gern zu Übertreibungen. Das Bürschchen war vielleicht gerade mal so groß.« Auch sie streckte nun ihren Arm aus, hielt ihn aber bestimmt eine gute Elle tiefer als ihr Mann, der sich beleidigt wegdrehte. »Wenn Ihr den meint, der war tatsächlich hier. Er hat sogar nach Eurem Stand gefragt«, erzählte die Bauersfrau jetzt nicht ohne Stolz, ihm weiterhelfen zu können. Vielleicht würde ja auch eine kleine Belohnung herausspringen. Der Ziegenhirte hatte gerade eben noch ein mehr als gutes Geschäft gemacht. Doch daraus schien nichts zu werden. Eilig hakte der Ziegenhirte nach: »Und wisst Ihr auch, wo er danach hingegangen ist?«

»Aber sicher, er wollte zu dem Gasthaus des Wirts, von dem der Kerl dort gesprochen hat.« Mit einer abfälligen Handbewegung deutete sie auf den anderen Händler und setzte eine Miene auf, die ihre Einstellung zu Gasthausgängern überdeutlich machte. »Da irrt Ihr, gute Frau!«, wandte der Bauer ein, der sich erneut in das Gespräch einmischte. »Er wollte es zwar, aber ich glaube nicht, dass er letztlich diese Richtung eingeschlagen hat.« Er zog eine Schnute wie ein beleidigtes Kind, das gebeten werden wollte, zum Spielen zurückzukehren. »So gebt mir doch bitte Auskunft, werter Mann«, flehte Thelen ihn an, dem der Sinn nun so gar nicht nach Animositäten stand. Der Mann ließ sich erweichen und berichtete, was er beobachtet hatte. »Der Junge hat die Flucht in die andere Richtung ergriffen, als ein finsterer Kerl versuchte, sich an seine Fersen zu heften und wie von der Tarantel gestochen mitten durch die Marktstände polterte.« Nachdem Gernot bei den Worten des Bauern zuerst die schlimmsten Befürchtungen gekommen waren, hatte die Formulierung jedoch wiederum Hoffnung in ihm keimen lassen. »Versucht?«, fragte er nun nach. »Ja, einige Bauern haben ihn aufgehalten, da er ihnen das ganze Gemüse zertrampelt hat.« Da war sie wieder seine Lust zur Übertreibung. »Ich glaube aber, dass der Mann dem Blonden dann doch noch gefolgt ist.«

»Habt Dank für die Auskunft«, entgegnete Gernot rasch. Er wusste, dass er keinen Augenblick mehr verlieren durfte und sich schnellstens mit den anderen am Münster treffen musste. Sie würden dort gewiss schon auf ihn warten. Schließlich läuteten die Glocken von St. Quirin bereits zur 12. Stunde.

18

Glockengeläut! War es wirklich Glockengeläut eines irdischen Kirchenhauses, das an sein Ohr drang? Oder befand er sich bereits in himmlischen Sphären? Himmelreich? Nein, dahin würde er bei seinem Lebenswandel sicher nicht gelangt sein, dachte Marcus, der langsam seine Augen öffnete. Das Blut war ihm an der Nasenwurzel herabgelaufen und hatte seine Wimpern verklebt. Sein Schädel brummte, und so brauchte er einige Sekunden, um sich zu orientieren. Er blickte hinauf zu dem oberen Ende einer der Doppelsäulen, die das Gewölbe der Empore stützten. Der gebrechliche Pilger, der dort in den Stein des Kapitells gehauen war, schien ihm aufmunternd zuzuzwinkern. Mühsam zog er sich mit der unverletzten Hand an der Kante der Brüstung hoch und schaute hinunter in das Kirchenschiff – direkt auf den Einäugigen, der über dem Körper seines Opfers kniete. Gott, hilf! Der Kerl hatte Tile zwischenzeitlich entdeckt, durchfuhr es Marcus. Was konnte er nun noch dagegen tun, dass der Einäugige sein grausames Werk zu Ende führen würde? Hinunterlaufen, um ihn mit seinen eigenen, schwachen Händen daran zu hindern? Wahrlich nicht. Hatte er es schon nicht geschafft sich zu wehren, als noch die meisten seiner Knochen heil gewesen waren, so würde es ihm im jetzigen Zustand erst recht nicht gelingen. Aber er musste doch etwas tun! Er konnte doch nicht von hier oben ruhig zuschauen und nur sein eigenes, verdammtes Leben retten wollen!

Erst jetzt fiel der Blick des Blonden auf eine gewaltige Engelsstatue, die direkt neben ihm auf der Brüstung stand und von hier aus einen dunklen Statten auf den Rücken des feigen Angreifers warf. Mit sanftem Blick schaute das steinerne Gesicht zu ihm herüber. Der Engel hatte welliges, langes Haar, beinahe wie das, welches Marcus' Gesicht umspielte. Doch für solch schöngeistige Gedanken war nun wirklich nicht die Zeit.

Er versuchte den Engel vom Fleck zu bewegen. Doch bei der ersten Belastung seines linken Handgelenks schrie er beinahe vor Schmerzen auf. Der Junge biss sich auf die Lippen, um einen Schrei zu unterdrücken, und spürte den salzigen Geschmack seines angetrockneten Blutes auf den Lippen. Er stöhnte leise auf. Der Mörder durfte auf keinen Fall entdecken, dass er noch am Leben war, denn dies hätte sein sicheres Todesurteil bedeutet.

Verzweifelt stemmte er sich mit seiner Schulter gegen das kühle Gestein. Die Figur bewegte sich tatsächlich vom Fleck. Die immer noch läutenden Glocken des Münsters übertönten das schleifende Geräusch des Steinsockels. Rasch warf Marcus einen flüchtigen Blick über die breite Steinmauer nach unten. Der Mann kniete immer noch über dem Körper des Alten. Das Röcheln des Kaisers klang bereits bis zur Empore hinauf. Der Mörder schien das ungleiche Spiel zu genießen und ließ immer wieder Luft in die Lungen seines Opfers strömen, um im nächsten Moment den Druck seiner Hände wieder zu verstärken. Doch wie lange würde dieses Katz-und-Maus-Spiel noch weiter gehen?

Hastig presste Marcus nun wieder sein ganzes Gewicht gegen die Statue. Das Angelusläuten hielt weiter an, ja es schien sogar noch lauter zu werden, als wolle jemand da oben den Jungen vor der unliebsamen Entdeckung schützen. Die Sekunden kamen ihm wie eine Ewigkeit vor. Jetzt hätte er die ungestüme Kraft brauchen können, die er an Jonas immer so bewundert hatte. Sein Freund war eindeutig der Stärkere von ihnen gewesen und stets derjenige, der zum Einsatz kam, wenn rohe Gewalt erforderlich war. Aber nun kam es auf Marcus an.

Zentimeter um Zentimeter schob er die Statue voran. Nur noch ein kleines Stück und die Figur würde über die Brüstung fallen. In diesem Moment verstummte das Läuten der Glocken.

Aufgeschreckt durch den Klang der mahlenden Steine drehte sich der Mörder ruckartig um. Benommen vom Mordrausch, der in seinen Gedanken tobte, schien er nicht sofort ausmachen zu können, woher das Geräusch kam. Jedoch schon im nächsten Augenblick erfasste er die Situation und schaute hinauf zur Empore. Sein Blick traf den des Jungen. Beide Blicke zeigten eisige Entschlossenheit. Doch der Ausdruck von Mordlust im Antlitz des Mannes wich starrem Entsetzen – und ein tosender Knall zerriss die Stille des Gotteshauses. Die Engelsfigur war in die Tiefe gestürzt. Der behauene Steinklotz hatte sein Ziel nicht verfehlt, und so lag der Einäugige nun da, begraben von den zerbrochenen Teilen des steinernen Engels. Doch auch der ›Kaiser‹ schien sich nicht mehr zu rühren. Hatte er mit seinem Versuch, den Tod des Greises zu verhindern, denselben unbeabsichtigt herbeigeführt? So schnell es seine Verletzungen zuließen, stürzte Marcus die Treppe der Empore hinab.

Im gleichen Moment wurden die beiden Türen des Eingangs polternd aufgestoßen und zwei Männer stürzten in das Mittelschiff. Doch Marcus ließ sich nicht beirren und humpelte zu den am Boden Liegenden hinüber.

Gerade als er sich zu Tile hinunterbeugte, ergriffen ihn die beiden Soldaten, die vor dem Portal Wache gehalten hatten. Der Lärm hatte sie offensichtlich alarmiert. Der eine zog bereits einen Langdolch, als ihn ein Ruf aufschrecken ließ. »Haltet ein, der Junge hat nichts Unrechtes getan!« Pater Norbert lief mit Gernot und Janssen zum Portal hinein. Erschrocken hielt der Soldat inne, und im Nu waren die drei bei ihnen angekommen. »Lasst uns erst nach dem Kaiser sehen, bevor ihr etwas Unbedachtes tut«, befahl Berthold und schob die Bruchstücke des Engels und den Körper des Edelmannes zur Seite. Zu perplex waren die beiden Wachen, als dass sie ihn daran hindern konnten oder wollten. Der eine Gardist hielt Marcus immer noch fest in seinem Griff.

Im blassen Licht sah der Junge nun mit frohem Herzen, dass Tile Kolup langsam die Augen aufschlug. »Mein Schutzengel«, sprach dieser kaum hörbar und zeigte mit zittrigem Finger auf Marcus. Augenblicklich ließ der Wachposten den Blonden los. Behutsam half Janssen dem ›Kaiser‹ auf die Beine, während Gernot sich dem Einäugigen zuwandte. Der Mörder war tot. Daran gab es keinen Zweifel. Sein Schädel war beinahe bis zur Unkenntlichkeit zerschmettert. Die Engelsstatue musste ihn mitten ins Gesicht getroffen haben.

Im nächsten Augenblick drängten Schaulustige zum unbewachten Portal herein. Sie hatten beobachtet, wie die Wachen nach einem Knall, der weit über den Platz zu hören gewesen war, ins Münster gestürmt waren. Anfangs hatten sie sich jedoch nicht hineingetraut, sondern scharten sich nur neugierig um den Eingang. Doch nachdem sich drei weitere Gestalten an ihnen vorbeigedrängt hatten, hielt die Menge nichts mehr zurück. »Kümmert Euch um die Majestät«, wies einer der Wachen den Wirt an und machte sich mit seinem Kameraden daran, den Mob zurück auf den Platz zu drängen.

Von Janssen und Pater Norbert gestützt schleppte sich der ›Kaiser‹ in Richtung Ausgang. Marcus schloss jetzt den Ziegenhirten fest in die Arme. Als er den Dürren an sich drückte, fühlten sich seine Knochen an, als seien sie allesamt gebrochen. »Ich hoffe, jetzt wird alles gut, Gernot«, sagte er leise. »Aber es ist doch alles gut, mein Junge«, antwortete der Ziegenhirte mit fragendem Unterton und strich dem Blonden über das lange Haar. »Nein, Gernot. Noch nicht alles.« Marcus sagte es mit müder Stimme.

Marcus hatte sich von den Ereignissen bereits ein wenig erholt, als er am Abend mit Gernot, Pater Norbert und Janssen vor den Kaiser trat. Auch wenn er sich seit ihrem Treffen im Münster sicher war, dass es nicht der echte Kaiser war, so wirkte die Erscheinung des alten Mannes auf ihn immer noch majestätisch. Nur das ganze Drumherum hier im ›Goldenen Horn‹ kam ihm jetzt lächerlich vor.

»Ihr vier tapferen Bürger von Neuss«, sprach Tile, »seid Euch des ewigen Dankes Eures Kaisers versichert. Ihr habt das Leben Eures rechtmäßigen Regenten des Heiligen Römischen Reiches gerettet und dabei das Eure beinahe verloren.« Rechtmäßig? Marcus musste innerlich grinsen, ließ sich jedoch nichts anmerken. »So sagt mir, wie ich Euch danken kann? Euer Wunsch möge mir Befehl sein.«

Gernot dachte spontan an seinen Ziegenhof. Etwas prachtvoller könnte der schon sein. Doch das Wichtigste war ihm eigentlich nur, dass er dort bald wieder sein und diesen ganzen Trubel hier in der Stadt hinter sich lassen konnte.

Berthold dachte an seine Schenke, die ebenfalls eine monetäre Zuwendung gebrauchen konnte. Doch sein größter Wunsch war ihm in den letzten Stunden bereits erfüllt worden – der Wunsch, dass Marcus unbeschadet aus der Sache herauskommen würde. Wenn auch nicht ganz unbeschadet, so war er doch lebendig. Der Knöchel würde noch viel schneller als das Handgelenk verheilen und eine gebrochene Nase hatte noch Keinem ernsthaft geschadet. Sie ließ Marcus' Züge nicht mehr so kindlich wirken.

Pater Norbert war zuerst kein Wunsch eingefallen, doch dann musste er an seinen Abt denken. Das würde ein herrliches Donnerwetter geben, denn Norberts Gang zum Markt war alles andere als kurz ausgefallen. Das Oberhaupt der Glaubensgemeinschaft würde ihn ein für alle Mal aus dem Oberkloster werfen. Es sei denn, der Kaiser ...

Marcus wusste sofort, welcher Wunsch ihm in diesem Moment besonders am Herzen lag. Ja, es war sogar sein einziger Wunsch. »Verzeiht, Euer Majestät«, begann er jetzt zögerlich. »Mein Wunsch, den ich Euch nur zu gerne nennen möchte, ist nicht für jedermanns Ohren geeignet.« Ein Raunen ging durch den Saal. »Ich bitte Euch inständig, alleine mit Euch, das heißt nur im Beisein meiner Freunde, sprechen zu dürfen.« Auch die Letzten im Saal, setzten nun zu einem Raunen an. »So sei es«, sagte Kolup, und um die Worte zu unterstreichen, wedelte er mit einer majestätischen Handbewegung durch die Luft. Die Wachen und Diener folgten leise murrend seiner Anweisung. Nach einer gesonderten Aufforderung verließen auch die Bürgermeister und das Gastwirtpaar den Raum.

Marcus ging näher zu dem hohen Stuhl, auf dem der Alte saß. Schließlich wollte er sicher sein, dass niemand seine Worte hörte. »In Wahrheit sind es zwei Bitten, die ich an Euch richten möchte«, begann er etwas verlegen. Der ›Kaiser‹ schien sichtlich irritiert, doch dann nickte er zustimmend. »Zum einen wünsch ich Gewissheit.« Die drei Männer schauten ihren jungen Freund verständnislos an, doch der Alte schien zu wissen, was Marcus damit meinte. »Gewissheit in der Frage, ob Ihr der wahre Kaiser seid oder ob Euer Name nicht doch Tile Kolup ist.« Der Junge redet sich noch um Kopf und Kragen, dachte Pater Norbert, der sich bei diesen Worten ernstliche Sorgen machte. »Ihr habt recht«, entgegnete der Mann, den die anderen bis zu diesem Moment noch zweifelsfrei für den echten Friedrich gehalten hatten. »Mein Name ist in der Tat so, wie Ihr sagt.« Er schien keinesfalls verärgert über die Enttarnung und fügte hinzu: »Ich darf mir aber doch Eurer Loyalität und Eurem Stillschweigen gewiss sein, oder?« Marcus nickte zustimmend. »Vorausgesetzt«, der Blonde hielt inne. War er wirklich in der Position, Forderungen zu stellen? Was war nur aus ihm geworden? Aus ihm, dem kleinen, verschüchterten Waisen, dem Jonas erst einmal die Regeln eines harten Lebens beibringen musste. »Vorausgesetzt«, fuhr er nun fort, »Ihr verlasst die Stadt!« Alle vier Männer starrten ihn nun ungläubig mit offenem Mund an. Hatte er den Bogen überspannt?

»Versteht mich nicht falsch«, fuhr Marcus fort, »Ich mache mir Sorgen um Eure Sicherheit. Ob Ihr nun der Kaiser seid oder nicht. Der Auftraggeber des feigen Mörders ist immer noch auf freiem Fuß und wird seine Pläne nicht verwerfen, so lange Ihr, Tile, die Rolle des Kaisers erfolgreich weiterspielt.« Der Junge hatte recht. Bei diesem Gedanken durchfuhr Tile Kolup eine Todesangst. Doch wie sollte er aus dieser Situation herauskommen? Wie die Stadt ohne Aufsehen verlassen? »Ihr könntet einen Reichstag im fernen Frankfurt einberufen«, schlug Marcus vor, der sich die Einzelheiten offensichtlich schon genau überlegt hatte. »Ihr würdet Neuss erhobenen Hauptes verlassen und könntet auf dem Weg ins Hessische unbemerkt untertauchen.« Der Plan schien schlüssig. Tile kratzte sich nachdenklich am Kinn. Würde der ›Kaiser‹ zustimmen? Die Stille schien endlos.

»Ihr habt mich überzeugt«, sprach Kolup jetzt wieder mit majestätischem Tonfall. »Gebt mir nur noch ein wenig Zeit, damit ich meine Abreise vorbereiten kann und niemand mein plötzliches Verlassen der Stadt mit unserem vertraulichen Gespräch in Verbindung bringt. Ich muss zuvor den Fürsten und Landesherren die entsprechenden

Depeschen zukommen lassen. Ein Reichstag ohne Einladungen erscheint mir zu auffällig.« Er zwinkerte dem Jungen zu und grinste dabei. Marcus war zufrieden. Es war ihm wohl erneut gelungen, den alten Mann zu retten.

19

In den nächsten Tagen war der Kaiser für niemanden zu sprechen. Der Kammerdiener der Majestät wusste lediglich zu berichten, dass der hohe Herr nach einer Menge Pergament, Federkielen und Tinte verlangt hatte und sich nur noch in seiner Privatkammer aufhielt. Selbst er dürfe nur eintreten, um dem Kaiser Speisen oder eine Kanne Wein zu bringen.

Schon rankten sich die wildesten Gerüchte um das merkwürdige Verhalten, als der Kaiser die Bürgermeister in den Saal des Gasthauses rufen ließ. Beide Herren eilten herbei und trafen den Kaiser in gewohnter Manier an. ›Friedrich‹ saß wieder auf seinem zum Thron umfunktionierten Stuhl im großen Saal des ›Goldenen Horns‹. Auf einer Truhe neben ihm lag ein Stapel versiegelter Pergamente. »Nun, verehrte Herren Bürgermeister, wir haben Euch rufen lassen, damit Ihr und die Stadt Neuss uns einen letzten Dienst erweisen könnt.«

»Einen letzten?«, platzte der erschrockene Schulten heraus und biss sich im gleichen Moment auf die Lippe. Von Hohenberg stieß seinem Amtskollegen mit einem kurzen Ruck in die Seite. »Ja, einen letzten Dienst. Zumindest vorerst. Ich werde mich nach Frankfurt begeben und die Führer unseres Reiches zu einem Reichstag einladen. Und Ihr sollt mir dabei behilflich sein.« Die Bürgermeister staunten nicht schlecht und überlegten im gleichen Augenblick, was der Abschied für sie und die Stadt bedeuten würde. Die Steuern würden mit diesem Tage wieder fällig, und die Stadt würde sich schlagartig leeren. Um das lichtscheue Gesindel, das der Aufenthalt des Kaisers und seiner Besucher angezogen hatte, war es nicht schade. Das Ausbleiben der reichen Gäste hingegen würde den Handel, der auch zu vollen Stadtkassen beigetragen hatte, erheblich schwächen. Doch sie mussten einsehen, dass sie gegen den Entschluss Ihrer Majestät wohl nichts unternehmen konnten. Darüber hinaus wollten sie sich beide auch nicht nachsagen lassen, dass sie einem Treffen der höchsten Fürsten zum Wohl des ganzen Reiches im Wege gestanden hätten.

»Wir, die gesamte Bürgerschaft der Stadt Neuss und meine bescheidene Person, stehen Euch jederzeit zur Verfügung, Majestät. Sagt uns, wie wir Euch bei Euren Vorbereitungen zur Seite stehen können, und wir werden es ohne Zögern tun.« Bei diesen Worten verneigte sich von Hohenberg und überspielte seine Verärgerung über die anstehende Abreise mit einer devoten Miene. »Schickt die besten der berittenen Boten zu mir, die Euch zur Verfügung stehen. Es gilt, diese Depeschen«, der ›Kaiser‹ deutete auf den Stapel der Pergamente, »im ganzen Land zu verteilen. Es bleibt jedoch nur wenig Zeit, da der Reichstag bereits im nächsten Monat stattfinden wird.« ›Friedrich‹ gab den Stadtoberhäuptern zu verstehen, dass sie sich jetzt entfernen mögen, und so verließen sie das Gasthaus.

Zu dumm! Nicht nur, dass der Kaiser abreisen und somit die wichtigen Geldquellen versiegen würden, jetzt entstünden der Stadt auch noch zu guter Letzt erneute Kosten für die Boten. Warum hatte von Hohenberg auch nur so großzügig ihre Hilfe anbieten müssen, dachte Schulten. Und im Zusammenhang mit einem solch wichtigen Treffen erschien es ihm auch nicht angebracht, billige Handlanger auf die Reise zu schicken, die auf ihrem Weg bummelten. Was das nur wieder kosten würde!

»Lang lebe der Kaiser, lang lebe der Kaiser!« Die ganze Stadt war trotz des heftigen Regens auf den Beinen. Es schien, als sei nicht nur den Neussern zum Weinen zumute, nein, auch der Himmel vergoss seine Tränen.

Janssen und Marcus waren sofort zum Obertor gelaufen, als sich die Kunde verbreitet hatte, der ›Kaiser‹ würde am heutigen Tage die Stadt verlassen. Seitdem war bereits eine knappe Stunde des Wartens vergangen.

Sie waren bereits bis auf die Haut durchnässt, als der majestätische Zug nun die *Aber Strais* hinunter kam. Einige Berittene, die die Kutsche bis hinter die Kölner Grenzen begleiten sollten, erreichten nun das Obertor. Auf dem Waffenrock, den sie über ihrem schweren Kettenhemd trugen, prangte ein weißes Kreuz auf rotem Schild, dem altehrwürdigen Wappen der Stadt Neuss. Auch die Topfhelme waren mit rot-weißen Federn verziert. Als die Reiter nun die Pforte passierten, gelangte die Kutsche des ›Kaisers‹ auf die Höhe der *Moelen Gaß*. Die roten Samtvorhänge, die vor den kleinen Fenstern der Kutsche hingen, wurden in diesem Augenblick geöffnet und der ›Kaiser‹ schaute wie zufällig zu Janssen und Marcus herüber. Die beiden glaubten auf seinem Gesicht einen Ausdruck der Dankbarkeit zu erkennen. Als sich nun ihre Blicke trafen, röteten sich die Augen des Trios beinahe zeitgleich. Bereits wenige Momente später fuhr die Kutsche durch das Obertor und der ›Kaiser‹ hatte die Stadt Neuss für immer verlassen.

Janssen fragte sich, ob Tile Kolup sein Versprechen wahr machen und die Reise nutzen würde, um sich abzusetzen? Ihm war aufgefallen, dass der Greis das Aufsehen um seine Person unverändert genoss. Für Marcus stand dies außer Zweifel. Schließlich war es ein Versprechen gewesen.

»Ich bin froh, dass er sich nun in Sicherheit bringt. Ich mag den Alten«, sagte der Junge und lehnte seinen Kopf ein wenig an die Brust des Wirts. Stumm strich Janssen über das blonde Haar. Es gab keinen Grund, Marcus zu beunruhigen.

Der Zug war lange am Horizont verschwunden, als sich der Menschenauflauf endgültig auflöste. Jetzt würde der triste Alltag in der Stadt wieder einkehren, und jeder schlenderte zurück an sein Tagewerk. Auch die Bürgermeister schlenderten lustlos in Richtung Rathaus. »Seid mir gegrüßt, verehrte Herren Bürgermeister!«, schallte eine schrille Stimme über die *Aber Strais*. Oh, Gott! Edelgard Rutzen, die Gastwirtsfrau vom ›Goldenen Horn‹. Die hatte ihnen heute an diesem freudlosen Tag gerade noch gefehlt. Wohl wissend, was auf sie zukommen würde, sahen sie, wie die Frau sich nun aufgeregt durch den Menschenstrom drängte und zu ihnen eilte. Es gab wohl kein Entrinnen. »Gut, dass ich Euch hier antreffe. Mein Gatte und ich sind froh, dass wir nun Eurem Wunsch nachkommen können.«

Ihrem Wunsch? Schulten konnte sich nicht erinnern, dass sie ihr gegenüber jemals einen Wunsch geäußert hätten. Die Frau erkannte die Ratlosigkeit der Stadtoberhäupter und fügte rasch hinzu: »Ich meine, den Wunsch des Stadtrates nach einer detaillierten und vollständigen Aufstellung der Auslagen, die unser Haus durch die monatelange Beherbergung des Kaisers hatte. Wir verstehen natürlich, dass der Kämmerer nur so in der Lage ist, die Kosten zu ersetzen.«

»Die Kosten ersetzen?« Von Hohenberg herrschte die verdutzte Frau an, die augenblicklich zusammenzuckte. »Ich kann mich noch sehr genau an den Tag erinnern, an dem der Kaiser hier bei uns eintraf«, fuhr der Bürgermeister der Schöffen fort. »Doch, dass wir Euch jemals zugesagt hätten, Kosten zu ersetzen, daran fehlt mir jegliche Erinnerung. Ihr und Euer nach Ruhm heischender Herr Gemahl ward es doch, die uns bedrängten, den Kaiser zum Wohle Eures Gasthauses bei Euch einzuquartieren! Und nun wollt Ihr nicht nur den Namen Eures Hauses durch den Aufenthalt des Kaisers aufpolieren, sondern auch noch reichlich Taler scheffeln? Ich glaube nicht, dass Ihr dies wirklich sagen wolltet! Ich wünsche Euch noch einen guten Tag!« Schulten stimmte den Ausführungen seines Amtskollegen mit einem energischen Kopfnicken zu. Dem gab es nichts hinzuzufügen. So ließen sie die verdutzte Frau stehen und gingen schnellen Schrittes weiter.

EPILOG

Mit jenem Tag im Mai des Jahres 1285 waren die Ereignisse um den ›Kaiser von Neuss‹ für die Bürgermeister und das übrige Volk der Stadt beendet.

Marcus fand bei Annehild und Berthold Janssen ein neues Zuhause im ›Schwarzen Krug‹. Die Wirtin hatte nach anfänglichem Zögern dem Vorschlag ihres Mannes zugestimmt und Marcus nach und nach in ihr Herz geschlossen. Nur noch selten schlug sie ihm gegenüber den strengen harschen Ton an, den der Junge aus früheren Tagen kannte, und so fühlte sich Marcus in seiner neuen Familie schon bald sehr wohl. Nur wenn er für den Wirt ein Fass aus dem Keller holen sollte, kam ihm die bittere Erinnerung an den Tod seines Freundes Jonas.

Pater Norbert verließ nach einiger Zeit das Oberkloster, da das strenge Klosterleben wohl doch nicht das Richtige für ihn gewesen war. Dennoch erhielt er sich seine Gottesfürchtigkeit und zog als frommer Prediger durch das Rheinland. Auf diese Weise konnte er ein gottgefälliges Leben führen, ohne jedoch auf die Eskapaden seiner Abenteuerlust verzichten zu müssen.

Gernot Thelen hingegen verbrachte seinen Lebensabend auf dem Ziegenhof vor den Toren der Stadt. Von Zeit zu Zeit kam er nach Neuss und nutzte die Gelegenheit, um den Jungen zu besuchen. Wehmütig erinnerte er sich immer wieder an die wenigen Monate, in denen sie in trauter Zweisamkeit auf dem Hof gelebt hatten. Doch die glücklichen Augen des Jungen, die ihn anstrahlten, wenn dieser über sein neues Leben sprach, trösteten ihn.

Der Gastwirt Rutzen betrachtete die entstandenen Kosten als Investition in seine Anwartschaft auf den Posten eines Amtmanns. Als jedoch die erwartete Wahl eines neuen Amtmanns vorüber war und er wiederum nicht Berücksichtigung gefunden hatte, gab er die Hoffnung auf. Dies war natürlich Wasser auf die Mühle der Wirtin, die die Entwicklung hatte kommen sehen und ihn ihren Unmut über den Verlust der Taler nahezu täglich spüren ließ.

ENDE

Nachwort

DEN ›FALSCHEN KAISER‹ Tile Kolup gab es tatsächlich.

Wie auch die Ereignisse in den rheinischen Städten Köln und Neuss lässt sich heute noch historisch belegen, dass er sein Possenspiel als Friedrich II. in der hessischen Stadt Wetzlar fortführte.

Ermutigt durch die angebliche Wiederkehr des Kaisers und den anstehenden Reichstag schlossen sich zu dieser Zeit einige Widersacher von König Rudolf von Habsburg zusammen. Allen voran die Reichsstädte Frankfurt und Friedberg sowie so manch kleinere mittelhessische Stadt. Der König erkannte mehr und mehr die Gefahr, die in diesem Zusammenspiel der Ereignisse von Kolup ausging, und rückte mit seinem Heer auf die Stadt Wetzlar vor.

Hatte der Rat der Stadt Neuss noch der Forderung Siegfrieds von Westerburg getrotzt, so beugten sich die Stadtväter Wetzlars angesichts der Belagerung durch König Rudolf I., nahmen Tile Kolup gefangen und lieferten ihn an ihren Herrscher aus.

Am 7. Juli 1285 wurde der ›falsche Kaiser‹ durch die Gerichtsbarkeit des Königs der Ketzerei für schuldig befunden. Tile Kolup fand am Tag darauf den Tod auf dem Scheiterhaufen vor den Toren der Stadt Wetzlar.

Während der Schmierige und der Edelmann ihr tödliches Ende fanden, blieb ihr Auftraggeber, der Legat des Erzbischofs, unentdeckt. Erzbischof Siegfried ahnte nicht, dass der Greis seinen Einfluss auf ihn im materiellen Sinne für sich selber nutzte. Ebenso blieben die skrupellosen Machenschaften im Verborgenen, mit denen der Legat versucht hatte, seine Machtposition zu sichern. So konnte der alte Wolf im Schafspelz sein Spiel unerkannt weiterführen. Dieses endete erst, als Erzbischof Siegfried seinerseits eine empfindliche Niederlage erlitt, von der er sich machtpolitisch nie wieder erholte. Den Anlass hierfür gab der Limburger Erbfolgestreit, der 1288 in der Schlacht bei Worringen gipfelte.

Als der Herzog Walram IV. von Limburg, ein Bruder von Adolf IV. von Berg, im Jahre 1280 ohne männlichen Nachkommen starb, erhielt seine Tochter Irmgard von Limburg das Lehen aus der Hand König Rudolfs. Im Jahre 1283 verstarb auch Irmgard und so entbrannte der Erbfolgestreit um das Herzogtum Limburg erneut. Siegfried von Westerburg beteiligte sich an diesem Streit ebenso wie die Häuser Geldern, Luxemburg und Brabant, und es kam 1288 zur entscheidenden Schlacht von Worringen, nördlich von Köln. Eine Schlacht, die bedeutsame Folgen nach sich zog.

Die Allianz um Siegfried verlor die Schlacht, an der sich auf gegnerischer Seite auch Kölner Bürger, mit dem einflussreichen Kaufmann Gerhard Overstolz an der Spitze, beteiligten. Hierdurch erlangte die Stadt Köln faktisch den Status einer freien Reichsstadt und galt fortan nicht mehr als Teil des Kurfürstentums.

Der Erzbischof geriet in Gefangenschaft, die er vornehmlich auf Schloss Burg verlebte und aus der er erst Jahre später, nach Zahlung erheblicher Reparationen an die Sieger, freikam.

Dem Leser, der nun mehr über die Person des ›Stupor Mundi‹ erfahren möchte und sich für eine weitere Variation zu den möglichen Ereignissen rund um den ›falschen Kaisers von Neuss‹ interessiert, lege ich die belletristische Biografie ›Wie ein Lamm unter Löwen‹ von Tilmann Röhrig ans Herz.

Wer wiederum auf unterhaltsame Weise mehr über das mittelalterliche Neuss erfahren möchte, dem empfehle ich mein Comic-Album ›Neuss im Mittelalter‹ (www.neuss-comics.de). Die im Rahmen der Recherche zu dem Comic erlangten Kenntnisse über den mittelalterlichen Alltag in meiner Wahlheimat waren mir natürlich beim Schreiben dieses Romans mehr als hilfreich und erübrigten jedes zusätzliche Studium der Lebensumstände. Eine Literaturliste zu dieser Thematik findet sich im Anhang des Comics.

GLOSSAR

Verzeichnis der fiktiven Charaktere

MARCUS *Ein 13-jähriger Waise, der sich in den Straßen des mittelalterlichen Neuss', an der Seite seines kaum älteren ›Lehrers‹ Jonas mit kleinen Diebereien am Leben hält.*

Sein weiches Äußeres, insbesondere das hellblonde lange Haar, erinnert an einen Engel. Immer wieder verleiht ihm der Mut der Verzweiflung ungeahnte Stärke und so wird er zum Helden der Geschichte.

JONAS *Dieser Profi unter den Taschendieben ist etwas älter als Marcus und lebt schon viele Jahre auf den Straßen der Stadt Neuss. Sein Äußeres ist gezeichnet von dem harten Waisenleben ohne Obdach. Heute würde man ihn als coolen Typen bezeichnen.*

Seine enge Verbundenheit und Loyalität zu seinem Schützling Marcus kosten ihn schließlich sein ärmliches Leben.

DER EDELMANN *Er ist der Kopf eines ungleichen Gespanns zweier Auftragsmörder. Der gepflegte Eindruck seines Äußeren wird nur durch ein fehlendes Auge getrübt. Dieses verlor er durch übertriebene Selbstsicherheit bei seinem zweiten Auftragsmord. Seither geht er besonnen und kühl zu Werke.*

DER SCHMIERIGE *Brutalität und ungepflegtes Äußeres charakterisieren den Partner des Edelmanns. Er verkörpert gewalttätige Dummheit und ist für die Drecksarbeit zuständig. Eben diese gewalttätige Dummheit ist es aber auch, die ihm zum Verhängnis wird und ihn zum Opfer seines skrupellosen Auftraggebers macht.*

Der Legat des Erzbischofs *Skrupellosigkeit ist es, die den Greis auszeichnet. Er missbraucht seine Position, um sie ausschließlich für seine persönlichen Vorteile zu nutzen. Um seine Macht zu schützen, scheut er nicht einmal davor zurück, die beiden Auftragsmörder in seine Dienste zu nehmen. Und dies offensichtlich nicht zum ersten Mal. Das Motiv für sein Handeln ist einzig und allein Machtgier.*

Berthold Janssen *Ein grober, aber warmherziger Typ, der eine Schenke betreibt. Der Wirt des ›Schwarzen Krugs‹ ist zwar nicht immer der Schnellste, wenn es ums Denken geht, doch er gleicht dies durch einen gewissen Pragmatismus aus. Er scheint die Straßenjungen wie seine eigenen Kinder zu lieben. Kinder, die er und seine Frau selbst nicht haben.*

Annehild Janssen *Sie ist die missmutige Frau des Wirts. Auch wenn sie mit den Straßenjungen rein gar nichts zu tun haben will, lässt sie Jonas' Tod nicht unberührt. Auf diese Weise passt sie schließlich doch zu ihrem Mann – raue Schale, weicher Kern.*

Gernot Thelen *Er wohnt auf seinem Ziegenhof draußen weit vor der Stadt. Da er bisher alleine gelebt hat, weiß er seine Gefühle nur unbeholfen auszudrücken. Er schließt Marcus in sein Herz und erfüllt ihm den Wunsch der Rückkehr nach Hause – auch wenn er ahnt, dass er den Jungen hierbei verlieren wird. Von Gestalt ist er ein hagerer, schlaksiger Mann, der sich jedoch zu behaupten weiß.*

PATER NORBERT *Ein junger Mönch, der nicht so recht zum Klosterleben passen will und die Auslegungslücken der Glaubensregeln nutzt. Er ist zwar ein heller, besonnener Kopf, doch auch er hat seine Reizpunkte, die ihn in Rage bringen können. Als er von der Gefahr erfährt, in der sich Marcus befindet, zögert er keinen Augenblick, Janssen und Thelen bei ihrer Suche nach dem Straßenjungen zu helfen. Dabei ist er getrieben von einer Mischung aus Nächstenliebe und Abenteuerlust.*

HANS UND EDELGARD RUTZEN *Während sich der Gastwirt des ›Goldenen Horns‹ in Eitelkeit verliert, sorgt sich seine Frau nur um die lieben Taler. Sein größter Wunsch ist es, in den Rat der Stadt einzuziehen, während sie versucht, die Geldtruhen zu füllen.*

DIE BÜRGERMEISTER *Im April des Jahres 1259 erließ der kurkölnische Landesfürst, Erzbischof Konrad von Hochstaden, eine neue Stadtverordnung für das rheinische Neuss. Hierin bestätigte er zwei bereits bestehende Gremien: das der Schöffen und das der Ratsherren, die von nun an ›Amtmänner‹ hießen. Die beiden Gruppen bildeten gemeinsam den Rat der Stadt. Während die Schöffen die Wahl eines neuen Mitgliedes ausschließlich in den eigenen Reihen durchführten und so unter ihresgleichen blieben, hatten die Bürger bei der Neubesetzung eines Amtmannpostens das Wahlrecht inne. Sowohl die Schöffen als auch die Amtmänner behielten ihr Amt auf Lebenszeit.*

Neben dem Rat der Stadt gab es den Schultheiß, der für den Landesfürsten die Einhaltung der Abgaben- und Dienstpflichten überwachte und den Rat kontrollierte. Eine Aufgabe, die später vom Vogt wahrgenommen wurde.

Die Schriftstücke aus dem späten 13. Jahrhundert sprechen im Zusammenhang mit den Gremien auch von mehreren Meister der Bürger, ohne die genaue Anzahl zu beziffern. Aufgrund einer Urkunde aus dem Jahre 1310, die belegt, dass es je einen Bürgermeister der Schöffen und einen der Amtmänner gab, lässt sich für die Handlung vermuten, dass dies auch in der zweiten Hälfte des 13. Jahrhunderts so gewesen sein könnte.

Auf der Kombination von Fakten und Vermutung basieren die beiden für den Roman entstandenen fiktiven Bürgermeister:

Der Bürgermeister der Schöffen

Quirin von Hohenberg *Nicht zuletzt aufgrund des Standes der Schöffen fühlt er sich als der einzig wahre Bürgermeister. Doch wenn er in Bedrängnis gerät, sei es durch die Forderung des Erzbischofs oder durch das penetrante Ansinnen der Gastwirtsgattin, nutzt er die doppelte Führungsspitze des Rates und schiebt die Verantwortung auf seinen Amtskollegen ab, den Bürgermeister der Amtmänner.*

Der Bürgermeister der Amtmänner

Johannes Schulten *Auch er nutzt die Möglichkeiten, die sich durch sein Amt und die Ratstruktur ergeben. So macht er sich das Wahlverfahren zunutze und hält sich auf der einen Seite die Gastwirtin mit Andeutungen und leeren*

Versprechungen vom Leibe. Auf der anderen Seite nimmt er die Annehmlichkeiten, die ihm der Gastwirt in seiner Hoffnung auf den Amtmannposten bietet, gerne an.

JAKOB *Als Kind wurde Jakob von seinem Vater an einen Kornhändler verscherbelt. Seine Hoffnungen nach dem Tod des ›reichen Dinkelsacks‹, wie er ihn betitelt, frei zu kommen, wurden umgehend zerstört, als ihn die Bürgermeister als Teil des Erbes einverleiben und als kostengünstige Lösung in den Dienst des Kaisers stellen. Getrieben von seiner Resignation begibt er sich in die Hände der Auftragsmörder und spioniert in deren Auftrag die Gemächer des hohen Herrn aus. Schließlich wird ihm diese Verbindung zum Verhängnis.*

DER HAGERE LANGE (= RAINALD GRUBENMUHL) *und*
DER MANN MIT DEM TEUFELSMAL (= SIMON KERKENDAHL)
Auf der Straße, die von der Stadt Neuss zum nahe gelegenen Oberkloster führt, treffen sich die beiden düsteren Gestalten. Was die beiden wirklich in der Gegend zu schaffen haben, bleibt unklar, doch die Neusser sind sich sicher, dass nur diese schwer bewaffneten Galgenvögel für den Raubmord am reichen Händler Hagenbroich nahe dem Schloss Hülchrath in Frage kommen.

Verzeichnis der historischen Personen

Tile Kolup (** unbekannt; † 7. Juli 1285 in Wetzlar)*

Kolup (in der Literatur auch unter dem Namen Dietrich Holzschuh bekannt) war ein einfacher alter Mann aus dem Volk, der sich in den Jahren 1284 und 1285 als Kaiser Friedrich II. ausgab. In dieser Funktion hielt er im rheinischen Neuss nachweislich Hof, nachdem sein Versuch, in dieser Rolle im nahe gelegenen Köln Fuß zu fassen, kläglich gescheitert war.

Auch wenn seine Motive im Verlauf des Kriminalromans nicht näher beleuchtet werden, so scheint er sein Spiel nicht aus Geld- oder Machtgier zu betreiben. Er will offensichtlich niemanden schaden, sondern das Leben eines Kaisers führen. Auch die Motive des wahren, historisch belegten ›Tile Kolup‹ sind bis heute unergründet, ebenso wie der Ursprung seiner präzisen Kenntnisse über Friedrich und den Adel, die es ihm ermöglichten, seine Posse durchzuführen. Einigen Vermutungen zufolge soll er zu Lebzeiten ein Diener des echten Kaiser Friedrichs II. gewesen sein.

Sein dritter Auftritt als rex Fridericus in der Stadt Wetzlar wurde ihm schließlich im Juli 1285 zum tödlichen Verhängnis.

Siegfried von Westerburg *(* unbekannt; † 7. April 1297 in Bonn)*

Siegfried wurde 1275 zum Erzbischof von Köln geweiht. Da sich die Stadt zu dieser Zeit im Kirchenbann befand, erfolgte die Zeremonie in Lyon. Nachdem er bereits häufig in politische Streitigkeiten verwickelt war (beispielsweise mit der Essener Stiftsäbtissin Bertha von Arnsberg), kam es durch seine Einmischung im limburgschen Erbfolgestreit im Sommer 1288 zur blutigen Schlacht von Worringen, nahe vor den Toren der Stadt Köln. Unter der Führung des Herzogs Johann I. von Brabant formierten sich seine Widersacher, unter ihnen auch die Kölner Bürgerschaft und Bauern aus Düsseldorf. Siegfried ging als großer Verlierer aus dieser Auseinandersetzung hervor und wurde rund ein Jahr lang auf Schloß Burg gefangen gehalten. Erst durch die Unterzeichnung des Sühnevertrages und die Lösegeldzahlung von 12.000 Mark kam er im Mai 1289 schwer erkrankt frei. Darüber hinaus verlor er die Herrschaft über die Bischofsstadt und musste seine Residenz ins benachbarte Bonn verlegen. Köln wurde zur Freien Reichsstadt mit Sitz und Stimme im Reichstag und Düsseldorf erhielt die Stadtrechte.

Bertha von Arnsberg *(* vermutlich 1217; † 8. Januar 1292 in Essen)*

Bertha von Arnsberg war rund 50 Jahre Äbtissin des bedeutenden Stifts zu Essen. Ihre Amtszeit war geprägt von der Auseinandersetzung mit dem Kölner Erzbischof Siegfried, der versuchte, über die Besetzung der Vogtstelle Einfluss auf die ertragreichen Ländereien des Stifts zu nehmen.

Graf Eberhard von Katzenelnbogen (** 13. März 1265 in Stuttgart; † 5. Juni 1325 in Stuttgart)*

Die Grafen von Katzenelnbogen waren zu jener Zeit ein angesehenes Geschlecht mit umfangreichen Besitzgütern in der Rheinebene. Eberhard I. diente insgesamt vier deutschen Königen als Berater, so auch König Rudolf von Habsburg.

Rudolf von Habsburg (** 1. Mai 1218 auf Schloss Limburg, Breisgau; † 15. Juli 1291 in Speyer)*

König des Heiligen Römischen Reichs. Er beendete das Interregnum und stärkte das Königtum gegen die starke politische Macht der Kurfürsten. Er bezwang auch seinen ärgsten Gegner, Ottokar II., König von Böhmen, und legte damit einen weiteren Grundstein für den Aufstieg der Habsburger.

Mittelalterliches Straßenverzeichnis (in alphabetischer Reihenfolge)

Die genannten Ziffern bezeichnen die Lage der Straßen und Gebäude auf der nachfolgenden Stadtansicht aus dem Jahre 1526 nach einem Kupferstich von Braun & Hogenberg. Die zwischenzeitlich zerstörten Bauwerke sind mit (X) gekennzeichnet.

Aber Strais (4)	*heutige Oberstraße*
Achter Hauen (8)	*heutiger Bereich Michaelstraße / Hamtorstraße*
Bongartsmoer (17)	*heutige Münsterstraße*
Claren Gass (6)	*heutige Klarissenstraße*
Freithoff (18)	*heutiger Münsterplatz (Platz vor dem Münster, nicht zu verwechseln mit dem heutigen Freithof, dem eigentlichen Kirchhof)*
Gasthauss Gass (7)	*heutige P.-W.-Kallenstraße*
Gebrante Gass (12)	*heutige Brandgasse*
Geim Gass (5)	*heutige Hymgasse*
Hantportz (11)	*Hamtor (Stadttor) (X)*
Klockhammer (16)	*heutiger Glockhammer*
Kremer Strais (19)	*spätere Kremer Gaß, heutige Krämerstraße*

Marckt (21)	*heutiger Marktplatz*
Moelen Gass (2)	*heutige Windmühlengasse*
Moeren Gass (3)	*spätere Lindensgasse, heute nicht mehr vorhanden, verlief südlich parallel zur heutigen Zollstraße zwischen Ober- und Mühlenstraße*
Neder Pfort (13)	*Niedertor (Stadttor) (X)*
Neder Strais (14)	*heutige Niederstraße*
Ober Pfortz (1)	*Obertor (einziges noch existentes Stadttor)*
Rhathauss (20)	*damaliges Rathaus (X)*
Rheinpfortz (15)	*Rheintor (Stadttor) (X)*
St. Quirinus Münster (23)	*St. Quirinus Münster*
Stoben Gass (9)	*auch Stuben- oder Badestubengasse, heutige Neustraße*
Unser lieber Frawen Capel (22)	*Marienkapelle am Markt, Gotteshaus und Versammlungsstätte der Bürger (X)*
Vinckenhoff (10)	*damalige hofähnliche Anlage nahe Hamtor*

Der Vollständigkeit halber seien hier auch die Straßen und Gebäude genannt, die zwar in diesem Roman keine Verwendung finden, aber auf dem Original der Stadtansicht bezeichnet sind.

ALTE SCHUTZENBAEN	*ehemalige Gasse entlang der Stadtbefestigung Bereich der heutigen Promenade zwischen Zollstraße und Höhe Einmündung Rottelsgasse i.d. Mühlenstraße*
AUFF DEM OUER	*hinterer Teil des heutigen Glockhammer in die heutige Batteriestraße mündend beziehungsweise parallel zu dieser verlaufend und auf den heutigen Freithof mündend*
BRUCK STRAIS	*heutige Brückstraße; die Mündung der mittelalterlichen Straße in die Oberstraße entspricht der heutigen Hessenstraße*
CRANENPFORTZ	*Pforte in der Stadtmauer zum Kranplatz*
FLECKENHOFF	*hofartige Anlage, heute Teil der Neustraße (von Michaelstraße in Richtung Promenadenstraße)*

Gastheus	*auch Heilig-Geist-Hospital oder Altes Gasthaus genannt; Stätte zur Pflege und Versorgung von Kranken, Armen und Pilgern (X)*
Hinder den Minrebruder	*heutige Mühlenstraße*
Junge Schutzenbaen	*ehemalige Gasse entlang der Stadtbefestigung im Bereich der heutigen Promenade zwischen Höhe Rottelsgasse und Windmühlenturm*
Kamper Hoff	*Niederlassung der Zisterzienserabtei Kamp an der Brückstraße (X)*
Kaufheuss	*damaliges städtisches Kaufhaus am Markt (X)*
Minrebroeder Gass	*heutige Rottelsgasse*
Minrebrus Closter	*Minoritenkloster (X), Mauerreste erhalten*
New Gass	*heutige Spulgasse*
Paffen Gass	*heutige Klostergasse*
Raufteps	*Turm der Stadtbefestigung in der Nähe der Kranenpforte (X)*
Rhein Strais	*heutige Rheinstraße*
S. Alexius Closter	*Alexianerkloster (X)*
S. Claren Closter	*Klarissenkloster (X)*
S. Michelsberg Closter	*Kloster Michaelsberg (Frauenkonvent) (X)*

S. NICOLAI CAPEL	*St. Nikolaus Kapelle, ältestes Gotteshaus mit in die romanische Zeit gehender Bausubstanz (X), einstige Lage: westliche Ecke Münsterplatz/ Münsterstraße*
S. QUIRINUS MÜNSTER	*St. Quirinus Münster*
S. SEBASTINNS CLOSTER	*Sebastianuskloster*
STATWAGE	*damalige Stadtwaage (X)*
VHEMARCKT	*damaliger Viehmarkt, heute: Neumarkt (in anderer Ausdehnung)*
ZOLPFORT	*Zolltor (Stadttor) (X)*
ZU DEN STIEG	*Abgang vom Markt zum Erffluß, seit 1646 Standort des Hessentores (X)*
ZU MARIENBERG CLOSTER	*Gebiet des Marienbergklosters*

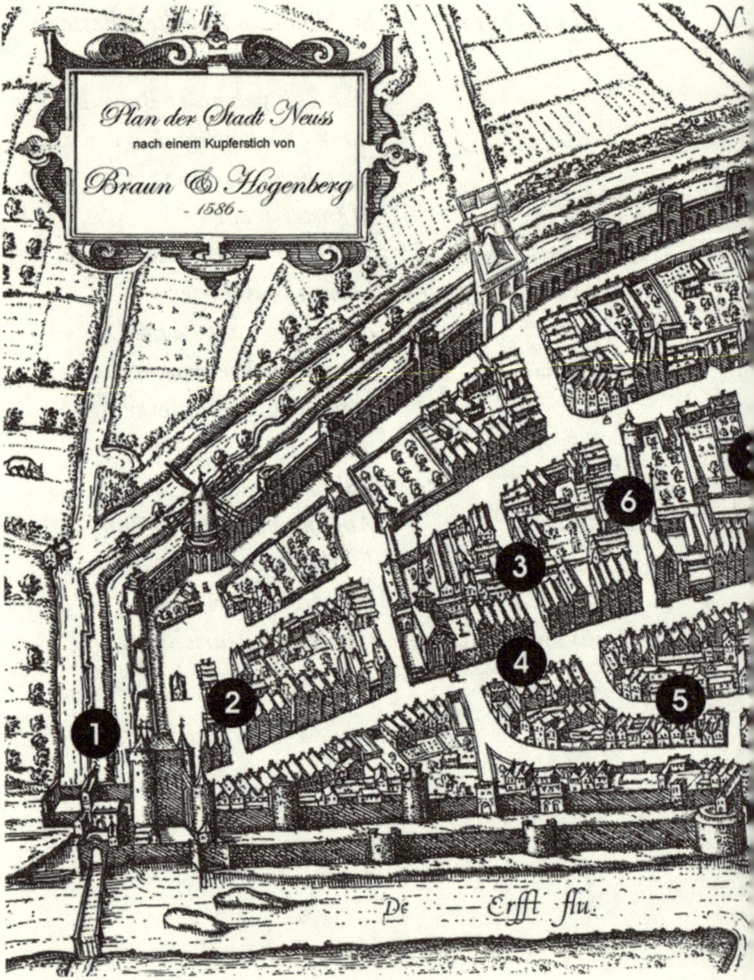
Plan der Stadt Neuss
nach einem Kupferstich von
Braun & Hogenberg
- 1586 -
1
2
3
4
5
6
De
Erfft flu.

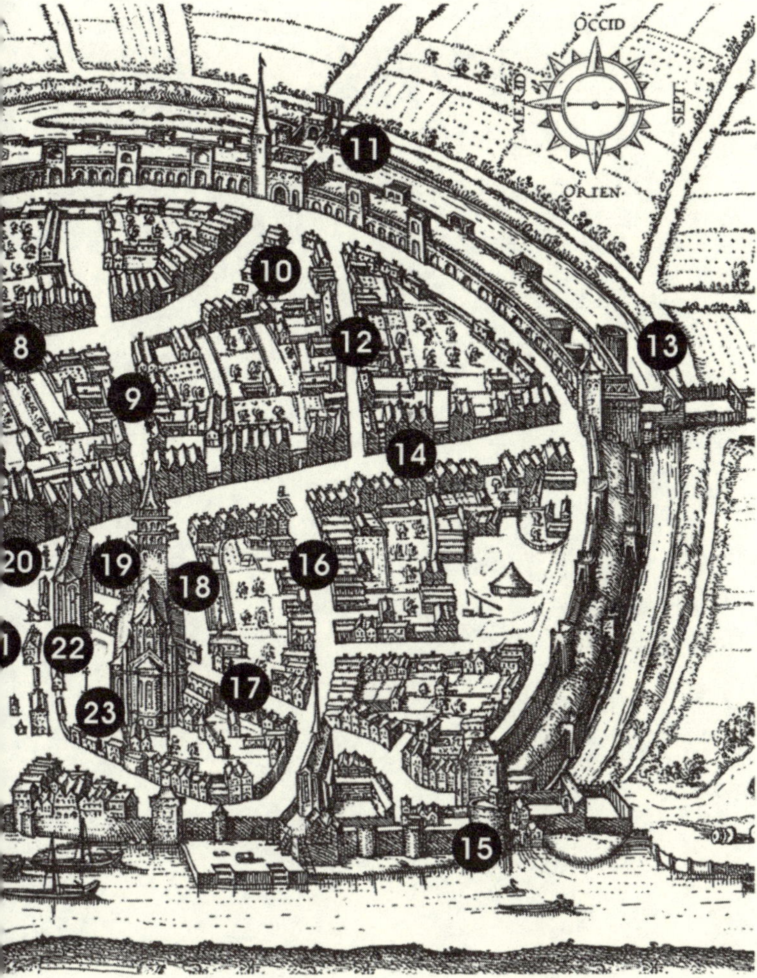
OCCID
MERID
SEPT
ORIEN
8
9
10
11
12
13
14
15
16
17
18
19
20
22
23

Weitere Krimis finden Sie auf den folgenden Seiten oder im Internet: www.gmeiner-verlag.de

Das neue Krimijournal ist da!

2 x jährlich das Neueste
aus der Gmeiner-Krimi-Bibliothek

KRIMIJournal
Nr. 7 www.gmeiner-verlag.de Die Zeitung für Krimifreunde 2/2007
Das Geheimnis des Salzhändlers
Martin Walser
Jochen Senf
Innere Unsicherheit
Deutschland am Rande des Abgrunds
Preisträgerinnen bei Gmeiner

ISBN 978-3-89977-950-9
kostenlos

In jeder Ausgabe:

- Vorstellung der Neuerscheinungen
- Hintergrund-informationen zu den Themen der Krimis
- Interviews mit den Autoren und Porträts
- Allgemeine Krimi-Infos (aktuelle Krimi-Trends, Krimi-Portale im Internet, Veranstaltungen etc.)
- Die Gmeiner-Krimi-Bibliothek (Gesamtverzeichnis der Gmeiner-Krimis)
- Großes Gewinnspiel mit ›spannenden‹ Buchpreisen

Erhältlich in jeder Buchhandlung
oder direkt beim:

GMEINER-VERLAG

Im Ehnried 5
88605 Meßkirch
Tel. 07575/2095-0
Fax 07575/2095-29
info@gmeiner-verlag.de
www.gmeiner-verlag.de

Alle Gmeiner-Autoren und ihre Krimis auf einen Blick

Anthologien: Tod am Bodensee • Mords-Sachsen (2007) • Grenzfälle (2005) • Spekulatius • Streifschüsse (2003)
Artmeier, H.: Feuerross (2006) • Katzenhöhle (2005) • Schlangentanz • Drachenfrau (2004)
Baecker, H-P.: Rachegelüste (2005)
Beck, S.: Duftspur (2006) • Einzelkämpfer (2005)
Bode-Hoffmann G./Hoffmann M.: Seelenfänger (2007))
Bomm, M.: Schattennetz • Beweislast (2007) • Schusslinie (2006) • Mordloch • Trugschluss (2005) • Irrflug • Himmelsfelsen (2004)
Bosch van den, J.: Wassertod • Wintertod (2005)
Buttler, M.: Dunkelzeit (2006) • Abendfrieden (2005) • Herzraub (2004)
Clausen, A.: Ostseegrab (2007)
Danz, E.: Steilufer (2007) • Osterfeuer (2006)
Detering, M.: Puppenmann • Herzfrauen (2007)
Dünschede, S.: Nordmord (2007) • Deichgrab (2006)
Emme, P.: Tortenkomplott • Killerspiele (2007) • Würstelmassaker • Heurigenpassion (2006) • Schnitzelfarce • Pastetenlust (2005)
Enderle, M.: Nachtwanderer (2006)
Erfmeyer, K.: Todeserklärung (2007) • Karrieresprung (2006)
Franzinger, B.: Jammerhalde (2007) • Bombenstimmung (2006) • Wolfsfalle • Dinotod (2005) • Ohnmacht (2004) • Goldrausch (2004) • Pilzsaison (2003)
Gardener, E.: Lebenshunger (2005)
Gibert, M.: Nervenflattern (2007)
Graf, E.: Elefantengold (2006) • Löwenriss • Nashornfieber (2005)
Gude, E.: Mosquito (2007)
Haug, G.: Gössenjagd (2004) • Hüttenzauber (2003) • Tauberschwarz • Riffhaie • Tiefenrausch (2002) • Höllenfahrt (2001) • Sturmwarnung (2000)
Heim, U.-M.: Totschweigen (2007) • Dreckskind (2006)
Heinzlmeier, A.: Bankrott (2006) • Todessturz (2005)
Imbsweiler, M.: Bergfriedhof (2007)
Karnani, F.: Turnaround (2007) • Takeover (2006)
Keiser, G.: Apollofalter (2006)
Keiser, G./Polifka, W.: Puppenjäger (2006)
Klausner, U.: Die Pforten der Hölle (2007)
Klewe, S.: Wintermärchen (2007) • Kinderspiel (2005) • Schattenriss (2004)
Klingler, E.: Königsdrama (2006)
Klugmann, N.: Die Tochter des Salzhändlers (2007) • Kabinettstück (2006) • Schlüsselgewalt (2004) • Rebenblut (2003)
Kohl, E.: Flatline (2007) • Grabtanz • Zugzwang (2006)
Köhler, M.: Tiefpunkt • Schreckensgletscher (2007)
Koppitz, R. C.: Machtrausch (2005)
Kramer, V.: Todesgeheimnis (2006) • Rachesommer (2005)
Kronenberg, S.: Weinrache (2007) • Kultopfer (2006) • Flammenpferd • Pferdemörder (2005)
Kurella, F.: Das Pergament des Todes (2007)
Lebek, H.: Schattensieger • Karteileichen (2006) • Todesschläger (2005)
Leix, B.: Waldstadt (2007) • Hackschnitzel (2006) • Zuckerblut • Bucheckern (2005)
Mainka, M.: Satanszeichen (2005)
Matt, G./Nimmerrichter, K.: Schmerzgrenze (2004) • Maiblut (2003)
Misko, M.: Winzertochter • Kindsblut (2005)
Puhlfürst, C.: Rachegöttin (2007) • Dunkelhaft (2006) • Eiseskälte • Leichenstarre (2005)
Senf, J.: Nichtwisser (2007)
Seyerle, G.: Schweinekrieg (2007)
Schmitz, I. G.: Mordsdeal (2007) • Sündenfälle (2006)
Schmöe, F.: Januskopf • Schockstarre (2007) • Käfersterben • Fratzenmond (2006) • Kirchweihmord • Maskenspiel (2005)
Schröder, A.: Mordsgier (2006) • Mordswut (2005) • Mordsliebe (2004)
Schuker, K.: Brudernacht (2007) • Wasserpilz (2006)
Schulze,G.: Sintflut (2007)
Schwab, E.: Angstfalle (2006) • Großeinsatz (2005)
Schwarz, M.: Zwiespalt (2007) • Maienfrost • Dämonenspiel (2005) • Grabeskälte (2004)
Steinhauer, F.: Narrenspiel (2007) • Seelenqual • Racheakt (2006)
Thadewaldt, A./Bauer, C.: Blutblume (2007) • Kreuzkönig (2006)
Valdorf, L.: Großstadtsumpf (2006)
Vertacnik, H-P.: Abfangjäger (2007)
Wark, P.: Epizentrum (2006) • Ballonglühen (2003) • Albtraum (2001)
Wilkenloh, W.: Feuermal (2006) • Hätschelkind (2005)

KRIMI IM GMEINER-VERLAG

Wir machen's spannend

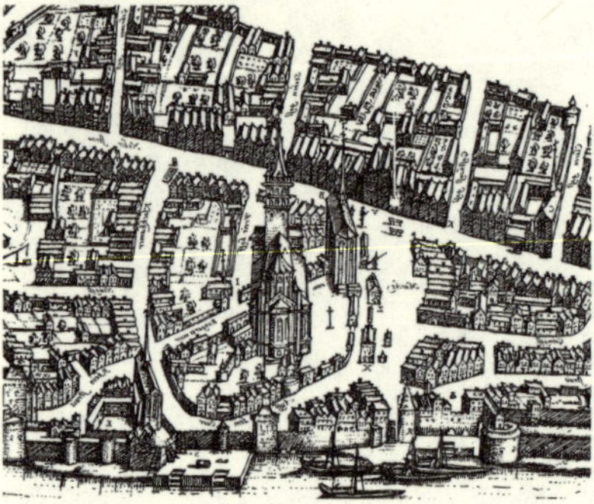